アメリカン・ナルシス

メルヴィルからミルハウザーまで　［新装版］

柴田元幸

東京大学出版会

本書は2005年に東京大学大学院総合文化研究科附属アメリカ太平洋地域研究センター「アメリカ太平洋研究叢書」の一冊として刊行されたものに「二〇一七年版へのあとがき」を付し，ペーパーバック（新装版）として刊行するものである．

The American Narcissus
Motoyuki SHIBATA
University of Tokyo Press, 2005 & 2017
[Paperback] ISBN 978-4-13-080107-2

『アメリカン・ナルシス』——目次

I

II

III

初出一覧

1　**『白鯨』あるいは怒れるナルシス**――「アメリカン・ルネッサンスのナルシスたち（1）――『白鯨』あるいは怒れるナルシス」（『東京学芸大学紀要第二部門人文科学38集』一九八七年、一五九―七三頁）。
2　**ポオあるいは怖れるナルシス**――「アメリカン・ルネッサンスのナルシスたち（2）――ポオあるいは怖れるナルシス」（『東京学芸大学紀要第二部門人文科学39集』一九八八年、二二一―二九頁）。
3　**都市のナルシス**――日本アメリカ文学会東京支部『アメリカ文学』48号、一九八八年、二四―三二頁。
4　**ハックの中の社会**――「リアリズムと自己の変容（2）――「ハックルベリー・フィン」論」（東京学芸大学『英学論考』18号、一九八七年、一七―二五頁）。
5　**欲望のダブルバインド**――「リアリズムと自己の変容――「シスター・キャリー」論」（東京学芸大学『英学論考』17号、一九八六年、四九―六四頁）。
6　**ピアニストを撃て！**――『GS』6号（UPU、一九八七年、一七五―二二四頁）。
7　**アメリカ文学と帝国主義**――山内昌之・増田一夫・村田雄二郎編『帝国とは何か』（岩波書店、一九九七年、六一―八二頁）。
8　**ジャメイカ・キンケイドの『小さな場所』第一章を教えることについて**――遠藤泰生・木村秀雄編『クレオールのかたち――カリブ地域文化研究』（東京大学出版会、二〇〇二年、二四五―五七頁）。
9　**贋金と写真**――折島正司・平石貴樹・渡辺信二編『文学アメリカ資本主義』（南雲堂、一九九三年、二三―三八頁）。
10　**ポール・オースターの街**――『SWITCH』一九九五年七月号（スイッチ・コーポレーション、八四―九一頁）。
11　**所有と快楽**――渡辺利雄編『読み直すアメリカ文学』（研究社、一九九六年、五五―六九頁）。
12　**ケーキを食べた男**――平石貴樹・宮脇俊文編『レイ、ぼくらと話そう　レイモンド・カーヴァー論集』（南雲堂、二〇〇二年、一九四―二一二頁）。
13　**スイート・ホーム・シカゴ**――國重純二編『アメリカ文学ミレニアムⅡ』（南雲堂、二〇〇一年、三六九―八七頁）。
14　**驚異とアイロニー**――東京大学教養学部附属アメリカ研究資料センター研究年報『東京大学アメリカン・スタディーズ』2号、一九九七年、一二一―二八頁。
終章　ナルシスその後――書き下ろし。

I

1 『白鯨』あるいは怒れるナルシス

1

And still deeper the meaning of that story of Narcissus, who because he could not grasp the tormenting, mild image he saw in the fountain, plunged into it and was drowned. But that same image, we ourselves see in all rivers and oceans. It is the image of the ungraspable phantom of life; and this is the key to it all.（1）

さらにまた、あのナルシスの物語――泉の中に見た彼を苦しめる優しい像《イメージ》を捉えることができなかったために、泉に飛び込み溺れ死んだナルシスの物語には、もっと深い意味があるのだ。だがそれと同じ像《イメージ》を、我々自身もまたあらゆる川や海の中に見る。それは捉え得ぬ生の幻の像《イメージ》であり、これがすべての鍵なのだ。

ハーマン・メルヴィル『白鯨』（一八五一）第一章の中の、よく知られた一節である。ナルシスを「苦しめる」と同時に「優しい」像《イメージ》。「捉え得ぬ……幻」であるにもかかわらず「すべての鍵」である像《イメージ》。周到に仕掛けられた二律背反の中に、生と死が通底し、意味と無意味が通底する両義性に満ちた『白鯨』の世界がすでに凝縮されているといってよいが、ここでいささか奇妙なのは、水の中に何が映っているのかについては何も述べられていないに等しいことだ。ナルシスが水面に見たのはナルシス自身の似姿であるはずであり、我々が川や海に見るのもまた我々自身の似姿であるはずだ。だがそれを明言することは避けられている。ナルシスも我々も、水の中に彼を（そして我々を）「苦しめる優しい像」を見るということが述べられているだけだ。まるで、水を凝視する者がその中に、見たこともない他者の影を見出しているかのように。

いうまでもなく、水は一種の鏡として考えることができる。だがそれは特異な鏡である。通常の鏡は表面のみから成り立ち、深さをもたない。それがもたらす距離感は外の世界の反映にすぎない。だが水は、外の世界の反映ではない、それ自体の現実の深さをもっている。水は、鏡として水の外の世界を反映すると同時に、透明な媒介として水の中の世界を透映する。そして、反映された外部の像と透映された内部の像とを見分ける絶対的な手だては何もない。そのために、水という鏡は、反映された鏡像の深さの感覚、距離感にまで、一種の否定しがたい現実味を与える。

鏡としての水のこうした特異性を、メルヴィルはおそらく十分意識している。ナルシスそして我々は、水の中に「捉え得ぬ生の幻」を見る。反映された外部の像であるはずのものが、あたかも透映された内部の像であるかのように語られているのだ。水の現実の深さが「もっと深い意味」を呼び寄せてしまうのである。

このことは、九九章「スペイン金貨《ダブルーン》」において一枚の金貨が鏡として機能する場合を対照させてみると一層はっきりする。エイハブ船長の言葉でいえば「見る者自身の神秘的な自己を映し返す」(1254) 地球の似姿としてのこの金貨を前にして、ピークォド号の乗組員たちはそこにさまざまな意味を読みとる。エイハブは金貨に描かれた絵のあらゆる部分に自分自身を見出し、スターバックはそこに光と闇の対立を、フラスクは九六〇本の葉巻を……というように、それは見る者の視線を忠実に投げ返す。人は自分の見たいものを世界に見るのだというゲシュタルト的な発想がここにあらわれているわけだが、所詮この鏡は何も新たなことを明らかにはしない。それが映し返すのは、エイハブのいうような「神秘的な自己」などというようなものではない。見る者自身によって、そして他の乗組員や読者によってすでに了解された彼らの世界観や自己像がそこに映されるにすぎない。それは深さとは無縁の鏡である。そこに生じるのは単なる同語反復以上のものではない。「神秘的な自己」という「もっと深い意味」がもしあるとすれば、それは水という曖昧な鏡の中にこそ見出されるはずなのだ。

見る者の姿を明快に反射することを拒む、曖昧な鏡としての水。このモチーフは『白鯨』全体に一貫してみられる。この作品においては、水を見つめる者がそこに自分の似姿を捉えることはけっしてない。

昇降口を出てゆっくりと甲板を横切り、エイハブは舷側越しに下を見た。そして、その深みを見きわめようとすればするほど、水の中の自分の影が自分の視線を逃れてどこまでも沈んでいくのを見つめていた。(132: 1372-73)

「深み」(**the profundity**)を見きわめようとするエイハブの視線を逃れて、自己の影が「どこまでも沈んでいく」(**sank and sank**)ことで、ここでは距離感がいっそう強調されている。視線に捉えられることを執拗に拒みつづける自己の影。水の中にいるはずの〈もう一人の私〉は、メルヴィルにあっては、〈私〉から限りなく隔たっている。

ヨーロッパ文学の伝統の中で、水に映る自分の姿に恋するナルシスの物語にはほとんど無数のバージョンが存在するが、そのうちもっとも有名なのは、いうまでもなく古代ローマの詩人オウィディウスの『変身物語』のヴァージョンである。(2) オウィディウスの語るナルシスは、テイレシアスによって「みずからを知らないでいれば」天寿を全うするであろうと予言された。(3) だがナルシスは、水面に映った自分の姿を見て「みずからを知る」ことになる。自己の鏡像に恋焦がれるナルシスは、ついに一輪の水仙と化す。

ナルシスははじめ、水に映る像が自分の鏡像であることに気づかない。水の中に別の人間がいると思い込むのである。それが自分であることの認識はあとになって訪れる。要するに、自己の鏡像をまず「他者」としてみたのちに、それが〈もう一人の私〉であることに気づくのである。

「みずからを知る」ためにナルシスが〈もう一人の私〉をまず他者として了解する段階を経るということは、「みずからを知る」ことが実は自己の中に亀裂を見出すことにほかならないことを暗示している。いいかえれば自己を自己として「知る」ことは、自己を対象化し他者化することであり、自己を自己自身から隔てることである。いうまでもなくその隔たりは、水に映る鏡像が自己自身の像であることに気づいたところで解消されるものではない。ナルシスの見出す亀裂は、取り返しのつかない亀裂なのだ。今や自分の恋する姿が自分の像であることを知りながら、自分が落とした涙で像が乱れるのを見たナルシスは叫ぶ。「どこへ逃げて行くのだ？　とどまってほしい！　無情な少年よ、恋するこの身を捨てないでくれ！　手には触れられなくても、見つめるだけでよいのだ。みじめなこの狂恋に、せめてそれだけの情《なさけ》を！」(4)

自己を「知る」ことは自己の中に取り返しのつかない亀裂を見出すことである――こうした意味をナルシスの物語に読みとることは、端的にいえばナルシス神話を自己意識の発生の物語として読むことにほかならない。自己意識とは自己を他者として見ることであり、他者の眼で自己を見ることである。見るために人は距離を必要とする。自己意識は自己が自己自身から隔たることによってはじめて可能になる。ナルシスとは何よりもまず、自意識家の原型なのだ。

ナルシス神話を自己意識の寓話として考えることは、現代ではほぼ常識であるといってよい。たとえば市川浩は、『精神としての身体』の中で「ナルシス神話がわれわれを魅惑するとすれば、それはたぐいまれな美貌にめぐまれた青年の最期が哀切だからでもなければ、その異常なまでの自己愛が衝撃的だからでもない。それがわれわれをひきつけるのは、ナルシシズムの循環が、自己意識そのものの本質的な構造に根ざしているからである」(5)と述べている。(6)ヴァレリーの『ナルシス・カンタータ』の一節を引用したのち、市川浩は次のように論じている。

ナルシスが水鏡のなかの自己を見る場合、見られたかれの対象身体は、魅惑的な他者の身体であり、この他者の身体は、まさにかれ自身であることによって、かれの対他身体となる。ここでは他者の身体と自己の対他身体、見るよろこびと見られるよろこびとが奇妙に混淆している。かれは対象化された像を見るよろこびにひたりつつ、その像のうちに自己自身を感じている。見ているかぎりかれは主観身体であるが、見られているかぎり対他身体でもある。鏡のなかの他者の身体を見ているかれは、鏡のなかの〈もう一人の私〉によって見られている。鏡のなかの自己にみられているのを感ずるとき、それは見ていることであり、鏡のなかの自己を見るとき、それは鏡のなかの自己によって見られていることである。したがってここには〈主観身体〉──〈私の対象身体〉──〈他者の身体〉──〈私の対他身体〉──〈もう一人の私の主観身体〉のあいだの、めまいにもにた魔術的な転換があり、かれは自己にとどまることも、他者に達することも、またこれらのいずれの項にとどまることもできずに循環をつづける。この蠱惑的な循環をたち切るものは、ナルシスの変身が示すように、もはや死──意識存在としての死しかないであろう。(7)

見ることと見られることとの蠱惑的な循環。だがメルヴィルにおいてはどうか。見る者の視線に捉えられることを拒みつづける〈もう一人の私〉が、どうして〈私〉に視線を投げ返してくれるだろう。〈もう一人の私〉は〈私〉にとってどこまでもよそよそしい存在でしかない。強調されているのは、見るよろこびと見られるよろこびとの無限の循環の陶酔どころか、〈もう一人の私〉の根源的な他者性なのだ。いやそもそも、そこにいるのが〈もう一人の私〉なのかどうかすら定かではないのである。メルヴィルの語るナルシスの物語は、何よりもまず、自己意識が生み出す自己と自己自身との隔たりを浮き彫りにする。

『白鯨』一〇八章「エイハブと大工」に、エイハブが大工に「完璧な人間」を注文する一節がある。エイハブはその「注文」をこう締めくくる──「それから、そうさな──外を見る眼を注文しようか? いやいや、頭のてっぺんに天窓を開けて内を照らすとしよう」(1295)。自己の内部を照らす光をもつ人間が完璧な人間であるというエイハブの考えは、人間において自己こそが自己にとって最大の謎であることを示唆している。自己こそが最大の他者なのだ。〈もう一人の私〉がそこにいるかどうかさえ定かではないとはいえ、そこに何かがいることは疑いえない。けっして視線を投げ返すことのないこの曖昧な何かは、死と分かちがたく結びついている。鏡としての水のもうひとつの特異さは、それが現実の深さをもつが故に、人が現実に鏡の中の世界に入っていくことができるという点にある。そしていうまでもなく人間にとってそれは死の世界である。メルヴィルが、ナルシスが水仙の花と化すというオウィディウスのヴァージョンの結末を採らずに、「泉に飛び込み溺れ死んだ」と語っていることは注目してよい。(8) メルヴィルの語るナルシスは、死の代償を通して水の中の他者と一体化したのである。〈もう一人の私〉と一体化することは〈私〉の消滅であり死である。とすれば、自己を見つめることは自己の中に死の影を見出すことであり、水の中をのぞき込むことは自己の中の死に限りなく接近することなのだ。「捉え得ぬ生の幻」が実は死にほかならないこと、それが『白鯨』全体を貫く逆説である。

むろん、死が現実の死ではなく儀式的な死にとどまる限り、それは自己の消滅ではなく再生への契機であり、より高次の自己実現へと人を導くものであると考えることも可能だろう。たとえば、『白鯨』の前年に書かれた『ホワイト・ジャケット』(一八五〇)の結末において主人公が溺死しかける場面は、まさにそのようなものとしてある。

> おれは船の方に泳いでいこうとした。だがふいに何だか羽毛のベッドに縛りつけられたみたいな気がしたので、両手で探ってみると、きついベルトの上でおれの上着が水でふくれ上がっていた。おれは何とか上着を脱ぎすてようともがいたが、あっちこっちひもで留めてあって、手では取れそうもなかった。おれはベルトにつけたナイフをとり出し、まるで自分で自分を切り開いているみたいに、上着をまっすぐ上下に切り裂いた。死にものぐるいでもがいた末におれは上着から飛び出し、自由になった。(9)(強調引用者)

「おれ」はそれまで、「ホワイト・ジャケット」という不本意な名を生み出す原因となった白い上着をくり返し処分しようとしたり、塗料でその白さを打ち消そうとしたりしていたが、その試みはつねに失敗に終わっていた。この白い上着は何を意味するだろうか。たとえばそれを、外から押しつけられた「おれ」の社会的アイデンティティであると考えることもできるだろう。だがもともとそれは彼自身が陸上用の上着に手を加え自分でつくり出したものである。そして、白い上着に対する彼の異和感はそのまま、彼の彼自身に対する関係のありようそのものだといってよい。白い上着は、この自意識過剰の人物が抱えている、自己に対する疎隔感の象徴にほかならない。

とすれば、右の一節の象徴的意図は明らかだろう。「おれ」は結末に至ってようやく、儀式的な死を通過することによって、自己に対して覚える疎隔感を克服し、新たなる生への契機を獲得したというわけだ。

『白鯨』の語り手イシュメールが陸の世界を捨て捕鯨船の乗組員となって水の世界に入っていくのも、同じ象徴的意味をもっているとみてよい。『白鯨』の書き出しもまた、イシュメールが自己に対して覚える異和感に浸されている。

> おれをイシュメールと呼んでくれ。何年か前——正確に何年前かはどうでもいい——財布はほとんどすっからかん、陸でおれの興味をひくものもこれといってなかったので、ちょっとばかり海をまわって水の世界を見てやろうと思ったのだ。それが、憂鬱を追っ払って血のめぐりをよくするための、おれのやり方というわけだ。気がつくと口のあたりが陰気くさくなっているとき、おれのたましいにジメジメと小雨の降る十一月がやってくるとき、気がつくとわれ知らず棺桶屋の前に立ち止まり、出くわす葬式という葬式の行列にくっついてしんがりを歩いているとき、そしてとりわけ、おれの憂鬱の虫がおれをすっかりとらえて、強い道徳的信念でもないことには、のこのこ往来へ出ていって、人々の帽子を一つひとつたたき落としてやりたくなるとき——そんなときいつもおれは、こいつは海へ出る潮時だって思うのだ。これがおれにとっての、ピストルと弾丸の代用品なのだ。(1: 795, 強調引用者)

傍点を付した箇所が暗示しているように、イシュメールは自分を動かしているのはたしかに自分なのだと感じることができずにいる。あたかも他人を見ているかのように、ぼんやりと自分を外から眺めている。自己に対するこの疎隔感を解消する手がかりは、陸の世界にはもとよりない。イシュメールにとっての陸の世界の感触は、「財布はほとんどすっからかん、陸でおれの興味を引くものもこれといってなかった」というように、ぼんやりとした否定の形でしかあらわれてこない。

とすれば、イシュメールが海へ行くことは、男たちが「漆喰の壁の中に閉じ込められて、勘定台に縛りつけられ椅子に釘づけされ机にネジ止めされている」（1: 796）陸の世界の死せる生を捨て、より初源的な死に触れることによって生本来の活力を獲得しようとする試みであるといってよい。海へ出ることが「ピストルと弾丸の代用品」であるというのは、そういうことだ。ナルシスの訪れた森の中の池が、いわば地球大にまで拡大されるわけである。

象徴的死を通しての、新たな自己の確立。だがいうまでもなく、話はそれほどお目出度くはない。なぜなら、儀式としての死は字義通りの現実の死に限りなく近いことによってのみ儀式としての力をもちうるのであり、両者を区切る明確な境界などどこにも存在しないからだ。海の中に落ちた者がふたたび生きて浮上してくるという保証はどこにもない。象徴としての死は、いつでも字義通りの死に転じうる。

このことは三五章「檣頭」の有名な結末にもっとも明確にあらわれている。マストの上で見張りに立った水夫（おそらくイシュメール自身）が、晴天の真昼どきの穏やかな海と空に「阿片の陶酔にも似た」夢想的な気分を覚え、「ついには自己《アイデンティティ》を失い」（961）、世界との幸福な一体感に浸る。「この恍惚の気分にあっておまえの霊魂はそれが発した源へと漂っていき、時間と空間を超えて広がり、空に撒かれたというあのウィクリフの汎神論的骨灰のように、ついには全地球のすべての岸辺の一部となる」（962）。自己がほとんど宇宙大に拡散し、自己と世界とを隔てる壁が消散する。「ついには自己《アイデンティティ》を失」うというのは、自意識が溶解し自己と自己自身との隔たりが解消されることにほかならない。ここでのイシュメールの至福は我を忘れることの至福である。意識としての〈私〉が消滅するのだ。しかし、「空に撒かれた……骨灰」がすでに暗示しているように、意識としての〈私〉の消滅は、肉体としての〈私〉の消滅を引き寄せずにはいない。意識の死が甘美なのは、ひとえにそれが肉体の死、字義通りの死に限りなく近いからだ。

> だがこの眠り、この夢がおまえを捉えているときに、一インチでも足や手を動かしてみるがいい。握った手をわずかでも滑らせてみるがいい――恐怖の中でおまえの自己《アイデンティティ》が帰ってくるのだ。デカルトの渦巻の上でおまえは宙づりになっている。そしておそらく、この上なく天気のよい真昼どき、ただ一声なかばのどにつまった叫びを上げて、おまえはあの透明な大気の中を夏の海に墜落し、二度とふたたび浮かび上がることはない。心せよ、汎神論者たちよ！（962）

一二六章においてマストから墜落した水夫が「落下する幻《ファントム》」（**a falling phantom**〔1353〕）となって命を落とすように、「捉え得ぬ生の幻《ファントム》」を捉えようとする者は、いつでも自ら幻《ファントム》となってしまう危険の中にあるのだ。

引用文の中の「恐怖の中でおまえの自己《アイデンティティ》が帰ってくるのだ」という一節は、従来は、すんでのところで自分が自己（すなわち命）を失うところだったことにイシュメールが気づいて戦慄を覚えるというふうに解釈されてきた。だがシェアロン・キャメロンが指摘したように、別の読み方も成立しうるはずだ。「手や足を動かすことは突如自分の自己《アイデンティティ》に気づくことであり、自己を失うことの不可能性に気づくことなのだ」（傍点引用者）、そう読むこともできるとキャメロンは論じている。[10] 手を動かし足を動かすことは、生の側に戻ることだ。「自己《アイデンティティ》を失」っていたイシュメールが生の側に戻ったとたん、自己への異和、世界への異和が戻ってくる。「自己を失うことの不可能性」とはそういうことだ。おそらくメルヴィルにおいては、自己《アイデンティティ》とは、堅固な実体性としてではなく、つねに自己と自己自身との間のずれとしてのみあらわれる。要するに人は、我を忘れつづけていることができないのだ。

そもそも白い上着《ホワイト・ジャケット》の呪縛から自らを解き放った「ホワイト・ジャケット」なる男に、いったいどんなアイデンティティの可能性が開かれていたというのか。彼はほんとうに「自由になった」のか。作品の中にその答えを見つけることはむずかしい。要するに、先に引用した一節の再生のイメージを、作品全体が支えてはいないのだ。だがそれは、メルヴィルの作家としての未熟さによるものというよりははるかに、白い上着の象徴する自意識を失うことの不可能性、我を忘れることの不可能性によるものと考えるべきである。生きることは自己を自己として意識することであり、自己を自己として意識することは自己から隔たることであるほかないのだ。「自分自身を友として満ち足り、いつも変わらぬ自己を保持している」(content with his own companionship; always equal to himself〔10: 847〕) 蛮人クィークェグに対しイシュメールが注ぐ賞讃は、クィークェグの「自意識のなさ」(unconsciousness〔13: 859〕) が自分には(そしてあらゆる近代人には) もはや到達しえない境地なのだという喪失感をつねに伴っている。たしかに、『白鯨』の中には、まさに我を忘れてしまった近代人がひとりいる。それは溺死の恐怖から狂気に陥ったピップである。だが、たえず自分のことを三人称で言及し、「誰かピップを見なかったか?」と問いつづけるこの人物もまた、逆の形で我を忘れることの不可能性を浮かび上がらせている。『変身物語』のオウィディウスはナルシスにこう語りかける——

> 浅はかな少年よ、なぜ、いたずらに、はかない虚像をつかまえようとするのか? おまえが求めているものはどこにもありはしない。おまえが背をむければ、おまえの愛しているものは、なくなってしまう。おまえが見ているのは、水にうつった影でしかない。そのものは、固有の実体を持たず、おまえとともに来て、おまえとともにとどまっているだけだ。おまえとともに立ち去りもするだろう——おまえに立ち去ることができさえすれば!(11)(強調引用者)

2

我を捉えることの不可能性と、我を忘れることの不可能性。『白鯨』は、このふたつの不可能性の間で宙づりにされた自己のありようを執拗に追求した作品であるといってよい。むろんこの問題はメルヴィルにとって『白鯨』において突如あらわれたものではない。それまでの五つの作品においても、同じ問題が見え隠れしているのである。『タイピー』(一八四六)から『ホワイト・ジャケット』に至る五つの小説を一貫して特徴づけているのは、主人公の自己像がきわめて希薄なことである。『タイピー』やその続編『オムー』(一八四七)では、物語が一人称で語られるにもかかわらず、語り手が自分をどうとらえているのかはいっこうに明らかでない。たしかに、語り手は未開民族に魅了されると同時に嫌悪を覚えており、その限りでは自己の中にひとつの緊張関係を見出している。だがそれは、文明と未開というなかば普遍的なドラマが彼の中で演じられているにすぎない。語り手はあたかもそのドラマの観客のように、離れたところから自己を見ている。『マーディ』(一八四九)に至っては、一人称の「私」がいつの間にか後景に退き、三人称に格下げされ、まるでほとんど惰性によってのみ物語の中に存在しつづけているといった印象すら与える。

主人公たちのこのような希薄な自己像におそらく関連した事実として、『レッドバーン』(一八四九)を唯一の例外として、主人公＝語り手がけっして自分の本名を名のらないこと、そしてつねに他人から名を押しつけられることを挙げることができる。たとえば『タイピー』では、タイピー族の酋長に名を訊ねられた主人公が次のように対応する。

> おれはちょっとためらった。おれの本名を発音するのは酋長には難しかろうと思ったからだ。そこで、まったくの善意から、自分は「トム」で通っていますとおれは答えた。だがこれはまさに最悪の選択だった。酋長はどうしてもそれが発音できなかったのだ。「トモ」、「トマ」、「トミー」——どうしてもただの「トム」だけは言えないのだ。酋長がどうやっても余計な語尾をくっつけるものだから、おれは結局「トモ」で妥協することにした。そんなわけで、タイピー谷にいるあいだ、おれはずっとこの名で呼ばれることになった。(12)

こうして、他者から与えられた名が主人公の名として流通するようになる。同じように『オムー』では、タイピー族とともに暮らしていたという理由でまれに「タイピー」と呼ばれるほかはいっこうに名が明かされなかった主人公が、かりそめに「ポール」と呼ばれるやいなや、誰もが彼を「ポール」と呼ぶようになる。『マーディ』の主人公は原住民に「タジ」という名の半神と間違えられ「タジ」の名を得る。『レッドバーン』においても、一人の人物を例外として船乗りたちは主人公を「レッドバーン」とは呼ばず、「小僧《バトンズ》」「新米《ブーツ》」といった別称で呼ぶ。『ホワイト・ジャケット』については、すでにみたように、異様な上着が主人公の名を決定する。

他者から名を押しつけられることは一種の暴力である。なぜならそれは他者の眼に映った自分の姿を引き受けるのを強いられることだからだ。[13]「別称」とはメルヴィルにあってはほとんどつねに「蔑称」である。それはたとえば『レッドバーン』や『ホワイト・ジャケット』に明らかであり、『オムー』においても語り手を最初に「ポール」と呼んだのは彼を搾取する農園経営者であった。与えられた名がメルヴィルの主人公たちにもたらす一種の居心地悪さは、彼らと社会との間の隔たりを物語っている。ある意味で、彼らはみな追放者《イシュメール》なのだ。[14]

しかし、彼らが読者にさえ自分の本当の名を明かそうとしないこと、このことこそ奇妙であるといわねばならない。『タイピー』の主人公は「おれの本名を発音するのは酋長には難しかろう」という「まったくの善意から」本名を隠したと言っている。だが他の主人公たちも本名をひたすら隠すことを併せて考えれば、おそらくそれは都合のよい口実にすぎない。いったいなぜ彼らは、あたかも神の名を口にすることを畏れる者たちのように、自らの名を口にしようとしないのか。

他人に名を押しつけられることとは、他人の眼に映った自分を押しつけられることである。要するにそれは他者によって自己を意味づけられることだ。とすれば、自分を自分の名で呼べないのは、自分の眼に映った自分の姿がはっきりしないからではないか。自己が自己を意味づけることができないからではないか。メルヴィルの主人公たちは、自分のたしかな姿を捉えることができないのだ。自分の名を口にすることを畏れるのはおそらくそのためだ。ヒリス・

ミラーはサッカレーの『ヘンリー・オズモンド』を論じた文章の中で、「仮名を使う人間は、自分が誰であるかについて何らかの疑いを抱いている人間だと考えてよいだろう。彼は自分が自分自身と一致する気がしないのであり、世界の前で自分が着けている名や姓と自分とが一致する気がしないのだ[15]」と述べている。これはそのままメルヴィルの主人公たちにも当てはめられるだろう。希薄な自己像が、本名を名のることを不可能にする。彼らはみな、水の中の〈もう一人の私〉を見つけることのできないナルシスたちなのだ。

『レッドバーン』『ホワイト・ジャケット』に至ると、自己の自己に対する居心地悪さは、都市の貧困、海軍における虐待といった表向きの主題を突き破るようにして、もうひとつの主題にまで拡大されている。このふたつの作品がどちらも、主人公がずっと着つづけることになる衣服の描写ではじまっていることは注目してよい。一方は兄から貰いうけた狩猟服、一方は吸水性抜群の白いジャケット、いずれも船乗りの服としては不向きというほかない代物である。レッドバーンもホワイト・ジャケットも、彼らの服が人々の嘲笑の的になっていることをつねに気に病んでいる。それはほとんど強迫観念の域に達している。要するに彼らの場違いな衣服は、自分が今ここにこうしてあることの居心地悪さの象徴であり、過剰な自意識の象徴なのだ。たしかにレッドバーンは唯一（おそらく）本名を名のる主人公だが、レッドバーン・ウェリングボロなるいかにも作り物じみた名は、それが彼にはそぐわない名であることを強調している。自分が自分であることのちぐはぐさをレッドバーンが感じていることを暗示しているのだ。

あらためて指摘するまでもなく、第六作『白鯨』の語り手イシュメールもまた、これらのナルシスたちと同列に位置している。彼もまた自己に対する疎隔感に浸されているのであり、そしてしばしば指摘されるように「イシュメール」という名もまたおそらく本名ではない。彼はただ読者に「おれをイシュメールと呼んでくれ」と語りかけるだけだ。ただ一度の例外を除いて、登場人物たちは誰ひとりとしてイシュメールをイシュメールと呼ぶことはない[16]。

イシュメールがそれまでの主人公たちと違っているのは、彼が自分で自分に名を与えているという点である。とすれば、その分だけ彼は自己の姿をたしかなものとして捉えているということになるだろうか。おそらくそうではない。追放者《イシュメール》という名は、ポール・ブロットコーブも指摘しているように、「自分自身と世界とについての彼の感じ方」[17]を物語っている。すなわちイシュメールは、自己自身に対する異和感、そして世界に対する異和感をそのまま自分の名の中に埋め込んでいるのだ。自分に名を与えることが自己についてたしかな思いを抱いているしるしだとしても、自己と世界に対する異和のみがイシュメールにとって唯一たしかなものだ。イシュメールはイシュメールと呼ばれないことによってまさにイシュメールたりえているのである。

むろん、他者とのつながりを通して自己意識の悪循環を断ち切ることもできるのではないかという考え方もあるだろう。そして事実、『白鯨』の中にもそうした発想は随所にみられる。作品の導入部でイシュメールがクィークェグとともにすごす時間――それは幸福な結婚の比喩によって語られている――や、九四章「手絞り」において船乗りたちが凝固した鯨油を搾っているうちにたがいの手を絞りはじめるときに訪れる恍惚の一体感は、まさにそのようなものとして機能している。あるいはまた、一三二章「交響曲」においてエイハブがスターバックの瞳の中に自分の「人間らしさ」(16: 879)を認める場面を考えてみてもよい。

寄れ！　もっと近く寄れ、スターバック。おれに人間の眼を見せてくれ。海や空を見つめるよりこの方がよい。神を見つめるよりもよい。緑の地、明るい炉辺！　これは魔法の鏡だ。おまえの眼の中に、おれの妻と子供が見える。(1374)

スターバックはエイハブに白鯨を追うのを止めてナンタケットへ戻るように懇願し、エイハブも心を動かされる。対話の不在、コミュニケーションの挫折を変わらぬ原理とする『白鯨』という作品にあって、この場面は唯一対話らしい対話を提示しているといってよい。

だが他者とのつながり、他者との一体感が最終的にもたらすものは何か。「彼らは三十人ではなく、一人の人間と化していた」（134: 1389）――他者との一体感をおそらくもっとも簡潔に表現したこの一節があらわれるのは、エイハブが率いる白鯨との死闘のさなかである。他者との一体感は、世界との幸福な融合へと拡散していくのではなく、世界への復讐の念に憑かれたひとりの狂人の意志へと収斂していくのだ。

そもそも、『白鯨』における他者とのつながりは、「手絞り」のように恍惚をもたらすものであれ、七二章「猿綱」のように束縛と不快をもたらすものであれ、つねにある種の驚きとしてしか訪れない。ピークォド号の乗組員たちは、本質的にはあくまでも「人類の共通の大陸を認めず（……）自分ひとりの大陸に住む（……）孤立者（*Isolato*）」（27: 921）たちなのだ。それは彼らが誰も姓をもっていないことにもあらわれている。名は個人に属するが姓は家族という共同体に属するものだからだ。陸の世界でのイシュメールとクィークェグの「結婚」も、ひとたび物語が水の世界に入ってからはなかば忘れられたエピソード以上のものではありえない。あるいはまた、他者の眼という「魔法の鏡」の魔力もつかの間のものでしかない。エイハブは結局スターバックの懇願を拒絶するのである。「だがエイハブの視線はそらされていた。病める果樹のように彼は震え、灰と化した最後の林檎を土に落とした」（132: 1375）。「緑の地、明るい炉辺」の田園は、死を内に宿したソドムの林檎に取って代られる。[18] ピークォド号の乗組員たちの集団は、孤立した男たちの集団ならざる集団なのだ。

孤立者たちの集団ならざる集団における最大の孤立者は、いうまでもなくエイハブである。そしてその孤立は、エイハブの強烈な自己イメージと表裏一体である。

人格の仮面を被った非人格のただ中にあって、ここに一個の人格が屹立している。（……）おれの中に女王のごとき人格が宿り、君主たる権利を感じているのだ。（119: 1333）

絶対的に自己自身であろうとするこの強烈な意志は、世界を自己でおおいつくそうとする意志へと容易に展開していく。世界の縮図たるスペイン金貨《ダブルーン》を前にして、「揺るがぬ塔、あれはエイハブだ。噴火する山、あれもエイハブだ。雄々しい、少しも怯まず勝利者然とした雄鶏、あれもまたエイハブだ。すべてはエイハブなのだ」（99: 1254）と言い切るエイハブは、自らの意志で船全体をおおいつくし、船乗りたちを「一人の人間」の手足に変容させる。私は私であるという思いが、私は世界であるという思いへ広がっていく。

しかし、強烈に自己自身であろうとするエイハブの意志が感じさせるのは、自己に対する信頼であるよりもはるかに怒りであり絶望である。エイハブの劇的な語り口の向こうに見え隠れしているのは、自信にあふれた強固な人格よりも、むしろ怒りと絶望のただ中にあって言葉によって自らを鼓舞しようとする自己劇化への意志である。だとすれば、何に怒りを覚え、何に絶望するのか。

あえて単純化すれば、おそらくそれは自己が自己自身に対して覚える異和への怒りであり絶望である。たとえばエイハブは、モビー・ディックに食いちぎられた片脚の代わりにつけた鯨骨の義足の使い心地の悪さをくりかえし訴え、それが体の自由な動きを妨げることをしばしば嘆くが、この義足はおそらく、死すべき存在としての自己自身への異和を象徴している。

> 彼の生きた脚が甲板にそって生気ある音を響かせる一方で、彼の死んだ脚の立てる音、その一つひとつがまるで棺桶を打ちつける音のように聞こえた。生と死の上をこの老人は歩いていたのだ。（51: 1042）

ここで本物の脚は生と結びつけられ、義足は死と結びつけられて考えられている。「生きた脚」と「死んだ脚」の両方をもつことが、生と死との間にひき裂かれた人間という構図を浮き彫りにしている。自己の中の他者、自己の中にひそむ死、義足はそれをあらわにしている。義足の使い勝手が悪いことをエイハブがくりかえし嘆くのも、自己の中の他者に対する異和の表明なのだ。自己と自己自身との隔たりこそが怒りを生み絶望を生むのである。

エイハブの憤怒の対象たるモビー・ディックも、この文脈の中で捉えられねばならない。世界の全体（whole）を示唆せずにはいないこの鯨（whale）は、世界の本質を悪と規定するエイハブにとって、その悪を一身に引き受けた存在である。だが、世界がそしてモビー・ディックがすなわち悪であるという等式もまた、おそらくエイハブが自己に対して覚える異和が生んだものなのだ。これをシェアロン・キャメロンは次のように述べている。

自己の内部にひそむ、「他者」として排除すべき部分に我慢がならぬエイハブは、まずその他者的部分を外部に投影し、世界に流出させる。（……）これらの他者的な部分は、いったん自分の外部に位置づけられると、今度は他の身体に属するものと考えられるようになる。こうしてエイハブは、自己の中の他者を彼自身の身体とははっきり異なった身体をもつものとして捉えるようになり、まさにそれが彼の外部にあり彼自身の身体でないが故に、その異なった身体を悪として捉えるに至る。そこで彼がめざすことは、この他者性を征服すること、今や他者性と同一視された悪を征服することであるだろう。(19)

エイハブの内部の他者性を引き受ける身体がモビー・ディックであることはいうまでもない。エイハブにとって悪とは他者の他者性であり世界の他者性である。モビー・ディックにひそむ「名状し難い（inscrutable）悪意こそおれがもっとも憎むものだ」(36: 967) というエイハブの言葉にそれは集約されている。だがその他者性を生むのは自己の中の他者性であり、自己と自己自身との隔たりなのだ。

しばしば指摘されるエイハブとモビー・ディックとの身体的類似（たとえば額の皺）もこれと無関係ではない。モビー・ディックはエイハブの鏡像なのだ。水の中をのぞきこむエイハブが最後に見たもの、それが浮上してくるモビー・ディックの影であったことはもはやいうまでもないだろう。

だが突然、水の深みを深く深くのぞきこんでいたエイハブは、一匹の白いたちほどもない小さな白い点の紛う方なき姿を目にした。驚くべき速さとともにそれは浮上し、上昇するにつれてどんどん大きくなり、やがて身を翻して、それから、白く光る歯のふたつの長い曲がった列がはっきりと姿をあらわし、測り知れぬ水底から浮かび上がってきた。それはモビー・ディックの開いた口とねじけた顎であった。(133: 1380)

こうして〈もう一人の私〉がついにその姿をあらわす。自己自身への異和に対するエイハブの憤怒が、ついに「捉え得ぬ生の幻」を深い水底から寄び寄せたのだ。エイハブとは、捉え得ぬ〈もう一人の私〉を捉えつくし破壊しつくそうとする、怒れるナルシスなのだ。絶対的に自己自身であろうとすること。それは水の中の〈もう一人の私〉を抹消しようとする企てである。

絶対的に自己自身であろうとすることは、自らの創造者であろうとすることにほかならない。そこでは神と人間との関係が、自己と自己自身との関係にそのまま移行している。[20] だが神への反逆者という古典的エイハブ像が示唆するように、神が人間によって復讐されるのだとすれば、自己もまた自己がつくり出したものによって復讐されずにはいない。このことがもっとも明確にあらわれているのが、四四章「海図」の章末である。

哀れな老人よ、おまえの思いがおまえの中に創造物を創造したのだ。おのれの熾烈な思いが自らをプロメテウスに仕立て上げる者よ。一羽の禿鷹が永遠にその者の心臓を餌食として生きる。その禿鷹は彼が自ら創造した創造物なのだ。(1008)

「おまえの中に創造物を創造した」(have created a creature in thee)「自ら創造した創造物」(the very creature he creates) とあえて直訳したのは、神と人間の関係、創造者と被造物の関係が自己と自己自身の関係に重ね合わされていることを強調するためである。プロメテウスへの言及は、むろん神の簒奪者としての人間というイメージを喚起する。だがエイハブは神によって罰せられるのではない。自己のつくり出したものによって罰せられるのだ。

こうして、エイハブの生きるパラドックスのありようが明らかになる。絶対的に自己自身であろうとすることが、絶対的な他者を自己の中に引き寄せてしまうのだ。エイハブをめぐる最大のアイロニーは、エイハブが自己自身であろうとすればするほど、逆に旧約聖書中の人物アハブ王の物語を――神に反抗し予言通りその死体を犬に食われた邪悪な王の物語を――反復してしまうことにある。自己自身であろうとすればするほど、逆に他者を志向し、すでに語られた物語を模倣してしまうのだ。結末に至ってついにモビー・ディックに遭遇したときのエイハブは、リチャード・ブロッドヘッドのいうように、「あたかも無限の距離から、自分自身がAhabの役を演じ切るのを見ている」[21]。今やエイハブは、役者と観客というふたつの役割にひき裂かれている。

ここで、『白鯨』の結末の中でもっとも頻繁に引用されるエイハブの言葉に言及すべきだろう。一三二章でエイハブは「エイハブは、エイハブなのか？」（"Is Ahab, Ahab?"〔1375〕）と問い、にもかかわらず一三四章では「エイハブは永遠にエイハブなのだ」（"Ahab is for ever Ahab, man"〔1394〕）と断言する。この一見したところの矛盾は、従来はエイハブの心理の揺れ動きを物語るものとして解釈されてきた。すなわち、自分が自分であることに対する瞬時の迷いから、自分はやはり自分なのだという自負あるいは絶望的な開き直りへ移行するといったように。だが最近発表されたP・アダムズ・シトニーの画期的な論文が指摘しているように、この二つの短い文はきわめて多様な解釈を許すものである。シトニーの議論をいまここで詳しく論じることはできないが、ひとことでいえば、エイハブがエイハブであるということはどういうことなのかがここで問われているのだ、そうシトニーは論じている[22]。主語と述語との自明とされる結びつきが疑われているというのである。

この二文の意味が曖昧であることのひとつの原因は、Ahabという名がエイハブ船長と旧約のアハブ王の両方を示しうることであるとシトニーは指摘している。この議論をあえて単純化すれば、「エイハブは、エイハブなのか？」という問いは、「おれ（エイハブ）はやはりあのアハブであるほかはないのか？」という問いとして読むこともできるのであり、「エイハブは永遠にエイハブなのだ」という断定は「Ahabの名で呼ばれた者は誰もがあのアハブであるほかはないのだ」と読むこともできるのだ。与えられた名の呪縛。絶対的に自己自身であろうとしたエイハブが、逆に他者となってしまった自分を発見するに至る過程が、まず問いの形であらわれ断言の形で完了するのである。

私が私であることを証明しようとする試みが、逆に私が私でないことを証明してしまう。このパラドックスこそがエイハブである。だがいったい誰がそのパラドックスから自由でいられるだろう。それは、自己を「知る」ことがもたらすパラドックス、自己意識が必然的にもたらすパラドックスなのだから。ひとりの狂人にすぎないエイハブがもしも英雄的であるとすれば、それは彼が自己意識のパラドックスを究極まで生きつくすからにほかならない。モビー・ディックに壮絶な闘いを挑んだエイハブは、渦巻に飲み込まれついには水の中に消えていく。こうして、「捉え得ぬ生の幻」を追って「泉に飛び込み溺れ死んだ」ナルシスの物語が完成するのだ。

『白鯨』ののちも、メルヴィルは『ピエール』（一八五二）『詐欺師』（一八五七）などの作品を通じて、私が私であることの意味を問いつづけることになる。ナルシスの影はけっしてメルヴィルを離れることはない。さらにまた、自己こそが最大の他者であるという思いが、メルヴィルのみならずアメリカン・ルネッサンスの最良の作家たちをひとしく捉えていたことは疑いえない。ホーソーンにおける鏡の偏愛、ポオにおける分身の主題の頻出、それらは明らかにそのことを物語っている。

（1） Herman Melville, *Moby-Dick: or, The Whale* (1851; The Library of America: *Redburn, White-Jacket, Moby-Dick*, 1983), p. 797. 以下引用はこの版により、引用文のあとにページ（本文中において章が言及されていない場合は章とページ）を記す。訳は引用者。以下、特記する場合を除き訳は引用者。

（2） かずかずのナルシス物語のバージョンを網羅的に紹介し、西洋文学におけるナルシスの系譜をたどった書物として Louise Vinge, *The Narcissus Theme in Western European Literature up to the Early 19th Century* (Gleerups, 1967) がある。また、ヴィンジの大著ほど網羅的ではないが、同じくナルシス神話の変容の軌跡をたどり、問題意識においてはヴィンジよりもはるかに先鋭なナルシシズム論が、Paul Zweig, *The Heresy of Self-Love: A Study of Subversive Individualism* (1968; Princeton University Press, 1980) である。その中の pp. 205–16 は『白鯨』論に割かれている。

（3）オウィディウス『変身物語』巻三、中村善也訳（岩波文庫、一九八一年）一一三頁。以下引用はこの版による。

（4）同一一四頁。

（5）市川浩『精神としての身体』（誠信書房、一九七五年）三二頁。

（6）ナルシス神話を自己意識の成立のプロセスの物語としてもっとも精緻に読み解いているのは、おそらくジョン・アーウィンの『アメリカの象形文字』である。John T. Irwin, *The American Hieroglyphics: The Symbol of the Egyptian Hieroglyphics in the American Renaissance* (1980; The Johns Hopkins University Press, 1983), pp. 157–62.

（7）『精神としての身体』三二頁。

（8）ルイーズ・ヴィンジによれば、ナルシスが溺死するというヴァージョンはメルヴィル以前にもいくつか例がある。たとえばマーロウやシェークスピアの中にあらわれるナルシスがそうである。*The Narcissus Theme*, pp. 37, 138, 171–72, 340 (n. 138), etc.

（9）Herman Melville, *The White-Jacket; or The World in a Man-of-War* (1851; The Library of America: *Redburn, White-Jacket, Moby-Dick*, 1983), p. 764.

（10）Sharon Cameron, *The Corporeal Self: Allegories of the Boby in Melville and Hawthorne* (The Johns Hopkins University Press, 1981), p. 45.

（11）『変身物語』一一七—一一八頁。

（12）Herman Melville, *Typee: A Peep at Polynesian Life* (1846; The Library of America: *Typee, Omoo, Mardi*, 1982), pp. 90–91.

（13）たとえばロバート・エイブラムズは、実は「トム」ですらない人物が「トモ」と呼ばれることの意味を、文明と未開とがたがいに相手を自らの世界観の中に押し込めようとする対立関係の中に位置づけて論じている。Robert E. Abrams, "*Typee and Omoo*: Herman Melville and the Ungraspable Phantom of Identity," in Milton R. Stern, ed., *Critical Essays on Herman Melville's TYPEE* (G. K. Hall & Co., 1982), pp. 201–10.

（14）「別称」の暴力を物語るもっとも明白な例は、ホーソーンの『緋文字』（一八五〇）において、社会からの追放者ヘスター・プリンが胸に着けさせられる緋文字Aだろう。それは、「姦通女」（Adulteress）という市民の眼に映ったヘスターの姿を定着させる装置にほかならない。ただしヘスターは緋文字を華麗に装飾することでAの意味を再定義してみせる（Artistとしての A）わけだが、それはまた別の問題である。

（15） J. Hillis Miller, *Fiction and Repetition: Seven English Novels* (Harvard University Press, 1982), p. 81.

（16） その例外は一六章においてイシュメールが船主と契約を交わす際にみられる――「さてさて、若いの、名はイシュメールといったな？　さてそれでは、これで決まりだ、イシュメール、三百番配当だ」（877）。イシュメールが自らをイシュメールと呼ぶことの意義に関する有益な議論としては次のようなものがある。Paul Brodtkorb, Jr., *Ishmael's White World: A Phenomenological Reading of MOBY DICK* (Yale University Press, 1965), pp. 123–24; Edgar A. Dryden, *Melville's Thematics of Form: The Great Art of Telling the Truth* (The Johns Hopkins University Press, 1968), pp. 85–87; Warwick Wadlington, *The Confidence Game in American Literature* (Princeton University Press, 1975), pp. 87–88.

（17） *Ishmael's White World*, p. 123.

（18） 『白鯨』全体が裏返された田園詩《パストラル》であるという視座から『白鯨』を読み解いているのが、注釈でありながらそのまま驚くべき『白鯨』論となっている、ハロルド・ビーヴァーによるペンギン版『白鯨』の注釈である。

（19） *The Corporeal Self*, p. 49.

（20） 神と人間、自己と自己自身という二対の関係もまたナルシス神話によって結びつく。神もまた自らの姿に似せて人間を創ったからである。このテーマでナルシシズムを考える場合有益なのが、注（2）に挙げたツヴァイクの『自己愛の異端』である。

（21） Richard H. Brodhead, *Hawthorne, Melville and the Novel* (The University of Chicago Press, 1976), p. 160.

（22） P. Adams Sitney, "Ahab's Name: A Reading of 'The Symphony'," in Harold Bloom, ed., *Herman Melville* (Modern Critical Views. Chelsea House, 1986), pp. 223–37.

＊現在、『白鯨』の邦訳は千石英世訳（講談社文芸文庫、上下巻、二〇〇〇年）、八木敏雄訳（岩波文庫、上中下巻、二〇〇四年）などがある。

2　ポオあるいは怖れるナルシス

現実は境界線を引くことによって成立する。人は自分と他人の間に境界線を引き、内面と外界の間に境界線を引き、生と死の間に、精神と身体の間に、仲間とよそ者の間に、現実と虚構の間に、オリジナルと複製の間に、字義通りの意味と比喩的な意味の間に……こうして無数に引かれた境界線が、とりあえず整然としたといえなくもない秩序を持った〈現実〉をつくり上げる。むろんそれらの境界線はたえず修正され引き直されているし、その引き方は個人によってそれぞれ異なっている。だが現実が区切ることによって成り立つという基本的な事実そのものは変らない。

ポオにおける恐怖と笑いは、ほとんどすべてこの「境界」の混乱から生じているといってよい。ポオにおいてもっとも頻繁に現れる二つの主題を考えてみれば、そのことはいっそう明確になるだろう。(1)生きたままの埋葬（生／死の境界の混乱）。(2)分身の出現（自己／他者の境界の混乱）。現実を構成するもっとも根本的な境界線が曖昧にされているといってよいだろう。ある時はそれが恐怖をひき起こし、ある時は笑いをひき起こす。だがよくいわれるように、恐怖と笑いの境界ですらポオにおいてはかならずしも明確ではない。そこでも境界が混乱しているのだ。

ポオの空間について、人はしばしばそれが「閉ざされた空間」であることを指摘する。おそらくその指摘は正しいが、と同時にそれは、この境界の混乱という事件を見えにくくしてしまう危険を持っている。たとえば有名な講演録「ポオの家」の中で、リチャード・ウィルバーは次のように言っている。

> ポオのヒーローたちがかならず閉じ込められ取り囲まれているという事実は、どういう意味を持つのでしょうか。答えは簡単です。閉ざすことは、ポオの物語にあっては、いわゆる現実世界――時間と理性と物理的事実の世界――を、意識から排除する、という意味なのです。つまり、詩人の魂が、幻想の白日夢もしくは忘我の中で一人屹然と立っているという意味であるわけです。（……）典型的なポオの物語は、一人の詩人の心の中で起きるのです。登場人物たちは、個々に独立した人格ではなくて、その詩人の分裂した本性の、たがいにせめぎ合う諸原理を体現する、そういう寓意的存在にほかならないのです。（強調原文）(1)

ポオの世界（「家」）が閉ざされているのは、それが一人の人間の閉ざされた内面を表しているからであるというわけだ。ポオにおいては「外界」は「内面」を意味し、「他者」は「自己」を意味し、「人物」は「原理」を意味する――ウィルバーはそう考えている。こうして、意味するものと意味されるものとの二項対立の境界線はいっそう強化され、意味されるもの（内面、自己）はますます特権化されることになる。

たしかに、「登場人物たちは、個々に独立した人格ではな」いというのは、おそらくその通りである。そもそも、ポオの作品において、本来的な意味での他者はまったく存在しないとさえいってよいだろう。ポオの作品の多くが夢のような雰囲気を持っているのも、ウィルバーのいう通り、登場人物たちがいずれも一人の人間の内面の反映であるかのように描かれているからだろう。しかし、重要なことは、自己の影ともいうべきそれらの人物が、にもかかわらず、圧倒的な他者性を持っていることだ。たとえばポオには、「ウィリアム・ウィルソン」（"William Wilson," 1839）というよく知られた作品がある。主人公と名前も生年月日も容貌も服装も同一である人物が出現する物語である。主人公がはじめて彼の「分身」の寝顔を直視する場面は、次のように描かれている。

そのとき、明るい光がはっきりとその寝姿の上に落ちた。と同時に、僕の目も彼の顔に落ちた。僕は見た——すぐさま、痺れにも似た、氷のような感情が僕の全身を浸した。僕の胸は喘ぎ、膝は震え、名状し難い、しかし堪え難い恐怖が僕の全精神を捉えた。大きく息を飲んで、僕はランプをその顔にさらに近づけた。これが、——これがウィリアム・ウィルソンの表情なのだろうか？ 見る限り、確かにそれは彼のものだった。だが僕は、そうではないのではないかという思いに捕われて、瘧《おこり》の発作のように震えた。いったい、その表情の何が僕をこんなふうに狼狽させるのか？ 僕はじっと見た。——筋の通らない無数の思いで頭がくらくらした。こんなふうではなかった、断じてこんなふうでは——彼が生き生きと目ざめている時の顔は。同じ名前！ 同じ体つき！ 同じ入学日！ それに加えて、僕の歩き方、僕の声、僕の習癖、僕の身振りの、あの執拗で無意味な物真似！ 本当に、人間が行ないうる可能性の中にあることなのだろうか、僕がいま目にしているものが、このような人を馬鹿にした模倣を習慣的に実践した結果にすぎない、などということが？（強調原文）[2]

奇怪な一節というほかない。「分身」の顔がどんな顔であったか、具体的には何ひとつ述べられていないに等しい。描写を避けるための描写とでもいうべき文が並べられているのである。あえて直訳調で訳した最後の文にしても、一読では意味が判然としない文ではないだろうか[3]。

むろんこういう反論もあるだろう——ウィルソンが自分自身の顔をそこに見出したことの驚きを、ポオはここで彼一流の婉曲な言い方で表現しているのではないか、と。しかし、自分の顔を見ている人間が「いったい、その表情の何が僕をこんなふうに狼狽させるのか？」などと言いうるだろうか。ウィルソンはそこに、見たこともない他者の顔を見出しているのである。「分身」がよくいわれるように彼の「良心」を体現しているのかどうかは、それほど重要ではない。自己の影の圧倒的な他者性、問題はそこにあるように思われる。

おそらく、ポオの世界とは、ウィルバーのいうような相互排除の原理によって成り立っているのではない。むしろそれは、外界が内面の反映なのか内面が外界の反映なのかにわかには見きわめがたい、自己の他者性と他者の自己性とが交錯しあう、いわば相互浸透の世界であると考えるべきなのだ。

ポオにおいて鏡のイメージが重要なのもこの意味においてである。鏡といってもそれは、実像と鏡像とが容易に区別しうるような鏡ではない。ポオの世界にあっては、どちらが実像でどちらが鏡像なのかはつねに曖昧である。そしてその鏡の表面は、鏡の内と外とを区切るというよりははるかに、内と外の区別を混乱させてしまう、きわめて曖昧な境界線なのである。ポオの作品には本物の鏡がほとんど出てこないが、ポオにおいては、鏡の不在はおそらく鏡の遍在を暗示している。あえていえば、世界そのものが鏡でできているのだ。そして、ポオの物語は、人が鏡面という、曖昧な境界に降り立っていくことからはじまるといってよい。

境界の混乱。遍在する鏡。この二つの鍵言葉を、「アッシャー家の崩壊」("The Fall of the House of Usher," 1839) ほど見事に体現した作品もほかにあるまい。

暗雲が空低く重々しげに垂れ込める物憂く暗い静みかえった秋の日に、私は一日中ただ一人馬にまたがり、この上なく佗しい地帯を通りすぎた末に、夕べの影がたち込める頃、陰鬱なるアッシャー家が見える場所に、気がつけば出ていたのであった。(138)

こうして、「アッシャー家の崩壊」の語り手は、馬上の人であることをやめて、鏡の遍在する世界へと降り立ってゆく。その世界に住む、「ほとんど理解を超えた共感」(151) でつねに結ばれてきた瓜二つの双子の兄妹。「アッシャー家」という名は、屋敷自体とその住人の両方を指し示し (USHERのRをOに変えればHOUSEのアナグラムとなる)、屋敷もまた人間に似て「うつろな眼のような窓」(138) を持っている。そしてさらに、荒涼とした屋敷の姿をなおいっそう陰鬱に映しだす、「さざ波ひとつなく不気味に光る、黒々としたおぞましい沼」(138)。あたかもナルシス的状況が世界全体を覆いつくしているかのようである。二世紀ギリシャの著作家パウサニアースの語るナルシスの物語において、ナルシスが死んだ双子の妹を偲んで自分の似姿を見つめていたことを指摘することなど、ほとんど蛇足のようにさえ思える。(4)

『白鯨』のナルシスたちの見つめる水がつねに溺死の夢を喚起していたように、「アッシャー家の崩壊」の「黒々としたおぞましい沼」もまた、死を想起させずにはいない。バシュラールのいう「重い水」である。(5) だが水だけではない。鏡の遍在するアッシャー家の世界にあっては、死もまた遍在しているのだ。

池に映る像から目を上げて、家自体を見ると、私の心の中に奇妙な思いが湧き上がってきた。実際それは何とも馬鹿げた奇想であり、私がここでそれについて述べるのも、ただ単にそのとき私の心にのしかかった感情の強い力を示すためにすぎない。すなわち私は、想像力をあまり使いすぎたものだから、館全体とその周辺に、そことその近隣にのみ固有の大気がたち込めているのではないか、そう本気で信じ込んでしまったのである——朽ち果てた樹木や灰色の壁や静まり返った沼から、天の空気とは何ら縁のない独特の大気、物憂く重々しげな、かすかに眼でもそれと分かる鉛色の、毒を含んだ神秘的な煙霧が湧き上がっているのではないか、と。(140)

この作品が、あたかも死を培養しているかのような、「眼でもそれと分かる」ほど死の瀰漫する世界であることが浮び上がってくる一節である。作品全体を通じてそうであるように、ここでも「死」という言葉が周到に避けられているために、なおいっそうそうした印象が強められている。また、合理主義者の語り手が付す「馬鹿げた奇想」という注釈にしても、この作品における彼のそうした注釈がつねにそうであるように、そのお目出度さによって逆に「奇想」を強化している。この一節における濃密な大気に注目したレオ・スピッツァーは、「ポオにとって、『大気』(atmosphere)とは「単なる「雰囲気」ではなく」ある環境の物的・心的・精神的特徴と、それらの特徴間の相互作用の総和が、感覚的に（視覚で）認知できる形で顕現したものである」と述べている。(6) この認知可能な大気は、あきらかに、生よりもはるかに死を多くその成分として含んでいるのだ。

生が死に浸されているのと同じように、自己もまた自己でないものによって侵食されずにはいない。ロデリック・アッシャーについて、語り手は次のように言う。

彼は五感の病的な鋭さにひどく苦しんでいた。ごく刺激の弱い食物しか口にできず、ある特定の繊維でできた衣服しか着られなかった。あらゆる花の香りが息苦しく、ごく弱い光でも目が痛んだ。そして、ある特殊な、弦楽器からの音を除いては、彼を恐怖で満たさない音はなかった。

彼は尋常ならざる恐怖に囚われていた。「僕はもう助かるまい」と彼は言った。「この情けない、愚かな事態にあって、もう助かるはずはないのだ。こうしてこうやって、もはやどうしようもなく滅んでゆくのだ。僕は今後の出来事を怖れる。出来事そのものではなく、その結果を怖れるのだ。どんな出来事であれ、そう、どんなに些細な出来事であれ、それがこの堪え難い魂の動揺に作用を及ぼすかと思うと身震いがする。実際僕は、危険が怖いのではない。あくまで、危険の持つ絶対的な効果が――恐怖が――怖しいのだ。このように神経の参った、この嘆かわしい状態にあって、いずれ僕が生と理性を完全に捨てなければならない時がやって来ると僕は思っている。――**恐怖**という、怖しい幻との闘いの中で」（143–44、太字原文）

五感の異様な鋭敏さに苦しめられているということは、アッシャーと外界とを区切る壁がほとんど消滅しかかっているということである。私を私でないものから遮る境界が溶解しかかっているのだ。実際、アッシャーの状況は、人間／環境という、人間を特権化した二分法を否定し、〈人間＋環境〉をひとつの生態系《エコシステム》として捉えようとするエコロジーの発想の悪夢的な裏返しであるとさえいってよいだろう。そのようなアッシャーは、ポオが「アッシャー家」を書く四年前、『自然』において次のように書いたエマソンからもっとも遠い所にいる。

何もない大地に立ち、快い空気を浴びた頭を無限の空間の中に向けていると、いっさいの卑しい自執は霧散する。私は透明な眼球となる。私は何ものでもなく、私はすべてを見る。普遍者の流れが私の中を循環してゆく。私は神の一部分であり神の一分子だ。(7)

「透明な眼球」となり、「神の一部」となったエマソンは、無限の意味の生成の場に立ち会う恍惚を感じている。というより、恍惚そのものになっているというべきだろう。アッシャーは逆だ。彼は五感がもたらすいかなる情報からも単一の意味──恐怖──しか読みとることができない。彼は生者として、限りなく死に近い世界に位置している。生と死の境界間際に立ちつくすなか、境界はどんどんその輪郭を曖昧にしてゆく。それが恐怖を生む。だがアッシャーの言葉で注目すべきなのは、「僕は、危険が怖いのではない。あくまで危険の持つ絶対的な効果が──恐怖が──怖しいのだ」という箇所である。つまりアッシャーは恐怖を恐怖しているのであり、死そのものというよりも、死の意味に怯えているのだ。

写真を論じた文章の中で、三浦雅士は次のように述べている。

> 戦争の悲惨は、苦痛そのもの死そのものにあるよりもはるかに、苦痛への恐怖、死への恐怖にあると言えるだろう。苦痛の最中にある人間は苦痛も死も忘れている。苦痛がそのまま彼であり、死がそのまま彼であるからだ。だが、苦痛の近く死の近くにありながら、苦痛でも死でもない人間は、まさにその恐怖に捉えられて慄《ふる》え戦《おのの》く。戦士が戦わねばならないのはこの恐怖に対してであって、苦痛そのものに対してでもなければ死そのものに対してでもない。
> 恐怖は想像力の問題である。そして想像力とは距離の問題にほかならない。(8)

まさに「アッシャー家の崩壊」の注釈のために書かれたような文章である。アッシャーもまた、苦痛の近く死の近くにあって──すなわち生と死の曖昧な境界線を前にして──苦痛そのもの死そのものではないことによって、「恐怖に捉えられて慄え戦く」のである。

「危険の持つ絶対的な効果」に怯えるアッシャーは、読む者にポオの創作理論を思い出させる。ホーソーンの『トワイス・トールド・テールズ』を論じた書評の中で、ポオは、短編小説においては、読者に与える「単一の効果」(446)を最大限に高めることが唯一の目的とされるべきであると述べている(9)。このポオの考え方にしたがえば、読者とはきわめて受動的な存在だということになる。読者が感じるべき反応はあらかじめ作者によって一義的に決定されているからだ。そこでは、作者の真意をいかに伝えるかなどということではなく、読者に与える効果をいかに高めるか、いいかえれば読者をいかに有効に操作するかが問題となる。ポオが長編より短編を重視したのも、短編の方が読者の操作がより容易だと考えたからにほかならない。「短い物語であれば、[読者が読書を中断することなく一気に読むので]作者は何ものにも干渉されることなく、自分の意図を十分に実行することができるのである。熟読している間は、読者の魂は作家の支配下にあるのだ」(446)。

したがって、最良の読者とは、作者によって意図された「単一の効果」を最大限に感知できる読み手だということになるだろう。とすれば、語り手の「私」が、外界から受ける恐怖を「馬鹿げた奇想」と合理的に解消しようとする凡庸な読者にすぎないのに対し、アッシャーこそは五感のすべてを通して「恐怖」という「単一の効果」を感知する、まさに理想の読者だということになる。書物から受ける恐怖であれば、書物を閉じさえすればやがて恐怖は去るかもしれない。だがアッシャーにとっては世界そのものが書物なのだ。アッシャーとは、書物を閉じることを禁じられた読者にほかならない。

だが、アッシャーが外界から浸透してくる死によって、ただひたすら受動的に死に近づいていくのだと考えるとすれば、おそらく「アッシャー家」で語られている事態の半分を捉えたことにしかならないだろう。くり返しいえば、重要なのは、彼を怯えさせるのが「危険」それ自体ではなく「危険の持つ絶対的な効果」であることであり、「恐怖という、怖しい幻との闘いの中で」自分が「生と理性を完全に捨てなければならない時がやって来る」とアッシャーが考えていることである。その恐怖とは、生と理性を失うことの恐怖、すなわち死への恐怖であり狂気に陥ることの恐怖である。とすれば、死への恐怖、狂気への恐怖との闘いが死をひき起こし狂気をひき起こすのだとアッシャーはいっているのである。もとよりアッシャーの周囲には、彼を死へそして狂気へとひきずり込もうとする要素が遍在している。だが最大の要素は彼の内部にあるのだ。それは、彼の中で無限に増殖していく恐怖という意味それ自体なのである。こうして、外界から感知された「単一の効果」はいっそう増幅されて外界へ投げ返され、さらに大きな効果となってアッシャーにはね返ってくる。この点でアッシャーは、ポオのもっとも有名な詩「大鴉」("The Raven," 1845)の語り手に似ている。「大鴉」の語り手もまた、大鴉の発する "Nevermore" というたった一語にとめどなく過剰な意味を読み込んでいくことによって、やがて自らを狂乱状態に追いやっていくのである。(10)

死の恐怖が想像力の問題であり、想像力が距離の問題、隔たりの問題であるということは、死の恐怖とは自己意識の問題であるということである。いうまでもなく自己意識とは自己の自己に対する距離の問題であり、自己が自己自身から隔たることである。そして、自己意識の発生と死の恐怖の発生はおそらく同時である。禁断の実を食べたアダムとイヴの物語はまさにそのことを象徴している。彼らは自らの裸体を恥じるようになる。つまり自分を一人の他者として眺める目、すなわち自意識を獲得するわけだ。だがそれと同時に彼らは、神によって死を与えられるのである。原罪の罰は自意識と死なのだ。

こうして、自己自身から隔たることによって、自己の究極的な消失点としての死が姿を表すとともに、いまここにこうしている自分の絶対性は失われ、それが人を恐怖の奈落につき落とす。死に対するアッシャーの恐怖は、自己意識の構造に根ざした、神秘的であるよりもはるかに論理的な恐怖として考えられるべきである。無限に増殖していく恐怖に捉えられたアッシャーとは、自己自身から無限に隔たっていく人間にほかならない。アッシャーはいまここにこうしている自分にいかなる意味も見出していない。彼にとって自分は、いまだ死んでいない人間、いまだ狂気に陥っていない人間以上の存在ではない。

むろん自己意識があろうとなかろうと生物はみないずれ死ぬ。だが死すべき存在であることと、自己の死を意識しそれを恐怖する存在であることは決定的に違っている。乱暴にいってしまえば、後者を人間と呼ぶのだといっても過言ではない。人間が自己から隔たった存在であるということ、それが人間に固有の、死の観念という「怖しい幻」をもたらすのである。あえていえば、人間は死を発明するのだとさえいいうるのである。

とすれば、「アッシャー家の崩壊」もまた、あのナルシスの物語に属するものであることはもはやあきらかだろう。前章「『白鯨』あるいは怒れるナルシス」で論じたように、ナルシスの物語とは、何よりもまず、自己意識の発生の物語であり、死の発見の物語である。それは自己の自己自身に対する異和の寓話であり、自己の中にひそむ他者の発見の寓話である。(11) そして、「アッシャー家の崩壊」において「恐怖という、怖しい幻《ファントム》」がすべてを決定しているように、『白鯨』もまた、ナルシスが水の中に「捉え得ぬ生の幻《ファントム》」を見出すことからはじまっていた。そして「捉え得ぬ生の幻」とは死の影にほかならないという逆説こそが『白鯨』という作品を貫いていることも前章で述べた通りである。メルヴィルの語るエイハブ＝ナルシスとは、こうした自己の不可解な他者に我慢のならぬ、怒れるナルシスであった。そしてモビー・ディックとは、エイハブの中に巣食う他者性を引き受けた、外界におけるその対応物にほかならなかった。結末において、エイハブがモビー・ディックとほとんど一体化するかのように海の中に消えていったのは、ナルシスの物語の論理が必然的に要請する展開であったといってよい。「捉え得ぬ生の幻」を捉えようとする者に、ほかのどのような運命もありえるはずがないのだ。

では、「アッシャー家の崩壊」において、エイハブに対応するのがロデリック・アッシャーであるとすれば、モビー・ディックに対応すべき、ロデリックの鏡像はだれか。いうまでもなくそれは、ロデリックと瓜二つの双子の妹マデリンである。ロデリックが「生と理性」を体現し、その喪失を怖れるとすれば、「狂気」をその名の中に含む（Madeline＝Mad line＝狂った家系）、強梗症（ポオが好んで言及する、生死の区別の見きわめがたい病気）の発作を伴う病で死にかけているマデリンは、「死と狂気」を体現しているといってよいだろう。色彩というものがほとんど存在しない「アッシャー家の崩壊」にあって、仮死状態の彼女の頬に浮ぶかすかな赤味と、棺を破って出てきた彼女の白い経帷子を染める血は、作品内に収められた詩「取り憑かれた館」の赤く光る窓と同じく、「狂気」の象徴であると考えてよい。

だがいうまでもなく、〈ロデリック＝生＝理性／マデリン＝死＝狂気〉というふうに、小綺麗な二分法の中に両者を封じ込め、彼らを対極的な存在として捉えるとすれば、それは、境界の曖昧さをその最大の特徴とするポオの世界の手ざわりを失うことになるだろう。相互浸透を原理とする、いずれが実像であり虚像であるか見定めがたいアッシャー家の世界にあって、ロデリックとマデリンとの差異は程度の問題にすぎない。マデリンが体現している死と狂気は、ロデリックの中に巣食う死であり狂気である。マデリンはいわば、ロデリックの死ロデリックの狂気を生きている。

ここで、エイハブ＝ナルシスとロデリック＝ナルシスとの間の重要な相違に触れなければならない。エイハブがモビー・ディックに挑んだ闘いとは、水の中の「捉え得ぬ生の幻」を捉えようとする企てであった。エイハブ＝ナルシスの憤怒は、水の中に自己の明確な似姿を見出せないことから生まれていたのである。だがロデリックは逆だ。彼は、閉ざされた屋敷の中で、瓜二つの双子の妹という自己の似姿と、あたかも鏡に向きあうように生涯ともに生きてきたのである。[12] 生まれ出ることそれ自体が、ロデリックにとっては、死の影と向きあうことのはじまりだったのである。ロデリックは、自己の似姿が見えすぎることに慄え戦くナルシスなのだ。自己の中にひそむ死を、エイハブが決して自分自身のものとは認めようとしないのに対し、ロデリックはマデリンが体現する死と狂気が、自分自身のものでもあるという事実から決して目をそむけることができない。盲目がエイハブの悲劇であるとすれば、ロデリックの悲劇は、見えすぎることの悲劇である。

ロデリックがなぜマデリンを生きていると知りつつ埋葬したかという、しばしば論争の種となってきた問題も、このような観点から考えることができるだろう。生きたままの、しかし死に色濃く染まったマデリンを埋葬するという行為は、あらゆる差異性が死の同一性の中へと還元されつつある世界にあって、自己と他者を区切り生と死を区切り理性と狂気を区切ろうとする最後の絶望的な試みであり、あらゆる境界が溶解へと向かう世界にあって鏡のこちら側と向こう側の間に境界線を引こうとする、あらかじめ罰せられることを運命づけられた企てにほかならないのだ。仮死状態から醒めたマデリンが、ねじ止めされた棺を破り重い鉄扉を破って出てくるという設定は、現実的にみればむろん理不尽というほかない。だがそれは、「アッシャー家の崩壊」という物語の論理からすればまったくの必然であり不可避である。ポオの世界において、あらゆる境界は、いずれ崩れ墜ちる運命にあるのだ。

こうして、棺から戻ってきたマデリンは、「部屋の敷居のところでしばし震えよろめいた」のちに、ついに部屋の中へ入ってくる。いうまでもなくその敷居（threshold）とは、ロデリックとマデリンとを区切る最後の境界である。こうしてあらゆる境界は消滅し、狂気に陥ったロデリックは、「自ら予期していた恐怖の犠牲者となって」マデリンと文字通り一体の死を遂げ、と同時に稲妻に打たれた屋敷も崩れ墜ち、沼の中に吸い込まれてゆく――「そして私の足元の深く暗い沼が『アッシャー家』の残骸の上に重々しく音もなく閉じたのであった」（157）。この最後の文章において、上下の空間関係が意図的に転倒されていることの意義はいうまでもないだろう。死の同一性が世界を包み込むなか、もはや実像／虚像の主客関係は完全に消滅しているのである。区切ることの罰がこうして完成するのだ。

館が自らの影に折り重なるように倒れるさまを語り終え、ただ一人破滅から逃れる語り手は、どこかしら読み終えた書物を閉じる読者の姿を連想させる。「アッシャー家」を文字通り閉じることによって、語り手はロデリック・アッシャーの物語を書物の中に封じ込めるのである。こうして、まさに書物が閉じられるそのことによって、ナルシスは死の同一性の中でついに書物を閉じることの禁止から解放されるのだ。

　自己の似姿が見出せないことに怒り憤るナルシス。自己の似姿が見えすぎることに慄え戦くナルシス。一方は世界を自分の意志でおおいつくそうとし、一方はなすすべもなく世界の中に飲み込まれてゆく。だが両者はいずれも、自己意識の生む幻からすべてがはじまる世界、私が私であり他者が他者であるといった明快な二分法が通用しない世界に生きている。「アメリカのナルシス」というモチーフが考えるに値するとすれば、それはまさにこの点においてであると思われる。[13]

（1）Richard Wilbur, "The House of Poe" (1959), in Eric W. Carlson, ed., *The Recognition of Edgar Allan Poe* (The University of Michigan Press, 1966), pp. 261, 274–75. 特記した場合をのぞいて訳は引用者。

（2）Edgar Allan Poe, "William Wilson" (1839), in *Selected Writings of Edgar Allan Poe* (Penguin, 1967), pp. 168–69. 以下ポオの著作の引用はこの版により、引用文のあとに（　）でページ数を記す。訳文は、創元推理文庫『ポオ小説全集1』（一九七四年）の諸氏の訳を参考にさせていただいた。

（3）原文を挙げておく——"Was it, in truth, within the bounds of human possibility, that *what I now saw* was the result, merely, of the habitual practice of this sarcastic imitation?"

　結末において、主人公はふたたび「分身」に直面し、ついにそれが自分の姿にほかならないことに気づくが、ここでもシンタックスは極端にねじられ、まるで「この文はそれが意味していることを意味しない」とでもいいたげな文になっている——"Not a thread in all his raiment——not a line in all the marked and singular lineaments of his face which was not, even in the most absolute identity, ***mine own!***"

（4）Pausanias, *Descriptions of Greece*, 5 vols. (Harvard University Press, 1935), translated by W. H. S. Jones, 4: 310–11, quoted in Tobin Siebers, *The Mirror of Medusa* (University of California Press, 1983), pp. 74–75.

（5）ガストン・バシュラール『水と夢——物質の想像力についての試論』（一九四二年、国文社、小浜俊郎・桜木泰行訳、一九六九年）七三―一〇七頁。

(6) Leo Spitzer, "A Reinterpretation of 'The Fall of the House of Usher,'" in *Essays on English and American Literature* (Princeton University Press, 1962), p. 61.

(7) Ralph Waldo Emerson, *Nature* (1836; The Library of America: *Essays and Lectures*, 1983), p. 10.

(8) 三浦雅士「写真という悲惨」『幻のもうひとり――現代芸術ノート』（冬樹社、一九八二年）三四頁。

(9) ポオは詩についても、「構成の哲学」（"The Philosophy of Composition," 1846）において同様の主張を展開している。

(10) 「大鴉」のこうした側面を明快に読み解いているのが、Barbara Johnson, "Strange Fits," in *Worlds of Difference* (The Johns Hopkins University Press, 1987), pp. 98-99 である。

(11) 以下『白鯨』をめぐる議論は、前章を参照。なお、『英語青年』一九八八年二月号掲載の拙論「アメリカのナルシス」は、前章と本章の内容に基づくものである。

(12) ロデリック・アッシャーは、語り手の幼年時代の親友であったという設定になっている。だが作品を読む限り、ロデリックは――そしてむろんマデリンも――アッシャー家の屋敷から生涯一歩も出たことがないような印象を受ける。

(13) 「アメリカのナルシス」という表現を用いるのであれば、ずばり *The American Narcissus* と題された書物に言及しておくべきだろう。アメリカ的個人主義を徹底的に批判したこの書物において、ジョイス・W・ウォレンは次のようにいう。

> アメリカ個人主義のドラマの中で、女性、黒人、インディアンなどの「他者」は、どこにも存在の場を持たなかった。伝説のナルシスのように、アメリカの個人主義者もまた、みずからの鏡像に心を奪われたあまり、他者にほとんど現実性を与えることができなかったのである。(Joyce W. Warren, *The American Narcissus: Individualism and Women in Nineteenth-Century American Fiction* [Rutgers University Press, 1984], p. 4)

自分自身にしか「現実性」を与えることができない、他者が目に入らぬこれら十九世紀アメリカのナルシスたち――エマソン、ソロー、メルヴィル等――を、ウォレンは次々に断罪してゆく。

たしかに、ウォレンのいうように、これらの作家たち（そしてその作品の登場人物たちの多く）が、過剰ともいえる強度の自己意識に浸されていたことは疑いない。だが、かりにそれが「他者にほとんど現実性を与えることができな」いという結果を招いたとしても、それは彼らが、自己自身の中に絶対の現実性を見出したということを意味するだろうか？　いいかえれば、アメリカのナルシスたちは、ウォレンの糾弾が示唆するように、〈私／他者〉という単純明快な二分法に支えられた、「私は私である」という強烈な実感をもっていたのだろうか？　これまでの議論が示そうとしてきたように、おそらくそうではないように思われる。

3　都市のナルシス

「群衆の人」論

1

十九世紀中葉におけるガス照明と板ガラスの普及は、ロンドンを〈生きられる都市〉から〈見られる都市〉へと変容させた。こうした「都市の変容」を論じた文章の中で、高山宏は次のように述べている。

> 人々は（特に長方形の）**ガラスを通して**ものを見ることの快楽を覚えた。清潔こそヴィクトリア朝人士ののぞんだものだが、ガラスという隔壁を介して彼らは世界を見られるものに変え汚穢《おえ》やグロテスクリーを排除することで、自らの周囲を〈清潔〉さで取り囲む技術を身につけた。（……）人々は美術館、博物館のガラス越しにどんどん世界を〈視〉の対象としてとらえる習癖を、当り前のように日常的に身につけていった。[1]（太字・傍点原文）

高山宏が指摘するように、こうした都市の変容をいち早く捉え、そのいかがわしさをも見抜いていた作家がチャールズ・ディケンズであった。そして、大西洋の向こう側でも、ディケンズのロンドン・スケッチに依拠しつつ、早くも一八四〇年、「見られる都市」を小説に取り挙げたアメリカ人作家がいた。それがポオである。「群衆の人」(“The Man of the Crowd”)は、ポオの最初の都市小説である。ロンドンを舞台としたこの短編は、前半・後半の長さがほぼ同じの二部構成になっていて、前半においては語り手の「私」がホテルのカフェから――まさにガラスを通して――通りを歩く人々を眺める描写が続き、後半では語り手が街に――すなわちガラスの向こう側に――出て一人の奇妙な老人の後を追いかける、という設定になっている。

前半における「私」は、まさに「見ることの快楽」に浸る人である。ある日の午後、「新聞を膝に乗せたまま、あるいは広告を読んだり、店内の雑然たる客の群れを観察したり、あるいは曇った窓ガラス越しに街を眺めたり」しているうちに、やがて彼は「もっぱらこの外の景色を眺めるのに夢中になって」いく。十九世紀後半における消費文化の発生を論じたレイチェル・ボウルビーの研究書のタイトル通り、「私」はまさに「見ているだけ《ジャスト・ルッキング》」の人間なのだ。(2)

会社員、店員階級、これも一見してすぐわかった。そしてここにもはっきり二つの種類が識別された。まずいかがわしい店の下級店員どもがいた――ピッタリ身についた仕立の服を着て、ピカピカ光る編み上げ靴をはき、油に濡れた頭髪、人もなげな唇をした青年たちだった。他によい言葉もないままに「机上的」とでも形容するほかない小綺麗さを除いては、この連中の恰好は、まず一年ないし一年半前に流行《はや》った尖端趣味の、そのまま複製だと思えばよい。とにかく上流社会のお下がりといった洒落っぷり――というのが、おそらく彼らに対する最上の定義だったろう。

もう一つは、手堅い商店、会社の上流社員、いわゆる「お堅い旦那方」の一団だが、これはもう間違いようもなかった。ゆっくり着こなした黒、または茶色の上衣とズボン、白いネクタイに白チョッキ、大きな、重厚そうな短靴、厚い靴下、もうそれだけですぐ知れた。――みんな頭が少し禿げていて、それに長年ペンを挟んでいる習慣で、きまって右の耳が奇妙に横に飛び出している。しかも見ていると、帽子を脱いだり冠《かむ》ったりするのに、かならず両手でつかんでするし、時計にはきまって頑丈な、古風な型の金鎖をつけている。一口にいえば、体裁の衒《てら》いとでもいうものか、――もっとも衒いにもそんな結構なのがあればの話だが。(3)

このように、ポオにしてはきわめて珍しい、リアリズム小説の中にすんなりと収まりそうな写実的描写が数ページにわたって続くわけだが、この描写においてもっとも特徴的なのは、語り手の「私」が通行人たちを、容易に読解可能な書物のようなものとして捉えていることだろう――「会社員、店員階級、これも一見してすぐわかった」。「もう一つは、手堅い商店、会社の上流社員、(……)これはもう間違いようもなかった」。こうした記述は他にも見られる――「まだ他に、ひどく派手な様子の男が通るが、これは大きな都会にはかならずいる高等掏摸《すり》どもだとは、すぐわかった」。「賭博師《ばくちうち》も二、三ならず交っていたが、これもまた、も一つ容易にすぐわかる」。そもそも書物への言及からはじまるこの作品において――「あるドイツの書物について、『人の解読をついに許さぬ書』という評があったが、まことに至言である」――、「私」はあたかも小説を読むように群衆を読んでいる。彼にとって、人間とは完全に透明な、一義的に定義可能な書物なのだ。

日が暮れるとともに、「私」の読解の対象も、ほとんど醜悪といってよい姿の、社会の最下層の人々へと移っていくが、「私」はなおも見ることの快楽、読むことの法悦に浸りつづける。ガス灯の光がともり、都市がそのスペクタクル性をいっそう強めた時点で、前半の部分が次のように結ばれる。

一種荒涼たる光の効果に、私はあたかも魅せられた者のようになって、道行く人々の顔をしげしげと眺めていた。もとより窓の外の光の世界は、まるで飛ぶように流れてゆく、したがって一人の顔を眺め見る時間といっては、ほんの瞬間的な一瞥にしかすぎないのだが、しかしそれにもかかわらず、なおあの時私があった一種特異な精神状態は、しばしばその短い一瞬、一瞥の中にさえ、長い長いその人の過去を読みとることができるように思われた。(強調引用者)

このように、「私」の視線は、通行人たちの顔=表層を貫いて、彼らの個人史=内面にまで到達する。「群衆の人」はしばしば、犯罪以外のすべての要素が揃った、推理小説の前身であるといわれる(ポオが最初の推理小説「モルグ街の殺人」を書くのは、「群衆の人」執筆の翌年の一八四一年である)。実際、服装や表情から人間の個人史を読みとろうとする「私」のこうした姿勢は、読む者にあのシャーロック・ホームズを想起させずにはいない。まるで、一年後に自らが生み出すことになるジャンルの最大のヒーローを、その出現のはるか以前にポオがすでにパロディにしているような錯覚すら覚える。そして、ホームズの推理が決して外れることのないように、「私」も自らの「読解」に何の疑いも抱いていない。彼はまさに世界を「手にとるように読む」(英語でいえば "read like a book") ことができると信じているのだ。

だが次の瞬間、テクストはにわかにその透明さを失う。こうして後半部がはじまるのである。

こうして私は、ガラスに額をくっつけるように、夢中になって群衆の表情を観察していたのだが、そのとき突然一つの顔が目に映った(そうだ、齢はもう六十か七十くらい、老いぼれの男だったが)――瞬間、なんというかまったく特異なその表情が、たちまち私の全関心をつかんでしまったのだ。とにかく空似の程度にもせよ、それらしい表情というものは、他に一度として見たことがなかった。今でもよく覚えているが、最初一目見た瞬間の私の印象は、もしあのレッチェがこれを見たならば、おそらく彼は、悪魔の像として、彼みずからが描いた多くの画像よりも、はるかにこの実物をとったろうということだ。最初ちらと見た一瞥の間に、私はなんとなくその表情の伝えた意味を分析してみようと試みたのだが、私の心にただ雑然、紛然と浮かんできたのは、すばらしい智能、警戒心、貧窮、貪欲、冷酷、悪意、残忍、得意、上機嫌、過度の恐怖心、そして、烈しい――いや、極度の絶望といったような一連の観念であった。私は一種奇妙な昂奮と驚きと魅惑にとらえられた。「あの胸のうち、そこにはどのような奇怪な歴史が秘められていることだろうか」と私は思った。と同時に、何とかあの男を尾行してみよう、――そして、もっとあの男の秘密を探りたいというような気持ちが、にわかに猛然と湧き起った。

こうして「私」は、いわばガラスによって安全に仕切られた「観客席」を離れ、自ら舞台の中へ飛び込んでいくわけだが、この老人の描写において特徴的なのは、それがほとんど、描写することを避けるための描写とでもいうべき様相を呈していることだ。とりあえず悪魔を想起させないでもないことを除いては、老人の表情について、ここで具体的には何ひとつ述べられていないに等しい。この短編の前半においては、人間の顔（意味するもの）はそのままその内面史（意味されるもの）に一対一対応するものとして捉えられていた。だが老人の顔からは、「すばらしい智能、警戒心、貧窮、貪欲、冷酷、悪意、残忍、得意、上機嫌、過度の恐怖心、そして、烈しい——いや、極度の絶望といったような一連の観念」が「雑然、紛然と浮かんでき」ている。明らかに意味が過剰なのだ。

意味の過剰は意味の不在に等しい。これまですんなりと内面にまで貫通していた視線が、ここでは完全に裏切られ、表層においてはねかえされ、乱反射して「私」に投げかえされている。容易に読解可能であったはずの書物が、にわかに読解不可能なものに変わっているのだ。「私の眼に間違いさえなければ、窮屈そうに詰った、これは明らかに古物らしい長外套の裂け目からは、ダイアモンドと短剣の影さえちらりと見えていた」——というふうに、老人の服装や所持品もまた、彼の職業や個人史を読み解く鍵ではなく、むしろそれらを神秘化し隠蔽するものでしかない。

さて、「ウィリアム・ウィルソン」「赤死病の仮面」といった、ポオの他の「分身もの」を想起せずとも、「私」と老人との間に、自己と自己の分身との関係を見出すのはごく自然な読み方だろう。実際、「ガラスに額をくっつけるように、夢中になって」窓の外を見ていた「私」の視界に、突然飛び込んできた特異な表情とは、実はガラスに映った「私」自身の表情であったと考えても、さほど不自然ではあるまい。夜も更けて人々が家路につきはじめるころ、老人と「私」は市場に出る。おそらくこの描写は、老人が「私」にとっての〈もう一人の私〉であることを示唆している。

数分後に私たち二人は、大きな繁昌している市場に出た。この辺の地理を、この老人はすっかり心得ているらしく、例によってあてもなく、おびただしい売り買いの人々のあいだをかきわけては、あちこち往来するうちに、またしてもすっかりもとの様子を取り戻した。

こんなふうに、ここでまた私たちは一時間半ばかりを過ごしたが、なにしろその間にも、こちらのことは気取られないで、しかも相手は見失うまいというのだから、私の苦労は相当であった。（……）彼は、一軒一軒、入ってゆく。値を尋ねるでもなければ、物一つ言うでもない。ただ並んでいる品物をまんべんなく、なにか狂気じみた、空ろな視線で眺めるだけ。これには私もすっかり驚いてしまった。そしてもうこの上は、この老人に関して、何らか納得のいくまでは、私たちが離れることがあってはならないと決心したのだった。

それまで一度も使われていなかった「私たち」という言葉の反復からも、「私」が自分を老人と一体化させはじめていることが窺える。しばしば指摘されるように、群衆の中をさまよう老人が「群衆の人」であるとすれば、それを追う「私」もいつしかまた「群衆の人」になっているのである。

だがおそらくより重要なのは次の点である——この老人が、「値を尋ねるでもなければ、物一つ言うでもな」く、「ただ並んでいる品物をまんべんなく、なにか狂気じみた空ろな視線で眺めるだけ」であるならば、彼もまた「見ているだけ《ジャスト・ルッキング》」の人であるとはいえないだろうか。ちょうど「私」が、まさに「物一つ言うでもな」く、通りを歩く人々を「まんべんなく……眺めるだけ」であったように。明らかに老人は「私」の影なのだ。

カフェのガラスに映る自己の鏡像に見知らぬ他者の顔を見出した「私」は、こうして自己の分身を追ってロンドンの雑踏の中をさまよいつづける。まさに自己自身こそが「人の解読をついに許さぬ書」なのだ。都会の核にひそんでいた最大の謎の正体は、自己自身に他ならなかったのである。

2

「群衆の人」においてもう一つ興味深いのは、十九世紀中葉における自己の変容とでもいうべき事態が巧みに描かれていることである。この点を検討するにあたって、先に触れたレイチェル・ボウルビーの『見ているだけ』において展開されている、ナルシシズムと消費文化とのつながりをめぐる議論がその有効な手がかりになると思われる。ボードリヤールの理論を援用しつつ、ボウルビーは十九世紀後半に出現した消費社会における自己の構造について、次のように述べている。

消費者とはさまざまな売り物を能動的に私用に供する存在である、と言うだけでは十分ではない。彼（女）のアイデンティティ、いいかえれば、社会的主体、「消費社会の一市民」としての自己の構成そのものが、適切な品物を獲得するというまさにそのことにかかっているからである。時流にふさわしい品物を獲得せよ、服装や所持品の諸コードにおける差異を通して自分が提示しようとしているイメージにふさわしい品物を獲得せよ、というわけであり、社会の他の構成員たちに認識してもらえる〈ライフスタイル〉のあらゆる付随物を揃えよ、ということなのである。ある意味で、消費者は明らかに、商品を所有しているというより商品によって所有されている。社会に属する個人の型として容認される型にあわせて自分を作り上げることは、それらの商品を手に入れること抜きでは不可能だからである。本来的に自分自身に属すもの、自分のアイデンティティ、個人性そのものまでが、同時にまた、外的付属物として装ったり、演じたり、身につけたりするべきものになっているのである。つまりアイデンティティが、身体的な自己とは別の、ひとつの財産として所持されるものになっているわけである。

おそらくここまでは、現代においてほぼ常識となっている考え方が要約されているといってよい。一言でいえば、個人が商品に自己の根拠を求めるようになったということであり、しかもその商品の選択はあらかじめ社会の規範・流行によって規定されており、いかなる選択も主体的ではありえないということである。はじめに引用した、「群衆の人」の中の「会社員、店員階級」や「お堅い旦那方」の、服装・所持品を通した細かな描写も、こうした新しい自己規定のあり方をいち早く捉えたものといってよいかもしれない。

ボウルビーによれば、このような状況の中では、「個人」というものはもはやありえない。あるのはただ、「個性」

をめぐる無根拠なコードであり流行であるにすぎない。こうして、「消費するものとされるものとが果てしなく反射しあう相互作用の中で、主体と客体の境界が消滅し、能動と受動、所有者と被所有物、特殊と一般との境界が消滅するのである」。いいかえれば、モノが人間のイメージであるのと同じように、人間もまたモノのイメージでしかなくなってしまう、ということである。主権はもはや人間の側にはない。やがて、写真と映画という、すぐれて視覚的（まさに「見ているだけ」）なメディアの出現によって、「社会が、集合的・個別的に、自らの像《イメージ》を見たいという欲望が表面化され促進されるようになった」。こうして、ナルシス的状況が社会全体に蔓延してゆく。

> ナルシスの悲劇とは、彼が恋してしまった自らの像《イメージ》から自分を切り離せないことにある。彼はその像《イメージ》を捉え、所有し、知りたいと願うが、それが自分自身の身体の派生物である鏡像にすぎないことが認識できないのである。彼自身であると同時に彼自身でないもの、現実であると同時に非現実であるもの、見えはするけれども実体をもった他者の身体として触れることはできないもの——そういう何物かによって彼は誘惑され、かつそれを誘惑したいと欲するのである。ナルシスは死に至る魅惑の罠に囚われているが、その罠が自分自身が作り出した、自分自身の動きにしたがって動くものであることがわからないのだ。そして消費者もまた、ひとしく像《イメージ》に囚われている。彼（女）が、その像《イメージ》を自分自身のアイデンティティと間違え、ナルシスの場合とは逆に、それが自分自身が作り出したものではないことがわからないという違いはあるにせよ。（強調原文）

あえて区別を立てれば、ナルシスが自分を自分でないものと思い込むのに対し、消費者は自分でないものを自分と思い込むということになるだろう。とすれば、消費者とはいわば転倒したナルシスである、ともいいうるかもしれない。だがしかし、ボウルビーの議論の核心は、そのような区別はほとんど意味をなさない、という点にある。ナルシスの像はナルシスでないと同時にナルシスである何物かであり、商品もまた、消費者自身でないと同時に、消費者自身でもある何物かだからだ。

こうした、合せ鏡の相互反射の中にしか基盤を持ちえない自己のあり方を、そのうさん臭さ、いかがわしさも含めて、ポオの「群衆の人」は敏感に捉えてみせる。たとえば、「私」が描写する通行人たちは、多かれ少なかれ消費文化のナルシスのグロテスクな歪曲であると見てよいのではないだろうか。「まず一年ないし一年半前に流行った尖端趣味の……上流社会のお下がりといった洒落っぷり——というのが、おそらく彼らに対する最上の定義だったろう」というふうに、彼らにおいては、服装や所持品が人間を規定しているのであり、人間はあたかもチョッキやネクタイや靴や時計を収納する容器にすぎないように書かれているからだ。まさに「商品を所有するというより、商品によって所有されている」という事態が生じているのである。とすれば、彼らが消費文化のナルシスの歪曲であるという言い方は、厳密には正しくないだろう。彼らの姿は、微温的な消費文化の風景の論理的延長線上にあるものだからだ。

だが注意すべきことは、だからといって、ポオにせよボウルビーにせよ、本来あるべき自己の自律性とでもいうべきものを措定し、それが失われてしまったのを嘆いているのではない、ということである。自己が自律した一個の実体であるという考え——平たくいえば、人間は自分自身の主人であるという考え——を、ポオはすでに「ウィリアム・ウィルソン」（一八三九）を通して全面的に否定している。「ウィリアム・ウィルソン」とは、何よりもまず、ウィリアム・ウィルソンがウィリアム・ウィルソンに対して、すなわち自己が自己自身に対して覚える異和の物語である。「分身」の登場という形で表されているそのような異和は、自己の創造者たらんとするウィルソンの強烈な意志が逆説的に招きよせてしまったものに他ならないのだ。

そして、ボウルビーもまた、消費文化以前の、鏡に映った自分の姿にうっとりと見惚れる古典的な若い女性のイメージと、ウィンドウの中の商品——ありうべき自己の姿を映し出す魔法の鏡としての——に見入る消費社会の女性のイメージとの間に、断絶よりもはるかに連続を見出している。「消費文化はナルシシズムの鏡《ミラー》をショーウィンドウに変容させる。ショーウィンドウとは、その前に立つ女性（あるいは男性）の理想化された像《イメージ》を、自分が買いうる商品《モデル》、自分もそうなりうる手本《モデル》の形で、映し出す鏡《ガラス》なのである。この鏡を通して、女性は自分が欲しいものを見、自分がなりたい姿を見るのである」。

だとすれば、カフェの窓ガラスに「額をくっつけるように、夢中になって」群衆を見つめる「私」もまた、ウィンドウ越しに商品に見入る女性たちを連想させないだろうか。ということは、微笑ましいといえなくもない女性たちの姿が、一人のいささかグロテスクな男の姿に変えられてしまっているのであり、と同時に群衆自身も、「私」＝消費者のまなざしの対象たる「商品」と化してしまっているのである。

とすれば、「見るだけの人」としての老人の意義ももはや明らかだろう。店に一軒一軒入ってゆき、「値を尋ねるでもなければ、物一つ言うでもな」く、「ただ並んでいる品物をまんべんなく、なにか狂気じみた、空ろな視線で眺めるだけ」の老人――まさに彼は、ウィンドウ・ショッピングに興じる消費文化のナルシスたちのもっともグロテスクな歪曲ではないだろうか。老人は、いかなる商品の中にも「自分が欲しいものを見」ることも「自分がなりたい姿を見る」こともできない。己の似姿が映るはずの水の中に、「捉え得ぬ生の幻」を見出した『白鯨』第一章のナルシスと同じく、「群衆の人」の老人もまた、自己を映し出すべき鏡の中に自己の似姿を見出せずにいる、アメリカン・ルネッサンスのナルシスたちの一員なのである。

このように、「群衆の人」は、ナルシシズムの延長線上にある消費文化の、いわば魔法がとけた姿を描き出した作品であるといってよい。そして、スフィンクスの謎を解いたオイディプスが、やがて自己自身という謎と対峙しなければならなかったように、「群衆の人」もまた、自己が自己の分身と向き合うことで終わる。

そしてとうとう、思い切って老人のまっ正面に立ちはだかると、じっと眼を据えて彼の顔を見入った。ところが、それでも彼は気がつかないらしい、またしても粛々と歩き出すのだったが、さすがに今度は私ももう尾行をやめて、じっと深い感慨に沈んでしまった。「この老人こそ、深い犯罪の象徴、犯罪の精神《こころ》というものなのだ」と、ついに私は呟いた。「あの老人は一人でいるに堪えられない、いわゆる群衆の人なのだ。後を尾けてもなにになろう。彼自身についても、彼の行為についても、所詮知ることはできないのだ。人間最悪の心というものは、あの『心の園』よりもっと醜悪な書物であり、おそらくそれがついに解読を許さないということは、むしろ神の恩寵の一つなのではあるまいか」と。

「じっと眼を据えて彼の顔を見入った」にもかかわらず、「私」が老人の顔がどんな顔であったかについて一言も述べていないのは、もはや少しも驚くべきことではないだろう。いうまでもなく、自己自身こそが「ついに解読を許さない書物」であるからだ。

だがそれにしても、老人はなぜ「犯罪の象徴、犯罪の精神《こころ》」なのか。ポオはなぜ、この「群衆の人」という短編の出だしと結末において、人間の内面に隠された暗い秘密とでもいうべきものに読者の注意を喚起しているのか。はじめに触れた、「長外套」の裂け目から見えた「ダイアモンドと短剣の影」にしても、そうしてみれば、犯罪を連想させる小道具として見られないこともなかろう。「私」の分身たる老人が犯罪の影におおわれているという事実は、いったい何を意味するのか。

「群衆の人」が犯罪なき犯罪（探偵）小説であり、かつポオ最初の都市小説であることはすでに述べた。いうまでもなく探偵小説は、小説という本来的に都市的なジャンルの中でも、すぐれて都市的なサブジャンルである。そして探偵小説の前提にあるのは、人間は見かけ通りの存在ではないという思いである。むろんそうした思いはいつの時代にもあったにちがいないが、それはおそらく都市の急速な発展とともに、より表面化した考え方であると思われる。都市においては、王冠は人が王であることを保証するものではない。むろん以前の時代においても王冠の不当な簒奪者は存在していたにちがいない。だがそこには、王冠の正当な所有者と不当な簒奪者とは区別可能だという思いがあったと思われる。これに対し現代の都市においては、誰もが王冠を所持しうるのであり、正当な所有と不当な簒奪を区別する根拠はどこにも存在しない。極論すれば、都市においては、人間の見かけはその人間の実体について何ひとつ明らかにはしない。見かけと真実とが乖離しているのだ。

犯罪小説が一九世紀中葉以降急速に広まったという事実は、「犯罪」というものが、現代において、こうした見かけと真実との乖離、外面と内面との隔たりを象徴する恰好の概念になってきたことを示唆している。いいかえれば、「犯罪」が、人間が不透明な存在であることを物語るための恰好の装置になったということである。

そして、そのような人間の不透明さは、自意識の肥大したアメリカン・ルネッサンスという時代においては、何よりもまず自己の自己自身に対する不透明さとして表れる。あらためて指摘するまでもなく、ポオにおける探偵と犯人との関係は、しばしば自己と自己の分身との関係にたとえられる。「盗まれた手紙」におけるデュパンとD――との関係はその典型である。とすれば、ポオにおける探偵活動とは、こうした自己の不透明さ、自己と自己自身との隔たりを解消しようとする企てにほかならない。こうした企ての終着点が、「盗まれた手紙」の中で、探偵が犯人の行為を忠実に再現することだったことも、少しも不思議ではない。

だがむろんそれは、推理小説というジャンルの論理的発展を示すよりもはるかに、そのジャンルが袋小路に行き着いたことを示している。事実、「盗まれた手紙」以降、ポオは本格的な推理小説を二度と書くことはなく、「お前が犯人だ」のように、わずか三年前に自分が創造したジャンルを自爆させるようなパロディを書くのみだったのである。

あらためて指摘するまでもなく、推理小説とは、犯人の犯した「犯罪」という出来事を探偵が物語として再構築する、という構造を持っている。「物語」が「出来事」を忠実に再現し終えたとき、事件は解決に至る、というわけだ。だがいうまでもなく、「物語」は決して「出来事」それ自体ではない。言葉はモノをさし示すが、決してモノそれ自体ではない。「出来事」それ自体に到達しようとするならば、「盗まれた手紙」のように、犯人の行為を忠実になぞる――いいかえれば、探偵自らが「犯人」になる――以外に方法はあるまい。だとすれば、推理小説は、物語構築者としての探偵の有能さよりも、むしろその無力と限界をあらわにするものであると考えることができる。このことを井口時男は次のように述べている。

推理小説の謎解きは、すべてとりあえずの解決にすぎない。決して起源に到達できないという宿命によって、永遠に終りからも免れている物語は、とりあえずの終りを取り繕うことしかできないからである。だから推理小説は、絶えず新たに謎を創造し、絶えず新たに書き捨てられ、読み捨てられ、そのようにして推理小説は、いつまでも理性（言葉）の無力と現実の神秘を証明しつづけなければならない。(4)

「犯罪」と呼ばれるその謎の真の名は「自己」である。「決して起源（＝出来事）に到達できない」という物語の無力とは、私が私自身に到達できないという無力にほかならない。この意味で、ポオにおける「犯罪」とは、人間がいわば呪いとして抱え込んだ、自己と自己自身との根本的な隔たりの謂《いい》だということである。〈もう一人の私〉としての老人を、犯罪の影がおおっているのも、おそらくはそのためである。

それにしても、何というアンチクライマックスだろうか。『白鯨』の結末においてエイハブが、ついに水（＝鏡）の中から姿を現したモビー・ディックと対峙する場面とは何とかけ離れていることか。老人の表情について何ひとつ語りえない「私」は、何ひとつ学ぶことなく、おそらくはポオが少しも信じていなかった「神の恩寵」に言及してその語りを終える。水を凝視するナルシスは、水の中に何の像も見出しえずに終わる。呪われた都市のナルシスの物語がこうして完結するのだ。

（1）高山宏「光学の都の反光学」『目の中の劇場』（青土社、一九八五年）二四〇頁。
（2）Rachel Bowlby, *Just Looking: Consumer Culture in Dreiser, Gissing and Zola* (Methuen, 1985). 以下の引用はいずれもペーパー版 pp. 28-32 から。訳は引用者。
（3）「群衆の人」の訳文は、中野好夫訳「群集の人」（創元推理文庫『ポオ小説全集』二巻、一九七四年）を本章の文脈に即して変更を加えながら、しかし基本的にはほぼそのままの形で使わせていただいた。

（4） 井口時男「物語の『真実』物語の『終末』」『物語論／破局論』（論創社、一九八七年）八九―九〇頁。

＊なお、*Just Looking* は本稿執筆後に邦訳が刊行された。高山宏訳『ちょっと見るだけ――世紀末消費文化と文学テクスト』（ありな書房、一九八九年）。

4　ハックの中の社会
『ハックルベリー・フィンの冒険』論

『ハックルベリー・フィンの冒険』というタイトルは、ある意味で逆説的である。なぜなら、ハックが経験するさまざまな「冒険」において、ハックはほとんどつねにハック以外の他の人物になりすましているからだ。田舎娘、職人の見習い、離散した百姓一家の息子、イギリス人従者……等々さまざまな「役割」を演じることがハックの「冒険」を生む。ハックルベリー・フィンの「冒険」とは、ハックがハックでなくなることによって成り立っている。

むろん、誰を演じようと演じる主体はあくまでハックではないかという考え方もあるだろう。だが、演じる主体が演じられる役割に対してつねに主導権を保持しうると考えるのはここではおそらく正しくない。それはたとえば、マーク・トウェイン自身の生涯を思い出せば明らかである。「マーク・トウェイン」という役割を演じた「サミュエル・クレメンス」、「サミュエル・クレメンス」という人物は、「マーク・トウェイン」という役割を自由自在に操った存在ではなかったはずだ。自分が本来持っていたアイデンティティと、自分がつくり出したもうひとつのアイデンティティとの間にひき裂かれた人間が、『ハックルベリー・フィンの冒険』の作者だったのだ。

いうまでもなく、このことは何もマーク・トウェインにのみ当てはまる特殊な事態ではない。人はみな自らをつくり出す存在だが、逆につくった自分につくり返される存在でもある。それはアメリカにおいて特に顕著な現象である。「セルフ・メイド・マン」といった言葉に典型的に表れているように、アメリカ人はつねに自己の創造者であろうとしてきたのであり、そのことが生み出す逆説も、彼らにはより切実に感じられてきた。たとえばアメリカが知的独立革命を成し遂げたといわれる十九世紀中葉のアメリカン・ルネッサンスの時代においても、この問題は当時のすぐれた作家たちをひとしくとらえていた。その一例として、ホーソーンは『緋文字』のなかでアーサー・ディムズデールについて、「自分に対してひとつの顔を、他人に対してもうひとつの顔を装っていれば、いずれは誰でも、どちらが本当の自分なのか分からなくなってしまうものだ」と述べている(1)。同じように、メルヴィルの『白鯨』のエイハブ船長も、自己自身であろうとすればするほど、逆に、自分はすでに演じられた物語を反復しているにすぎないのではないかという思いに襲われるのである。

たしかにハックルベリー・フィンは、ディムズデールやエイハブとは微妙に違っている。ディムズデールらがひとつの役割に固執するのに対し、ハックは役割から役割へと軽やかに移行しつづけるからだ。その意味でハックは、次から次へと違った仮面を被る人物、いわゆる「信用詐欺師《コンフィデンス・マン》」の系譜に属する人物であるといってよい。近年注目を浴びているこの「コンフィデンス・マン」を扱ったいくつかの研究書において、ハック・フィンがつねに大きく問題にされていることはいうまでもない。たとえば『アメリカ文学におけるコンフィデンス・マン』においてゲイリー・リンドバーグは、ハックを「ほとんど本能的に仮面を被る」人物として捉えている(2)。だが、役割を演じれば演じるほど、ハックの自己が希薄なものになっていくことにおそらく変わりはない。リンドバーグも述べているように、「もっとも純粋な信用詐欺師は、なかに何も持っていないように見える」。「ハックが社会のなかでゲームを演じれば演じるほど、彼は自分の内なる自己の声が聞こえなくなっていく」のである(3)。

より具体的には、ハックの延長線上にはトム・ソーヤーがいるということである。「現実」をねじ曲げて「物語」

の枠のなかに押し込め、たとえば日曜学校の生徒たちの一行をアラブ人の隊商として見ようとするトム・ソーヤーにとって、生きるということはそのまま役割を演じることだといってよい。そして、ハックは――時にトムを批判することはあるにせよ――明らかにトムに惹かれている。トムがいないとき、ハックが行動の手本とするのはつねにトムである。たとえば嵐のなかで難破船に出会うとき、面倒なことにかかわるのはよそうと言うジムに対し、ハックは「トム・ソーヤーがこれを黙って見逃すと思うかい？　絶対そんなことはないぜ。トムならこれこそ冒険だっていうに決まってるよ」[4]と言う（強調引用者）。サリー叔母さんたちにトム・ソーヤーと間違えられたときも、ハックは「トム・ソーヤーでいることは、気楽で楽ちんだった」と言っている（32: 177）。すでに言い尽くされているように、この難破船の名は「ウォルター・スコット」、すなわちアメリカ人から現実をありのままに見る目を奪った張本人としてマーク・トウェインが激しく非難していたロマンス作家の名である。トム・ソーヤーとはすべてをスコットの物語的に見る人間にほかならない。要するに、ハックルベリー・フィンの「冒険」とは、ハックがトムに近づくことによってはじめて「冒険」になるのだ。

　にもかかわらず、『ハックルベリー・フィンの冒険』を知る者なら誰でも、いかなる役割からも離れた「ハックらしさ」とでもいうべきものについて、共通したイメージを持っているはずだ。ミシシッピー川を筏で下りながら自然の悠久のリズムと一体化する少年のイメージ、それはおそらくアメリカ文学全体のなかでももっとも有名なイメージであるとさえいってよいだろう。そこでのハックは、いわば一個の眼球、自然の持つ甘美さと恐怖をひとしく忠実に受信する一個の感受性であり、その感受性のなかに我々は「ハックらしさ」を見出すわけだ。だがそこでのハックはつねに一人であり、そうした自然の世界には社会も存在しなければ、時間すらほとんど存在しないといってよい。そして、その世界に浸るハックの想いはほとんどつねに「死」へと収斂していく。

おれは耳をそば立ててじいっとしていた。だいたい十五分くらいだったかな。もちろんおれは時速四マイルか五マイルで流されてたわけだけど、それはぜんぜんわからないんだ。ていうか、水の上で死んだみたいにじいっとしている気がしてくるんだ。それで、もし流木が通りすぎていったりすると、自分がすごく速いんだなんてことはおもいつかなくなって、逆にゴクリと息を飲んで、わあ、あの流木ものすごく速いんだなあ、なんておもっちゃうわけ。そんな感じで、一人だけで、それも夜中に、霧のなかにいると、ほんとにさびしくて気がめいるんだぜ。うそだとおもったら、ためしてごらん。きっとわかるよ。(15: 69)

そもそも、ハックがダグラス未亡人を代表とする文明社会から逃れるために、自分が死んだと偽装することもこれと無関係ではない。ハックは、「死」に限りなく接近することによって「ハックらしさ」を得るのだ。死の代償を払って、水に映る自己の影と一体化した、メルヴィルが『白鯨』で語ったあのナルシスのように。

だがいうまでもなく、ハックの「冒険」を生み出すのはそのようなナルシス的瞬間ではない。他人が介入し、社会と時間が介入してはじめて「冒険」は成立するのであり、それと同時にハックもふたたび「役割」の仮面を被ることになる。あえて大仰な言い方をすれば、「生」の側においては純粋な自己同一性は成り立ちえないのである。

たとえば『ハックルベリー・フィンの冒険』のなかでもっとも肯定的な人間関係と考えることができる、ハックと黒人奴隷ジムとの関係においても変わりはない。ジムに対するハックの姿勢はきわめてトム・ソーヤー的である。すでに引用した「トム・ソーヤーがこれを黙って見逃すと思うかい」といった類の言葉もその表れである。あるいはまた、一五章で霧のためにはぐれてしまっていた二人が再会するとき、ハックは何の必要もなしにジムをだまして、すべてはジムの幻想にすぎなかったと思わせようとする。いうまでもなくこの手のいたずらは、トム・ソーヤーが得意中の得意とするものである。ジムが本気で怒ったので、ハックは反省して「おれはそのあと二度とジムにひどいいたずらをしたりはしなかった」(15: 72) と言うが、あとを読めばそれが少なくとも部分的には嘘であることが分かる。

ハックはこののち、王と公爵という極めつけの二人のコンフィデンス・マン(彼らの本名が明かされないのは、彼らが「なかに何も持っていない」ことを暗示している）を助けてジムをひどい目に遭わせるし、結末で登場するトム・ソーヤーがおよそ拷問というほかない手段で、実はすでに自由の身であるジムを「救出」するのにも結局は手を貸すのである。役割を演じることによって他人を操作しようとするという点では、ハックもトム・ソーヤーや王と公爵のようなコンフィデンス・マンたちと変わらないのである。

むろん、ハックと、王と公爵とでは、演技の目的がまるで違うという議論もあるだろう。王と公爵はもっぱら金儲けのために他人を操ろうとするが、ハックは生存そのもののために演技を強いられるのだ、というように。『アーサー王宮廷のコネチカット・ヤンキー』の主人公が「俺の中の本当に俺である、顕微鏡でやっと見えるほど小さな原子」と呼んだものを守るために、ハックは演技を強いられ冒険も強いられるというわけだ。

たしかにこの考え方は基本的に正しい。だが、すでに触れた「ウォルター・スコット」号のエピソードからも明らかなように、ハックはかならずしも冒険を強いられるわけではない。「トム・ソーヤー」を内に抱えこんだ存在であるハックは、自ら冒険を呼び寄せてしまう存在でもあるのだ。この点について、ウォリック・ワドリントンは『アメリカ文学におけるコンフィデンス・ゲーム』で次のように述べている。

> 未亡人の世界体系、王の世界体系がともに要請する究極的概念が「神の恩寵《プロヴィデンス》」であるならば、ハックにとって必然的な神的存在はトム・ソーヤーである。この点は強調されなければならない。なぜなら、これまでの批判は、「自由」というたしかに大事ではあるテーマを重視するあまり、あたかもハックがトムに対する服従から逃れうるかのように――あるいは事実逃れるかのように――語っていることが少なくないからである。これは根本的に誤っている。自由というテーマは、〔トムを上位とした〕階層構造のなかにおいてのみ意味を持ちうる。これまでの批評は、自由のテーマをその構造の外に抽出することで、このテーマを過度に重視してしまっている。はじめから終わりまで、この小説は、トム／ハック／ジムという三段階の階層構造に基づいたさまざまな変奏曲を奏でているのだ。(5)

要するに、ハックはトムを範として行動し、ジムはハックを——ということはトムをも——範として行動するということである。むろんワドリントンも指摘しているように、この階層構造の力関係は一方的なものではない。下位の者もまた上位の者を規定するような、相互的な関係がそこにはある（たとえばジムがハックを「白人の紳士」と規定することで、結果的にハックにそれにふさわしい行動を強いる）。だがいずれにせよ、トム・ソーヤーがハックの行動モデルであることはたしかであり、その限りにおいて、ハックの「演技」のなかに「生存のため」といったなかば倫理的な意味を読みとることは誤りであるといわねばならない。むしろ重要なのは、ハックはつねにトムに規定されジムに規定される関係的存在であるということである。いいかえれば、ハックは自分のなかにつねに「社会」を抱え込んでいる。その「社会」の一端がトムでありもう一端がジムであるわけだ。「社会」に背を向けて「孤独」を求める無垢な少年といった通俗的なハック像はもはや通用しないことはいうまでもないだろう。ふたたびワドリントンを引けば——

ハックを特徴づけている慢性的な孤独感、彼がくり返し感じる「誰か仲間」を求める欲望は、ハックが自分自身ではどうしようもなく不完全であることを示唆している。ハックは、自分のひき裂かれた存在のなかに内在している、ふたつのアイデンティティの境界が現実の他人となって現れることを必要としているのである。そのため、ハックとジムが筏の上で束の間の自由を享受するときでも、ハックの想像力のもっとも深いところの規範として、トム・ソーヤーが二人とともにそこにいるのだ。（……）「社会」はつねに筏の上にある。その別名はハックの意識である。(6)

したがって、『ハックルベリー・フィンの冒険』の結末においてトム・ソーヤー本人が登場し物語の主導権を握るのは、論理的にほとんど必然であるといってよい。ワドリントンがハックにいかなる「成長」も認めていないのはおそらく正しい。「よし、そんならおれは地獄へ行こう」(31: 169) と呟きつつジムの脱走を助ける決意をするハックに倫理的成長を見るという古典的議論は、テクスト自体の内容よりもはるかに、あくまでハックの「成長」を読み取ろうとする読み手の意志を反映している。たとえばハックは、「地獄へ行こう」と言ってからいくらも経たないうちに「神さまの恩寵」にことを任せようと言ったりしているからだ[7](32: 173)。ヘミングウェイは「誰にも求められない少年が、自分の運命を自覚した一人の人間に、因習の掟を破るかそれとも自分をもっとも必要としている人物を裏切るかの選択ができるだけの勇気を持った人間になるのだ」と、直線的な――ほとんど目的論的な――成長をハックのなかに読み取った。だがおそらくハックの軌跡とはそのような直線的上昇ではなく、トムとジムという、二つの「アイデンティティの境界」の間を、ヨーヨーのように往き来する、出発点も到達点もない果てしない往復運動である。

たしかに、結末において、ハックがトムの「馬鹿騒ぎ《トムフーリッシュネス》」を以前よりはるかに冷やかな眼で見ていることは見逃すべきでないだろう。ヨーロッパの古城にとらわれの身となった騎士よろしくジムを「正しく」(すなわち、三十七年かけて)救出できないとすれば、そのふりで我慢しなければなるまい、と言うトムに、ハックはこう答える。

> うん、それなら話はわかる。(……)ふりするだけなら、一銭もかからないもんな。ふりするだけなら簡単さ、もしなんだったら、一五〇年やってるふりしたってかまわないぜ。慣れちまえば楽なもんさ。じゃ行くぜ、ナイフを二つばかしかっぱらってくるよ。(35: 193)

このハックの言葉には、露骨にからかいの響きが感じられる。少なくとも、ジムが自由となった時点でこれを振り返って書いているハックは、明らかにトムのやり方を嘲笑している。はじめの方で、自分が死んだことを偽装するときのトムに対する気持ちとは、明らかに違っているのである。

> ほんとにトム・ソーヤーがここにいたらなあって、おれはおもった。こういうことになると、トムならきっと、あれこれ知恵をしぼって、カッコいいやり方をおもいつくにちがいない。とにかく、この手のことをやらせたら、トム・ソーヤーほどすごい

奴はいないんだ。（7: 31）

トムに対する見方のこのような変化のなかに、ハックの「成長」を読み取ろうとする考え方もあるだろう。トムが相変わらず絵空事の「虚構」を代表しているのに対し、ハックはいまや、素朴な実感に根ざした「現実」を体現しているのだというふうに。たしかに、トムが現れてからの『ハックルベリー・フィンの冒険』が、それまでのような緊張関係を欠いていることもこれと無関係ではないだろう。にせものの王が「ほんものと見分けがつかない」（23: 125）というハックの言葉に象徴される、現実が虚構であり虚構が現実であるようなそれまでの世界に較べて、トムが現れてからの作品世界では、虚構はあくまで虚構であり現実とは決定的に隔たっているからだ。しかし、ハックがトムについて冷やかな見解を示すのはこれがはじめてではない。たとえば三章の終わりでハックは「そこでおれは、こいつもまたトム・ソーヤーのいつもの嘘っぱちだときめた。トムはアラブだの象だのをしんじてるんだろうが、おれはそうはおもわない。どうみたって日曜学校だったよ」（3: 17）と言っている。

乱暴に言ってしまえば、ハックは、トムがいるときはトムに批判的であり、トムがいないときはトムを崇めるのである。だがいずれの場合も、ハックはハックであるためにトムを必要としていることに変わりはない。作品の結末においてハックは、ふたたび文明社会から脱走するチャンスをうかがっている。脱走して一人になれば、ハックはまた「トム・ソーヤーがここにいたらなあ」とたびたび思うにちがいないのだ。模倣の対象であれ批判の対象であれ、ハックはトムという一人の他者、ひとつの異物を抱えこむことによってのみハックたりえているのである。いいかえれば、自己自身であるためには自己自身であってはならないという逆説をまさにハックは生きているということであり、その逆説と、その逆説にハック自身がまったく気づいていないという事実が、ハックにある種の聖性を与えてもいると言っておそらく誤りではないだろう。

自己自身であることの不可能性。この問題こそが、マーク・トウェインをはじめとするアメリカのリアリズム文学の核心に潜んでいる。おそらく、リアリズム文学という一時期の作品群に限定する必要さえないだろう。『白鯨』にせよ『グレート・ギャツビー』にせよ、アメリカ文学全体がこの主題とかかわってきたといっても過言ではないのではないか。

あえていうまでもなく、問題は文学のみの問題ではなく、アメリカという国それ自体の問題である。ハックはトムを正のそして負の規範とするが、トム自身の規範はたとえば騎士道物語のようにつねにヨーロッパ的なものである(大人になったトムの悪夢的分身にほかならない王と公爵も、シェークスピアなどのヨーロッパ的価値を持ち出して人々を欺く)。ハックがトムに対して示す二極的な反応は、つきつめてみれば、ヨーロッパに対する両義的な姿勢にほかならない。いうまでもなくそれは、アメリカ人全体がヨーロッパに対して示しつづけてきた姿勢である。アメリカ人もまた、アメリカ人であるために、正の形であれ負の形であれヨーロッパという規範を必要としてきた。たとえば自由の国アメリカというイメージは、不自由の地ヨーロッパという考えを前提にしている。ハックとハックが抱え込んだ他者の影は、新大陸と旧大陸の隠喩なのだ。

(1) Nathaniel Hawthorne, *The Scarlet Letter* (1850; *The Centenary Edition of the Works of Nathaniel Hawthorne*, vol. 1 (Ohio State University Press, 1962), p. 216. 訳はすべて引用者。
(2) Gary Lindberg, *The Confidence Man in American Literature* (Oxford University Press, 1982), p. 196.
(3) *Ibid.*, pp. 9, 197.
(4) Mark Twain, *Adventures of Huckleberry Finn* (1884/85; Norton, 1977), Ch. 12, p. 57. 以下『ハックルベリー・フィンの冒険』からの引用はこの版により、引用文の後に章とページを記す。
(5) Warwick Wadlington, *The Confidence Game in American Literature* (Princeton University Press, 1975), p. 256.

（6） *Ibid.*, pp. 256–57.
（7） Cf. Lindberg, pp. 201–2.

＊現在、『ハックルベリー・フィンの冒険』の邦訳には西田実訳（岩波文庫、上下巻、一九七七年）などがある。

5　欲望のダブルバインド

『シスター・キャリー』論

1

いわゆるリアリズム文学は、たとえばロマンスという名で呼ばれる、現実から遊離し、絵空事の世界を描いていると考えられた文学に対する批判あるいはパロディとして出発し発展してきた。いいかえれば、現実をありのままに描くとされるリアリズム文学は、ロマンス批判を念頭においている限りにおいて、「現実」同様「虚構」ともつねに深くかかわってきた。(1) フレデリック・ジェームソンの言葉でいえば、リアリズムはつねに、先行する文学の「土台を切り崩し、非神話化する」機能を担ってきたのである。(2)

十九世紀末に発展したアメリカのリアリズム文学もまた、この点において例外ではない。アメリカにおける代表的リアリズム小説とされる作品の多くは、作者が非現実的と考える文学に対する批判を、そして、そのような文学に侵され虚構化した現実社会に対する批判を含んでいる。たとえばW・D・ハウェルズの『サイラス・ラッパムの向上』(一八八五)は、感傷的な大衆小説がつくり出した誤った理想によって、人々の内面が歪められていることを告発し批判している。主な登場人物がすべて何らかの形で大衆小説に言及し、基本的にいって、大衆小説に対し否定的な見解をもつ人物ほど肯定的に描かれているといってよい。また、マーク・トウェインの『ハックルベリー・フィンの冒険』(一八八四/八五)のひとつの主題は、普遍の真理にみえるものも、社会の外からみれば虚構・約束事にすぎないということである。冒険物語と現実とを同一視しようとするトム・ソーヤーだけでなく、現実が虚構の上に成り立っていることを見ようとしない社会全体が、この小説において批判されているのだ。このように、あるがままの現実を描こうとする姿勢が、現実の虚構性という問題に直面せざるをえなくなるのである。これは少しも逆説的ではない。

現実こそが虚構なのだという意識は、たとえば個人の内面が問題にされるとき、顕著にあらわれる。たとえばスティーヴン・クレインの『マギー——街の女』(一八九三)においては、人々の語る言葉は紋切型の決まり文句の組み合わせにすぎず、その行動もまた紋切型であり、その内面は出来合いの虚構でみたされている。小説の結末で、マギーの母は、隣人たちとともに、生前は少しも愛情を感じていなかったマギーの死を悼む。


喪服の女が歩み出て、喪主の女〔マギーの母〕に訴えるようにふたたび言った。

「許しておやりよ、メアリ! あんたの悪い、悪い娘を! 罰当たりの人生、罪深い暮らしだったけど、許しておやりよ。あの子は裁きの場に行ったんだ」

「あの子は裁きの場に行ったんだ」ほかの女たちが葬式の聖歌隊のように叫んだ。

「神はすべてを与えすべてを奪い給う」喪服の女が陽の光に眼をあげて言った。

「神はすべてを与えすべてを奪い給う」ほかの女たちが応じた。

「許しておやりよ、メアリ!」喪服の女が取りすがって言った。喪主の女は何か言おうとしたが声にならなかった。女は悲しみの苦悶に、肩を激しく震わせていた。熱い涙が震える顔を火傷させているかのようだった。ついに女は声をあげた。こみあげてくる苦痛の叫びのようだった。

「ああ、許してやるとも! 許してやるとも!」(3)

ここで重要なのは、この女たちが、紋切型の言葉の羅列の奥に、それとは別の真の感情、真の自己を隠しているのではないということだ。彼女たちを偽善者と呼ぶのはあたらない。彼女たちは、自らの内面の核となるような「真の自己」などもともっていないのであり、紋切型の言葉と身振りによって、自己のようなものをそのつどつくり出しているにすぎない。クレインの世界にあっては、内面とは虚構によってみたされるべき空洞であり、人々はただ単に出来合いの役割、ステレオタイプ化された物語を演じているにすぎない。人間はそこでは、物語を演じる主体というよりも、物語がみずからを具現するための入れ換え可能な媒体にすぎないのだ。

むろん自己の虚構性という問題に対するアプローチは、作家ごとにそれぞれ異なっている。たとえばアメリカのリアリズム文学の第一世代に属すハウェルズにおいては、文学や神話によって歪められた自己の向こうに、「真の自己」が存在するのだという信念がある。『サイラス・ラッパムの向上』の結末で、ラッパムが破産してボストンを去り、昔住んでいた町ラッパムに戻るという設定は、ラッパムが「成功の神話」の呪縛を逃れて本来の自己自身に回帰したということを暗示する。「彼はそれまで、誰の敵でもなく、ただ自分自身の敵だったのだ」[4]。「都市」から「田舎」への回帰が、「にせものの自己」から「ほんものの自己」への回帰に重ね合わされているのである。

とすれば、ハウェルズにとって、リアリズム文学の役割は、彼のいくつかのリアリズム論からも明らかなように[5]、現代人の自己を侵す虚構の正体を明らかにし、真の自己に至る道を示唆するモデルを提供することにある。ハウェルズによれば、リアリズム作家がこの役割を果たすことは、同時に、自ら真の自己に忠実となることにほかならない。

だがこの考え方は、最終的には大きな矛盾につき当たらざるをえない。なぜなら、個人をそして社会を虚構の呪縛から解放するべきリアリズム文学もまた、ひとつの虚構であるほかないからだ。『ラッパム』の語り手は、小説ではこうは行かない、そういうことは小説の中でしか起こらない、といった類のコメントをくり返し、ステレオタイプ化したロマンスを批判し否定する。だがこの小説のプロットが大きく依拠しているのは、十九世紀アメリカ版夢の王子様たるトム・コーリーと同シンデレラたるペネロピー・ラッパムとの間の、きわめて型通りのロマンスにほかならない。彼らが、自己犠牲を徳とする感傷的ロマンスの呪縛から抜け出ようとする姿勢こそ、この作品においてもっとも感傷的なものなのだ。

だがむろん問題はプロットの出来不出来にとどまらない。結局は虚構であるほかないリアリズム小説を、人生のモデルとして特権視すること自体が問題なのだ。近代的自我の成立と崩壊の過程をたどった『誠実とほんもの』において、ライネオル・トリリングはこう言っている。

サロート夫人によれば、エンマ・ボヴァリーの贋ものの自我は、夢想の材料として彼女が「最も堕落したいかがわしい種類のロマン主義から借りてきた安もののイメージ」を使っているところにあるということになる。では、(……)彼女がもっと歴《れっき》とした種類のロマン主義のよく出来た高価なイメージを夢想の材料として選んでいたなら、ボヴァリー夫人はもっとほんものの人生を生きることになったというのか。(……)どんな芸術(……)でも、それによって自分の経験を意識的に形づくろうとするひとの贋ものの自我に養分を与えるのではなかろうか。(6)

トリリングのこのサロート夫人批判は、そのままハウェルズのリアリズム観批判としてよむことができる。トリリングが指摘しているのは、いかにすぐれた芸術でも、人がそれを自らの生のモデルとして見ようとする限り、人の生を虚構化してしまう危険をはらんでいるということだ。ハウェルズならこれに対し、真にリアリスティックな文学は、「真実」を描き「真の自己」を提示する点において他のあらゆる文学の上に立つのだと反論しただろう。だがそうした超越的な真実、超越的な自己に対する信仰こそ、虚構に毒された現実を批判する『ラッパム』を支えている最大の虚構だと考えるべきだろう。(7)

むろん自らの信念がはらむ矛盾について、ハウェルズがまったく無自覚だったわけではない。『ラッパム』やリアリズム論を通して感じられるのは、自分の信念に対する自信であるよりもはるかに、アメリカ社会において自己がますます虚構化していくことに対する強い不安である。近代的自我の解体を扱った『アスティヤナクスの未来』(一九八四)において、レオ・ベルサーニはこう言っている。「ある意味では(……)リアリズム作家は、すでに崩壊しつつあることを充分に気づいているものの崩壊を、必死に食いとめようとしているのだ(8)」。これもまた、ハウェルズに対する注釈としてよむことができるだろう。

ハウェルズが「真の自己」に対する信念をもちえたのは、彼がそれを社会的なものとしてとらえていたこととおそらく無関係ではない。『ラッパム』の中の牧師がいうように、リアリズム文学は、社会道徳の守り手たる牧師たちにとって「この上ない助けになりうる」(175)のだ。真の自己に回帰することは社会に貢献することであり、真の自己に背くことは社会に背くことなのだ。だが社会と個人との間のこうした仲睦まじい関係は、アメリカ文学にあってはむしろ例外といってよい。たとえばマーク・トウェインにおいては、真の自己と呼べるものがもしあるとすれば、それは社会の中で実現されるべきものではなく、むしろ社会から守られ隠されるべきものだ。『アーサー王宮廷のコネチカット・ヤンキー』(一八八九)の主人公にいささか唐突に次のように語らせるとき、トウェインは彼に自分の信条を代弁させせているように思われる。

人は本性なんてものを語ろうとする。愚かなことだ。本性なんてどこにもありはしない。そんな誤解を生む名で人が呼んでいるものは、実は遺伝と訓練の結果にすぎない。人は自分自身の考えも自分自身の意見ももってはいない。それはみな、遺伝と訓練によって伝えられたものなのだ。人の中にあるその人独自の部分、ゆえに一応その人の名誉なり不名誉なりの種になるような部分は、縫い針の先ですっぽりおおうことができる程度のものでしかない。(……)だから俺としては、人生というつらい骨の折れる巡礼の中で(……)考えることはただ、せいぜい気をつけて、罪のない、まっとうな、誰からも後ろ指をさされない暮らしをして、俺の中にある本当に俺である、顕微鏡でやっと見えるほど小さな原子を守るということだけだ。(9)

トウェインがここで述べているのは、人間の自己とは何ら独立し完結した個体ではなく、人類の長い歴史が織りなす巨大な網のひとつの小さな結節点にすぎないということだ。そして「俺の中にある本当に俺である、顕微鏡でやっと見えるほど小さな原子」という極微な「真の自己」は、ハウェルズの場合のように社会の中で実現され社会に奉仕するものではなく、社会から守られ救われるべきものなのだ。同様に、ハックルベリー・フィンのかずかずの冒険もまた、ハックがつねに自分以外の人物を演じながら（女装したり、トム・ソーヤーを名乗ったり等々）、それによってこの極微な真の自己を守ってゆくための冒険だともいえる。

だがこうした相違はあっても、自己の奥底に、いかに極微なものであれ、核となるべき「真の自己」を想定している点において、トウェインはハウェルズと一致している。これが次の世代の作家スティーヴン・クレインにあっては、はじめにみたようにまったく否定されている。『マギー』の人物たちは、社会の中であれ外であれ実現されるべき自己も守るべき自己ももっていない。虚構でみたされた彼らの内面は、それ以外のいかなるあり方ももちえないのだ。このようにしてみると、アメリカにおけるリアリズム小説の流れをたどることは、自己が次第に微小化し貧困化してゆくさまをたどることであるといってよいのではないか。

2

このような自己の変容のひとつの到達点として、シオドア・ドライサーの『シスター・キャリー』（一九〇〇）を挙げることができる。この作品もまた、まず出来合いの虚構に対する批判からはじまる。

十八で家を出た娘に開かれた道は二つしかない。救いの手にめぐり合ってよりよい人間になるか、都会の道徳水準をまたたく間に身につけてよりわるい人間になるかのどちらかなのだ。その中間にとどまるのはまったく不可能である。[10]

この一節で語り手は、善／悪を明快に二分する通俗的な道徳観に全面的に依拠しているようにみえる。だが小説自体が明らかにしているのは、都会に出てきた十八の娘キャリーが、二人の男と同棲し女優として名声を得てゆく中で、善良にもならず堕落もしないという事実である。善／悪という二分法は『シスター・キャリー』には無縁である。語り手が道徳的見地から、キャリーやその他の人物を批判することは一度もない。とすれば右の一節は、従来の道徳的な文学のパロディであると考えてよいだろう。[11]

道徳が無関係であるということは、ある人物がある行為を主体的に選択することが、その人物の本質をあらわすものではないのではないか、という問いかけを示唆している。要するに「何をするか」が問題ではないのだ。この点においてドライサーは、ハウェルズやトウェインとは大きく隔たっている。ハウェルズやトウェインにあっては、登場人物がある行為を主体的に選択することが、そのままその人物の人格を立証する（あるいは否定する）。ラッパムが不正な手段で金もうけをするのを拒むのはラッパムの人格の証しであり、ハックが「地獄へ行く」のを決意するのはハックの人格の証しなのだ。

だが『キャリー』においては、人間が主体的に自らの行動を択びとるという意識はきわめて希薄である。すでに言い尽くされたように、この小説のプロット進行に重要な出来事にはつねに偶然が大きく介在していて、行為者の意図は二義的な意味しかもたない。たとえば、キャリーは端役として舞台の上で渋い顔をして立っているだけで人気を集め、女優としての成功の第一歩を築くが、その渋面は脇役にまわされたことに対する不満のあらわれだったにすぎない。またハーストウッドが勤務先の金を盗むのは、一度は思いとどまりながらも、札束を手にしたまま誤って金庫の鍵を閉めてしまったからであり、その意味で彼は、仕方なく金を盗み仕方なくキャリーを連れてニューヨークへ逃走するのである。

このように、「何をするか」が問題ではない小説にあって、もっとも重要なこと、それは「見ること」「見られること」である。作品中くり返しあらわれる、キャリーのもっとも印象的なイメージは、窓辺におかれた揺り椅子にすわって外を見つめる姿である。最初の同棲相手であるドゥルーエがはじめてキャリーをレストランに連れて行くとき、ドゥルーエは窓際のテーブルを選ぶ——「彼は街の刻一刻変化するパノラマを好み、食事をしながら見ること見られることを好んだ」(58)。第二の同棲相手ハーストウッドはその「まなざしの輝き」(192)でキャリーを魅了し、自らも「彼女の眼」(135)で自分を見ることによって若返りを感じる。キャリーにとってニューヨークとは「見るものがたくさんあるところ」(295)である。人間だけでなく都市もまた、何よりもまず見られるものとしてあるのだ。

このように『キャリー』においては、すべては見られるために存在し、見ること見られることのひきおこす感覚が、つねに経験につきまとう。あるいは、見ること見られることの快楽または苦痛それ自体が、まさに経験そのものなのだといってもよい。たとえばキャリーがヴァンス夫人に連れられて午後のブロードウェイを散歩する場面は、このことを端的に物語っている。

> 三十四番通りでトロリーを降り街に出たあたりでは、キャリーの足どりもまだ気楽だったが、歩を進めて行くうちに、彼女の視線は、自分たちのすぐ横を一緒に進む美しい人々の群れの上に釘づけになっていった。ふと気がつくと、ヴァンス夫人の物腰が、ハンサムな男性や優雅な装いの女性たちに見つめられ、いつになくこわばっていた。こうした人々の凝視は、礼儀作法をまるで無視していた。見つめること、それこそがここでは適切で自然なことのようだった。キャリーは自分もまた見つめられ好色な視線を送られているのに気づいた。(289)

重要なことは、『キャリー』においては、ほとんどすべてのまなざしが、欲望のまなざしであることだ。この作品にあっては、見つめることが、たとえば他者への共感あるいは理解につながることはめったにない。人はつねに欲望の対象として他者をそしてものを見るのだ。たとえば、右に挙げた一節につづく次のような描写は、ブロードウェイの街並の客観的な描写であるよりもはるかに、欲望にみちたキャリーの視線を通した描写である。

何と華やかなところだろう！　宝石商のウィンドウが、通りを歩むうちに何度も何度も輝いた。花屋、毛皮店、小間物屋、菓子屋――これらすべてが次々に目まぐるしくあらわれた。通りは馬車でいっぱいだ。大きなコート、ぴかぴかの真鍮のベルトとボタンに身を包んだ物々しい感じのドアマンたちが、高級な売り場の前に控えている。なめし皮のブーツ、白いタイツ、青いジャケットの御者たちが、中で買い物をしている女主人たちをうやうやしく待っている。街並全体が豊かさと華やかさに色どられ、キャリーは自分がその一部ではないと感じた。(289)

この一節が端的に示しているように、『キャリー』における現実世界は、ほとんどすべて見る者の欲望の視線を通して描写される。だが注意すべきことは、欲望が現実を歪めるのではけっしてないことだ。それどころか、欲望こそが現実感を生むとすらいって誤りではない。宝石商のウィンドウの輝きも、ドアマンのぴかぴかの真鍮のボタンも、それが欲望の視線に浸されているからこそリアルに感じられる。現実は欲望に浸されてはじめて現実になる。この作品において、高級レストランでの豪華なディナーが事細かに描かれる一方、たとえばキャリーの姉夫婦ハンソン家での貧しい食事がいっさい描かれないのはこのためだ。『キャリー』にあっては、**"desirable"** と **"real"** とはほとんど同義語であるといってよい。欲望されるもの、届かないものこそリアルなのだ。

欲望の対象である人やものは、それ自体よりもむしろ、それを見る者について語っている。欲望とは何よりもまず欠如の感情である。見る者の中にある欠如が、ものを欲望で浸すのだ。たとえばハーストウッドについて語り手はこう言う。「彼は明らかに彼らの中のひとつの光であり、そのパーソナリティの中に、彼にあいさつする人々の野望を映し出していた」(169)。光が他者の野望を映し出すという矛盾した表現は、ハーストウッドの、そしてこの小説全体の特質をよくあらわしている。つまり、ハーストウッド（欲望の対象）は、一見自らの内から発する光をもっているようにみえるが、実は外からの光（欲望の視線）を映し出す鏡にすぎないのだ。

『キャリー』における人間関係もまた、欲望によって規定される。この小説の関係の網を整理すれば、〈desirability の階層〉とでもいうべき一種タテの関係に還元しうるだろう。その最下層には、もっとも貧しくもっとも undesirable なハンソン夫婦がおり、中間にドゥルーエ、ハーストウッドが位置し、頂点にはキャリーの女優としての成功をただ一人冷然と見ているエイムズがいる。単純化すれば、世俗的成功の外におかれた者→成功の中にいる者→成功を超越した者という階級制が成立しているのである。キャリーの軌跡は、この desirability の階層を徐々にのぼってゆく運動の軌跡として要約することができるだろう。

この階層の中にあって、人々はつねに、自分よりも上に位置する人間を模倣しようとしている。『キャリー』の人間関係はつねに、ルネ・ジラールの用語でいえば、「主体」と「媒介者」との関係、「生徒」と「師」との関係である[12]。たとえばドゥルーエは、田舎から出てきたばかりのキャリーを、自分の「生徒」(100)とみなし、キャリーは彼から都会的女性としてふるまう術を学ぶ。このような関係が、作品全体に一貫してみられるのである。ひとたび「主体—媒介者」の関係から外れた者は、落ちぶれて貧民街に住みつくハーストウッドのように、誰とも関係をもたないまったく無名の存在になるほかはない。

ジラールによれば、現代人の欲望はすべて他者の欲望の模倣である。この理論がどこまで普遍的かはひとまず措くとしても、『キャリー』についていえばまさにその通りである。この作品の中で、ほかの誰も欲しがらないものを欲しがる人物は一人もいない。キャリーは媒介者としての他者から、何をすべきかではなく、何を欲しがるべきかを学ぶのである。それら媒介者の欲望を模倣し、その欲望を満たすことによって、いわば自己実現をめざすのだ。作品中くり返し強調されるように、模倣が彼女の最大の能力であり、欲望が彼女の「本性の唯一の支柱」(34)なのだ。キャリーの自己は、何よりもまず欲望する自己である。むろんキャリーだけでなく、この小説のほとんどすべての人物がそのような自己をもっているのである。(13)

だがこの自己実現の試みは、もとより挫折に終わるほかない。なぜなら、対象と自己との隔たりこそが欲望を生むのであり、隔たりが消滅するとき、対象は自己にとっての価値を失ってしまうからだ。『キャリー』における最大の皮肉は、キャリーの欲望がつねに達成されること、にもかかわらず——というよりもそれゆえに——彼女がつねに別の媒介者と出会い別の何かを欲望してしまうことにある。ジラールの次の一節は、キャリーの欲望のプロセスについての完璧な注釈である。

主体は、対象を手に入れることで自分の存在が変わるものではないということを認めざるを得ない。期待していた変貌は実現されなかったのだ。(……)対象は所有されることによって突然非聖化され、誰からみても当り前の客観的特質に還元されてしまい、有名なスタンダールの叫び《こんなものでしかなかったのか!》という言葉をひき出すのだ。(……)主人公は自分が間違っていたことを悟る。その対象は、自分がそれに与えていた秘法伝授の力を持ってはいなかったのだ。けれども、その力を彼は別のところに、第二の対象、新しい欲望のなかに移しかえる。主人公は、ちょうどすべりやすい石をつたって小川を横切るように、欲望から欲望をつたって実存を渡ってゆこうとする。(14)

「変貌」という言葉は「自己実現」とよみかえてよいだろう。要するに欲望に基づいて自己実現をめざす限り、自己自身であろうとすればするほど他者を志向してしまうということだ。欲望が欠如の感情であり、キャリーの自己が何よりもまず欲望する自己であるからには、その自己は欠如によって規定されている。いいかえればキャリーの自己は、彼女のもっていないもの、彼女でないものによって規定されている。これはほとんど「不在の自己」とでもいうべき事態である。こうして、ハウェルズの「社会に奉仕する自己」、トウェインの「守られるべき自己」から、クレインの「虚構の自己」を経て、アメリカのリアリズムはドライサーにおいて「不在の自己」に到達する。

だが問題は、ドライサーが、欲望から欲望をつたって変わりつづけていくほかないキャリーの自己のあり方をまったく批判せず、またこうした自己の対極に位置するような、安定し一貫した自己のあり方を提示してはいないことだ。むしろドライサーは、人間の自己のありようを、もともと流動的で一貫性を欠いたものとしてとらえているように思われる。とすれば、『シスター・キャリー』という作品を、近代的自我の神話、一貫性をもったアイデンティティの神話を批判した作品としてよむことも可能ではないだろうか。

たしかに、desirability の階層の頂点に位置するエイムズは、「鋭い分析的な」(449) 眼でキャリーの女優としての素質を見抜き、本格的な演劇をはじめるようにキャリーに忠告することで、彼女に確固とした自己の基盤を提供しているようにみえる。さらに自らもまた、『キャリー』の中でおそらくただ一人、一貫した自己を確立しているようにみえる人物でもある――「『この人はきっと』とキャリーは思った。『一人でも幸福でいられる人だ。本当に強い人なのだ』と」(301)。

だがドライサーの近代的自我批判は、むしろエイムズにおいてもっとも重要な形であらわれているのではないか。むろん、一貫した自己を体現する人物にしては、エイムズの存在感がいかにも希薄であることは(「電気関係の仕事」〔296〕というエイムズの職業は、なかば不可視の彼の人物像にうってつけというほかない)、この場合さして重要ではない。それよりはるかに重要なのは、エイムズがキャリーを、そして読者を、一種のダブルバインドに追いこんでしまうことだ。それは、一言でいえば、「変われ/変わるな」というダブルバインドにほかならない。

エイムズはキャリーに本格的な演劇をはじめるように勧め、それによって変貌を求める彼女の欲望を強化する。彼女が「もっとドラマチックな役を演じれば」「もっといい仕事ができるのに」(447, 445、強調引用者)と考えるエイムズは、キャリーに言う。「僕があなただったら（……）自分を変えるでしょう」（449）。こうしてキャリーにあらたな目標《エイムズ》を与えつづけるエイムズの言葉は、「新しい欲望へのドアの鍵を開け」（447）るのである。それは「変われ」というメッセージにほかならない。

だが一方でエイムズは、desirability の最下層に位置するハンソン夫婦にもっとも近い人物でもある。「満足の笑み」を浮かべて「住宅ローンの支払い額を増やすこと」（55）を考えるスヴェン・ハンソンと、ニューヨークの美貌の女性たちには目もくれず「インディアナポリスの適齢期の娘たちのことしか考えない」（296）エイムズとは互いに似ている。どちらも欲望を飼い慣らし抑圧することに成功しているのだ。エイムズは言う。「世の中には望ましい（desirable）境遇がたくさんあるけれど、残念ながら人は一度にひとつの場所にしかいることができません。遠くにあるものに焦がれても無駄です」（446）。一言でいえば、「変わるな。今いる所にいろ」ということだ。おそらくスヴェン・ハンソンもまったく同じことをいいえただろう。ヒエラルキーの最上層と最下層が奇妙にも通底しているのだ。

エイムズが体現するこの矛盾、一方で欲望を強化し一方で欲望を抑圧するという矛盾はどこから来るのか。おそらくこの矛盾は、ドライサーの近代的自我批判に関連している。

エイムズが「一人でも幸福でいられる」ということは、彼が自律した存在であるということだ。あえていえば、彼は自分自身の媒介者、自分自身の神なのだ。現代においては、このような人物は一般に肯定的に評価される。だがジラールは、人間が自律的存在でありうる、自らの神になりうるという「偽りの約束」こそが、逆に現代人の欲望を、すなわち「他者の実体の中に溶解したい」という願望を生むと指摘している。自律への意志が、自律からの逃避を生むのである。

（……）この偽りの契約《プロメス》は、本質的には形而上的自律の約束である。ここ二、三世紀に次々に輩出した西欧の教養の背後には、いつも同じ原理がひそんでいる。つまり、神は死んだ、神の地位をうけつぐのは人間だ、という原理である。（……）〔自律の約束〕がわれわれの心に深くきざまれればきざまれるほど、このすばらしい約束と、体験がひきおこす残酷な失望との間の落差はいっそう激しいものとなるのだ。(15)

個人の自律という神話が、個人をますます自律からひき離し自己自身からひき離す。この神話をつきつめて行く者は、こうして袋小路につき当たる。エイムズがわれわれに課するダブルバインドは、まさにこの袋小路にほかならない。つまり、自律の神話は二つの相矛盾する命令を発している。人は変わることを欲望しなくてはいけない、なぜなら人は自律を希求し自らの神とならなくてはいけないから。人は変わることを欲望してはいけない、なぜなら欲望をもつことは他者への依存のしるしであり自律を欠くしるしだから。「変われ／変わるな」というダブルバインドは、自我の神話の帰結にほかならないのである。

アメリカのリアリズム文学において、自己は次第に虚構化し貧困化してゆく。だがそれは作品自体の貧困化を意味するものではない。むしろそれは、自律した個人の神話に対する批判の先鋭化と考えられるべきである。『シスター・キャリー』は一九〇〇年に出版された。十九世紀アメリカのリアリズム文学は、近代的自我の全否定とともに終わったのである。

（1） Cf. Northrop Frye, *The Secular Scripture: A Study of the Structure of Romance*（Harvard University Press, 1976）, pp. 38–39; Harry Levin, "What Is Realism?" in *Contexts of Criticism*（1957; Atheneum, 1963）, p. 71.
（2） Frederick Jameson, "Realism and Desire: Balzac and the Problem of the Subject," in *The Political Unconscious: Narrative as a Socially Symbolic Act*（Methuen, 1981）, p. 152.
（3） Stephen Crane, *Maggie: A Girl of the Streets*（1893; Norton, 1979）, p. 58. 特記なき限り訳は筆者。
（4） William Dean Howells, *The Rise of Silas Lapham*（1885; Norton, 1982）, p. 318. 以下引用はこの版による。

(5) Cf. “The Man of Letters as a Man of Business,” in *Literature and Life* (1902), “Realism: the Moral Issue” and “Civilization and Barbarism, Romance and Reality: the Question of Modern Civilization,” in Edwin H. Cady, ed., *William Dean Howells as Critic* (Routledge & Kegan Paul, 1973).

(6) Lionel Trilling, *Sincerity and Authenticity* (1972), 野島秀勝訳『〈誠実〉と〈ほんもの〉』(筑摩書房、一九七六年)、一四三—四四頁。

(7) アラン・トラクテンバーグは、超越的な真実に対するハウェルズの信念を支えていたのは、アメリカが本来は道徳に支えられた倫理的社会なのだというより大きな虚構であったことを指摘し、その信念の破綻を分析している。Alan Trachtenberg, *The Incorporation of America: Culture and Society in the Gilded Age* (Hill and Wang, 1982), pp. 182–201.

(8) Leo Bersani, *A Future for Astyanax: Character and Desire in Literature* (Columbia University Press, 1984), p. 61.

(9) Mark Twain, *A Connecticut Yankee in King Arthur's Court* (1889; Bantam, 1981), p. 91.

(10) Theodore Dreiser, *Sister Carrie* (1900; Signet, 1980), p. 7. 以下引用はこの版による。一九〇〇年出版の初版に基づくこのテクストは、長い間『シスター・キャリー』の標準テクストと考えられてきた。しかし一九八一年刊行のペンシルヴァニア全集版は、このテクストが、妻や友人の助言等をもとにドライサーが大幅に手を入れたものであることを指摘し、初稿に忠実に編集されたあらたな『キャリー』テクストを提示している。ここでペンシルヴェニア版を採用しなかったのは、この版の編者が考えているようにテクストの加筆が作品の「改悪」につながったとはかならずしも思えないからである。Cf. Historical Commentary on *Sister Carrie* (University of Pensylvania Press, 1981), Neda M. Westlake *et al.*, eds., esp. pp. 532–35.

(11) W・B・マイケルズは、これとはまったく違った意味で、この冒頭の一節が作品全体を暗示していると論じている。すなわち、『キャリー』において、あらゆる事象(たとえば金、愛情)はつねに「過剰」か「過少」であり「平衡」はありえないということを、この一節が暗示しているというのがマイケルズの指摘である。その通りである。『キャリー』の斬新な読み直しであるマイケルズ論文には多くの示唆を得た。Walter Benn Michaels, “*Sister Carrie*'s Popular Economy,” *Critical Inquiry*, 7 (Winter 1980), 373–90.

(12) René Girard, *Mensonage romantique et Vérité romanesque* (1961). 古田幸男訳『欲望の現象学』(法政大学出版局、一九七一年)。

(13)まったく欲望をもたない人物として、没落後のハーストウッドを挙げることができる。だがマイケルズが指摘しているように、ハーストウッドの衰退は、彼の欲望の衰退としてみるときはじめてその意味を十分に理解できる。Michaels, *op. cit.*, 387.

(14)『欲望の現象学』、九八―九九頁。訳文は一部変更してある。

(15)同、六二頁、六三頁。

＊本稿執筆後、『シスター・キャリー』邦訳が岩波文庫から刊行された(村山淳彦訳、上下巻、一九九七年)。

II

6　ピアニストを撃て！

物語としてのアメリカ

レディ・アロンビー　レディ・ハンスタントン、よいアメリカ人は死ぬとパリへ行くと申しますわね。
レディ・ハンスタントン　あら、それじゃ悪いアメリカ人が死んだらどこへ行くんでございましょう?
ロード・イリングワース　そりゃあ、アメリカへ行くのですよ。

――オスカー・ワイルド『取るに足らぬ女』(1)

1

一八八二年アメリカを訪れたオスカー・ワイルドは、ある町の酒場で、ピアノの前に次のような掲示を見つけたという。

お願い　ピアニストを撃たないでください　一生懸命やっているのですから(2)

下手なピアニストは撃ち殺す――何とも乱暴な話だが、ワイルドはこれぞ「芸術批評における唯一の合理的方法」と賞賛している。むろんこの言葉を額面通りに受け取る必要はあるまい。だが、芸術とはそれ自体でその有効性を証明するものであり製作者の内面の真摯さなどは芸術の良し悪しとはまったく無関係である、とワイルドがつねに説いていたことからして、この発言もあながち冗談では片づけられない面もあるだろう。「一生懸命やっている」かどうかは問題ではない。悪しき芸術は芸術家もろとも抹殺されてしかるべきだ、というわけである。

しかしワイルドは、全般的にはアメリカという国に対してきわめて批判的であった。たとえばワイルドに「ウソの衰退」という対話体のエッセイがある。ワイルドにとってウソとは芸術とほぼ同義である。なぜならワイルドにとって、ウソとは現実による裏付けなしで成立する言説であり、まさにそれ自体でその有効性を証明するものだからだ。現実と食い違うことが問題なのではなく、現実による存在証明を必要としないことに意義があるのだ。しかるに、とワイルドは言う。アメリカにおいてはウソの価値がまったく認められていない。そもそもアメリカの国民的英雄といえば、ウソのつけないことが最大の取り柄である男ではないか。「ジョージ・ワシントンと桜の木の物語は、文学におけるいかなる教訓物語にもまして、より短期間でより大きな害悪をもたらしたと言って過言ではない(3)」。ウソの衰退はそのまま芸術の衰退であり、その衰退がもっとも進行しているのがアメリカであるというわけだ。

だがワイルドもそのすぐあとで指摘しているように、ワシントンと桜の木をめぐる、ウソをいさめる物語最大の皮肉は、それがおそらくはまったくのウソであるということだ。

「ジョージよ」とお父さんは言いました。「あそこの庭の美しい桜の木を切ったのは誰だか知っているかい？」。これはとても答えづらい質問でした。そこでジョージはちょっとためらいましたが、すぐに気を取り直しお父さんの方に目を向け、若さあふれる可愛らしい顔を何ものにも勝る真実のいわく言い難い魅力で輝かせて、勇敢にもこう叫びました。「パパ、僕は嘘がつけません。僕が嘘をつけないことはパパも知ってるでしょう。僕が斧で桜の木を切ったのです」――「わが子よ、わしの腕の中に飛び込んでおいで」とお父さんは感きわまって叫びました。「わしの腕の中に走っておいで。ジョージよ、お前が桜の木を切ったことがわしは嬉しい。なぜならお前は千倍もの償いをしてくれたんだからね。自分の息子がこんなに英雄的な行ないをしたことは、銀の花と純金の果実をたたえた千本の木よりも値打ちがあるのだ」(4)

これが桜の木神話の「原典」M・L・ウィームズの『ジョージ・ワシントンの生涯およびその記憶すべき行ない』の一節である。ワシントンの死（一七九九）の直後に発表されたこの伝記は、版を重ねるごとにウィームズの創作とおぼしき逸話が次々につけ加えられ、はじめは十二ページの小冊子だったのが次第に分厚い本になっていった。桜の木神話は一八〇六年版にはじめて登場している。お断りしておくが右の訳は原文の感じにできるだけ忠実に訳したつもりである。白々しさを意図的にきわ立たせようとしたつもりはない。訳者の正直さを信用していただくとすれば、この文章が大きな皮肉になっていることが分かっていただけると思う。要するに桜の木神話は、見え見えのウソによって「ウソをつくのはよくない」という教訓を伝えているのである。ウソでマコトを説いているわけだ。しかもこの話がウソであることを証明した者はまだ誰もいない。ウソとマコトがややこしく絡みあっているのである。

桜の木の物語が真にアメリカ的であるのは、おそらくこの意味においてである。たしかにこの話は、ウソを嫌うアメリカ人の国民性（ウソがもとで大統領が失脚するような国はほかにあるまい）を反映している。けれどもそれ以上に、ウソとマコト、物語と現実とが奇妙に錯綜する国としてのアメリカの本質を、桜の木神話は、作者の意図とはまったく無関係に映し出している。

そもそもアメリカ大陸の「発見」の段階からして、物語は現実を凌駕していた。新大陸を探索したヨーロッパ人たちは、未知の土地、未知の人間という新しい現実を語るために、空想の世界を語るのに用いていた既知の言葉に頼ったのである。新大陸発見の衝撃は、現実と空想との境界を取り払ったのだ。『アリストテレスとアメリカ・インディアン』でL・ハンケは次のように述べている。

現実にアメリカを目のあたりにしたスペイン人は、ただ単純にひどく昂奮し有頂天になっただけではない。彼らは新世界を中世の眼鏡で見ようとしたのである。中世にきわめて豊かに発展した空想や神話の宝庫が、ただちにアメリカに移された。この中世の影響は殊に発見と征服の初期に著しい。コロンブスは自分が地上楽園を発見したと強調した。ある者は不死の泉を探しまわり、ある者はアラブがイベリア半島に攻め入った時海を渡って難を逃れた七人のポルトガル司教が建設したと伝えられる七つの魔法の都をネブラスカ、ダコタ辺に見出そうとした。(……)

スペインの隊長が遠征に出掛ける時、彼らは中世の物語に描かれたさまざまな種類の神話的な生き物や怪物——巨人、矮人、龍、鷲頭有翼の獅子《グリフィン》、白髪の子供、髭のある女、尻尾の生えた人間、目が胸や腹についた頭の無い人間、その他の空想的な種族、そういったたぐいの代物に出会うことを期待しながら出発した。一千年もの間に人間や半人についての奇怪な考えを一杯にためた大甕がヨーロッパに出来上っていて、今アメリカでふんだんにそこから汲み出されたわけである。すでに聖アウグスチヌスはその著『神の国』の一章を「怪物的な人種を生み出したのはアダムの後裔であるかノアの後裔であるか」に当てているが、十五世紀末にもなると、アメリカで適用さるべき奇想の体系は完成してしまっていたのである。(5)

極論すれば、コロンブスたちは何ひとつ「発見」しなかった。自分が到達したのが未知の新大陸であることをコロンブスが死ぬまで認めようとしなかったことはよく知られている。トドロフが『他者の記号学——アメリカの征服』(6)で詳しく論じているように、コロンブスはアメリカ大陸という「他者」の他者性をまったく見ようとしなかった。あらかじめ定められた「真実」に従って新大陸を「解釈」したのである。たとえば第三回の航海で今日のベネズエラにあるパリア半島に到達したコロンブスは、そこが創世記第二章にある「見るに麗しく食らうに善きもろもろの樹」「河エデンより出《いで》て……四つの源となれり」「その地の黄金は善し」といった記述に適合することを根拠に、自分が到達したのはほかならぬエデンの園であると確信するにいたった。そして、創世記のアダムよろしく、新大陸の土地一つひとつに名前を与えたのである。

このように、コロンブスによる新大陸の記述は、徹底的に現実を見ないことをその最大の特徴としている。アメリカ大陸がコロンブスにではなくアメリゴ・ヴェスプッチにちなんで命名されたのはある意味で正当である。ヴェスプッチはコロンブスの足跡を追ったにすぎないが、彼はそれがアジアでもエデンでもなく、まったく未知の「新大陸」であることを認識したからだ。だがヴェスプッチにしても「新大陸」という説明にすんなり到達したわけではないという。当時の地理学の常識からすれば、それはきわめて可能性の低い説明だったのだ。「物語」が「現実」に渋々譲歩したのである。

さて、新大陸の発見に対し、当時のヨーロッパ人はどのような反応を示しただろうか。むろん反応のしかたは人それぞれであった。それぞれが自分なりの「物語」を新大陸に当てはめようとしたからである。ある人々にとっては、新大陸は中世の閉ざされた世界からの解放を意味した。十四世紀、ダンテは『神曲』のなかで、「ヘラクレスの柱」(ジブラルタル海峡)を越えて未知の土地へ向かおうとするユリシーズの企てを罪として描いた。ダンテはユリシーズの野心を人間による神の領域の侵犯として捉えたのであり、この点においてダンテは中世の常識を代表していた。だが十六世紀になると、同じ行為が罪どころか英雄的行為として見られるようになったのである。新大陸の発見は、物語と現実という二領域が重なり合っただけでなく、人間の領分と神の領分が重なり合った事件でもあったのだ。

さらに、見聞記の多くが現地の人々を自然の無垢の状態のままに生きる人間として描いたことも、ヨーロッパ人たちの目には、人間の可能性を拡大する事実として映った。遠い昔に失われたと思われていた人類の黄金時代が、現実にまだ残っていたというわけだ。たとえばトマス・モアは『ユートピア』(一五一一)において理想国家のシナリオを描いたが、そのなかで当時の人々にとってもっとも空想的に思えた要素——たとえば私有財産や王権の不在——は、ヴェスプッチの書簡をはじめとする新大陸見聞記に基づいている。新大陸の住民に対するこうした見方は、後世においてもさまざまな形で生き残った。たとえば十八世紀前半のパリでは、高貴なインディアンを主人公とする大衆演劇が大流行した。そのなかでもっとも評判となった『野生のアルルカン』を子供の頃に観たルソーは、のちに自分でも同様の戯曲を書こうとしている。一七二五年には、パリに「本物」のインディアンが連れてこられて大人気を博している。

だがその一方で、コロンブスたちの航海の直接の目的だった、アジアへの西回りのルートの発見、および黄金の獲得という見地からすれば、新大陸はむしろ邪魔物であった。十六世紀前半に行なわれた探検の大半は、新大陸を回って——または通り抜けて——アジアへ到達するルートを発見することを目的としていた。さらに、探検が進むにつれ、新大陸に住む人間たちの行動が無垢どころではないことも徐々に明らかになってきた(むろんそれは何よりもまず、ヨーロッパ人たちが彼らに対し好き勝手な振舞いをしたことに対する反動だったわけだが)。「地上の楽園」は実は悪魔の棲み家ではないのかという思いが次第に強まってきた。一六六〇年、イギリスでは死刑囚に「死刑」か「アメリカ行き」かを選ぶ権利を与えるようになったほどである。こうして、当初の熱狂は次第に幻滅に取って代わられた。要するにヨーロッパは一面では、新大陸が新大陸であることにがっかりしたのである。

このように過剰な期待が幻滅につながるというパターンは、『アメリカ——ヨーロッパからのまなざし』(一九七六)を書いたJ・M・エヴァンズによれば、アメリカに対するヨーロッパの姿勢に一貫して見られるパターンである。「その歴史を通じてアメリカは、つねにアメリカではない何ものか(アジア、理想国家、地上の楽園等々)と間違えられ、その本当の姿が現れると今度はインチキだと責められてきたと言って誇張ではない。十五世紀から二十世紀にかけて、新世界が担わされてきた理想主義の重圧からして、ヨーロッパ人が書いた新世界についての著述の基調のひとつが『幻滅』であるのも当然と言えよう[7]。

要するに相手を勝手に理想化しておいて、その理想に適合しないからといって相手をなじるわけだ。たとえばフランス人修道士R・L・ブリュックベルジェは『アメリカ共和国』(一九五八)のなかで「アメリカは世界の希望であるか、さもなければ無である[8]」と述べているが、これなどはそうした態度の典型だろう。あるいはもっと高級なレベルでも、アメリカ論の古典中の古典とされる『アメリカの民主主義』(一八三五)においてフランス人A・トックヴィルは「アメリカの中に私はアメリカ以上のものを見た[9]」と書いている。

このように、ヨーロッパがアメリカに対し注ぐまなざしは、はじめから「物語」が先行していたのであり、「物語」と「現実」とのずれが否定しがたくなったときには、「現実」が迷わず切り捨てられるか、「物語」が渋々「現実」に譲歩するかのいずれかだったのである。アメリカとは何よりもまず、ヨーロッパのまなざしの産物であった。ヨーロッパは新大陸という鏡の中に自らの像を見出したのだ。だがその鏡は、見る者の姿を忠実に映し出す鏡ではなかった。それは多くの場合、見る者の理想の姿を映す魔法の鏡だったのだ。

2

十七世紀前半、「ピルグリム・ファーザーズ」と呼ばれる清教徒たちの集団が北アメリカに移住し、アメリカ合衆国前史としての植民地時代がはじまったとき、ヨーロッパがアメリカに対して注いだまなざしは、これら最初の「アメリカ人」たちの中に内面化されることになる。たとえばピルグリム・ファーザーズの指導者の一人ジョン・ウィンスロップは、一六三〇年、ヨーロッパから新大陸へ向かう船中で、仲間の清教徒たちにこう訴えた。

われわれは山の上の町の如くになるであろう。あらゆる人々の眼がわれわれに注がれている。ゆえに、もしもわれわれがみずから選び択ったこの企てにおいて神をあざむき、神がわれわれに対する助けを止め給うようなことがあれば、われわれは世界中の語り草、物笑いの種となるであろう。(10)

本当に「あらゆる人々の眼」が彼ら清教徒たちに注がれていたかどうかは大して問題ではない。おそらくそんなことはなかっただろう。重要なのは、「神の国」を地上において実現しようとする清教徒たちの使命感が、なかば架空の他者の強烈な視線という形で表れていることだ。彼らはいわば自分の中に「観客」が埋め込まれた「役者」であって、あらかじめ定められた脚本を忠実に演じ切ることをみずからに課しているのだ。

いうまでもなく、あらかじめ定められた脚本とは聖書のことである。「山の上の町」はマタイ伝の「汝らは世の光なり。山の上にある町は隠るることなし」から来ている。アメリカに渡った清教徒たちにとって、アメリカとは聖書において予言された「物語」が現実において実現されるはずの場であった。彼らが直面したニューイングランドの荒野はモーゼの住んだ荒野そのものであり、そこに住むインディアンたちは旧約聖書に現れる悪霊アザゼルにほかならなかった。アメリカの現実は彼らにとってつねに聖書的意味を帯びていたのであり、すべての出来事は「神意《プロヴィデンス》」という名の脚本家によって定められた筋書き通りに進行したのである。D・ブーアスティンが言うように、清教徒たちは「真理の体系を完成させることよりも、アメリカにおける自分たちの社会を通して、すでに判っている真理を実現させることに、より大きな関心を注いでいた。清教徒のニューイングランドは、いわば『応用神学』の高貴な実験だったのだ」(11)。新大陸発見以前にすでに「人間や半人についての奇怪な考え方を一杯にためた大甕がヨーロッパに出来上ってい」たように、アメリカ合衆国の植民地時代においても、神の筆になるシナリオがすでに出来上がっていたのである。

ここでも「物語」が「現実」に先行しているわけだが、同じことがアメリカの独立の事情についても言える。アメリカの独立記念日はいうまでもなく七月四日だが、一七七六年のこの日、何が起きたのだろうか。王の首が切られたのでも監獄が解放されたのでもなく、二日前に議会で採択された独立宣言が公表されたのである。アメリカ合衆国はコトバを発することによって誕生したのだ。「万人は平等に創られ、造物主によって一定の奪いがたい諸権利を付与され、その権利の中に生命、自由、および幸福の追求が含まれることをわれわれは自明の真理として信じる」という独立宣言冒頭の一節はあまりにも有名だが、「自明の」(**self-evident**)の一語は草稿段階では「神聖にして否定しがたい」(**sacred and undeniable**)であった。あえて言えば、コトバの自明性、絶対性を確認することで、アメリカは成立したのである。

このように、アメリカという国は壮大な物語をみずからに課すことによって成立していったわけだが、物語をみずからに課すということは、ひとつの役割を引き受けることであり、いいかえれば仮面を被ることにほかならない。本国イギリスに対する反逆の姿勢が決定的に明らかになった「ボストン茶会事件」(一七七三)において、イギリスの茶を海中に投げ込んだ植民地人たちがインディアンに変装していたことは、その意味できわめて象徴的である(あるいはまた、アメリカにおいて最初に成立した大衆芸術が、白人が顔を黒く塗って黒人に扮する「ミンストレル・ショー」だったことも興味深い)。

仮面を被ることは、基本的にはいまの自分を否定することにほかならない。そしてそこには大きく分けて二つの意味がある。ひとつは自分を偽り隠すということである。はじめに触れた「正直さ」に対するアメリカ人の信仰も、おそらくこれと無関係ではない。誰もが仮面を被り自己を隠す国だからこそ、逆に「正直さ」が美徳として要請されるのだ。よく指摘されるように、ヨーロッパ人は他人にしろ社会にしろその不透明さを尊重しそれを人生の一部として受け入れるが、アメリカ人は何についてであれ謎や不透明さを嫌う。他人の内面でさえ例外ではない。およそ半世紀前、バーナード・ショーはアメリカにはプライバシーというものは存在しないと言った。現代においてもたとえばオトリ捜査によっていわば潜在する犯罪まで顕在させることが正当とされることなどからして、ショーの発言はいまだ有効だと言ってよいだろう。

仮面を被ることのもうひとつの要素は、いまの自分を否定して、よりよい自分、「真の」自分をめざすということである。アメリカにおいては、特にこうした自己変革を希求する精神が強くはたらいているように思われる。たとえばアメリカ人による自伝の古典『フランクリン自伝』は、ほとんど自己改造のためのマニュアルともいうべき趣を呈している。節制・沈黙・規律……といった「十三の徳目」を考案し、それぞれの徳を実践できたかを毎日チェックしたフランクリンの生き方は、聖書のシナリオに合わせてみずからの行動を規制した清教徒たちのそれにそのまま対応する。たとえば「謙譲」の徳をめぐってフランクリンは、「かような態度は生まれながらの性質ではなく、初めは多少無理をして装ったものであるが、しまいには自然になり完全な習慣となった」(12)と述べている。仮面が本性として定着すること、それがフランクリンにとっての——そしてその他多くのアメリカ人にとっての——「成功《サクセス》」なのだ。

このように、フランクリンによって代表されるアメリカ自身もまた、「アメリカの中にアメリカ以上のものを見た」のである。アメリカで生まれた「セルフメイド・マン」という言葉は「裸一貫から叩き上げた男」のことだが、そうした現実的な意味のうしろには、「みずからを創造する人間」というほとんど倫理的な意味がひそんでいるのだ。逆に、『フランクリン自伝』に登場する数々の落伍者たちは、いずれも自己を変革する意志を欠いている点で共通している。現状に甘んじるアメリカ人、アメリカの中にアメリカしか見ることができないアメリカ人は、冒頭に挙げたワイルドの戯曲にあるように「悪いアメリカ人」であり、死んだあとも「アメリカへ行く」ことしかできないのだ。自己の中に自己しか見ることができないアメリカ人は、射殺されてしかるべき下手なピアニストなのである。

「アメリカの中にアメリカ以上のものを見る」ことが美徳とされるということは、いいかえればアメリカにあっては現在より未来の方が大事であるということである。ということは、「アメリカ人とは何か」という問いがなされるとき、その答えに現状を否定する姿勢が色濃く表れることはほとんど必然だろう。その典型として、トックヴィルのアメリカ論とならんでアメリカ論の古典の双璧をなすクレヴクールの『アメリカの農夫からの手紙』（一七八二）の次の一節を挙げることができる。

> アメリカ人とは、古くさい偏見や因習をいっさい捨てて、己の選び択った新しい生き方、己の従う新しい政府、己の占める新しい地位から、新しい習慣を受容する者のことである。われわれの偉大なる恵み深き母《アルマ・マーター》の豊かな膝に包まれることによって人はアメリカ人となるのだ。ここではあらゆる国家の諸個人が溶けあって新しい人種となるのであり、彼らの労働と子孫こそが、いつの日か世界に大きな変化をもたらすのである。(13)

「新しい」という言葉があたかも護符の文句のようにくり返されるこの一節において、クレヴクールはアメリカ人とは何であるかについては何も言っていないに等しい。確かなのはいまある現実ではなく、いまだ実現されざる物語なのだ。

しかし、もし確固たる未来の像がぼやけてしまったらどうなるのか？　あるいは、その未来の像が自分たちが捨ててきたはずの旧世界からの借り物であるとしたらどうか？　おそらくこの不安こそ、アメリカの未来を謳い上げる人々を一度は襲う不安である。たとえば、しばしばアメリカの知的独立宣言の立役者と呼ばれるR・W・エマソンは、そのもっとも有名なエッセイ『自然』（一八三六）を次のようにはじめている。

> われわれの時代は後向きである。それは先祖たちの石棺を作る。あるいは伝記、歴史、そして批評を書く。以前の世代は神と自然とにじかに向きあっていた。しかるにわれわれは以前の世代の目を通してそれらを見る。なぜわれわれも、宇宙と初源的関

係を結んではならないのか？　なぜわれわれが、伝統ではなく直感に基づく詩と哲学を、先祖の歴史ではなくわれわれに啓示された宗教を持ってはならないのか？(14)

ここで前面に打ち出されているのは、自己独自のアイデンティティを作り出そうとする強烈な意志である。だがそれと表裏一体になって、自分は他者の眼で世界を見ているのではないか、自分は他者のまなざしの産物ではないかという不安が見え隠れしていることも否定できない。エマソンは「見ること」に固執した。世界との幸福な一体感を語るときでさえ彼はそれを、自分が「透明な眼球」になると表現した。エマソンにとって、見ることは存在することと同義であり、他人の眼で見ることは存在しないことに等しいのだ。

このような不安は、より大衆的なレベルでは、ヨーロッパ文化に対するあこがれや劣等感となって表れる。「良いアメリカ人は死んだらパリへ行く」とワイルドが言うのもそういうことだ。あるいはまた、マーク・トウェインの『ミシシッピ河上の生活』（一八八三）の草稿に次のような逸話が見られる。

あるイギリス人劇団がアメリカ巡業を行ない、ピッツバーグで二晩続けて『ハムレット』を上演した。最初の晩はシェークスピアの戯曲通りに上演したが、二晩目はそれを徹底的なパロディに仕立てあげた。ところがピッツバーグの観客はそれがパロディであることに気づかず、巨体のオフェリアがドラ声でわめきながら舞台上を飛び回り、花占いの草花の代わりに人参やキャベツを投げ散らすのを見て、さめざめと涙を流した……(15)。

ピッツバーグの観客の無知を笑うのはたやすいが、このようにヨーロッパのものなら何でも「本物」として有難がる傾向の裏には、自分たちはヨーロッパ人の夢想が生んだ「影」にすぎないのではないかという、ほとんど存在論的な不安がひそんでいるのではないだろうか。

存在論的な不安とは、つまりは「私は本当に私なのか」という不安である。おそらくこの不安こそがアメリカ文化の根底にあるといっても過言ではない。アメリカ文学史上もっとも実り豊かな時期であった一九世紀中葉のいわゆる「アメリカン・ルネッサンス」の時代においても、この問題を扱った作品が数多くみられる。たとえばポオに、名前も顔つきも生年月日も自分とまったく同じ人間が現れる「ウィリアム・ウィルソン」(一八三九)という短編がある。**William Wilson** という名には「われは意志なり、意志の息子なり」(**Will I am, Will's son**) というあからさまな寓意が込められている。幼いころから「完全に自己の行動の主人であった」ウィリアム・ウィルソンという人物は、自己の意志によって自己を創造し、自己の父たらんとする人間なのだ。だがそうした強烈な自己創造への意志が、逆に「分身」を引き寄せ自己を分裂させてしまうのである。

だが「私は本当に私なのか」という問題を扱った作品は、何といってもメルヴィルの『白鯨』(一八五一)にとどめをさす。『白鯨』がなかば伝説的な巨鯨モビー・ディックに片脚を食いちぎられ復讐の鬼と化したエイハブ船長の物語であることはよく知られているが、象徴的なレベルで言えば、『白鯨』とはすべてを知りつくし世界を自分の意志でおおいつくそうとする人間の物語である。あえて単純化すれば、モビー・ディックとは世界の不可知性の象徴にほかならないからだ。世界が曖昧であること、それにこそエイハブは我慢がならないのだ。この意味でエイハブは、謎や不透明さを嫌うアメリカ人の極限的なあり方を体現しているといってよい。そして、謎の権化たるモビー・ディックと闘うことで、エイハブは絶対的に自己自身であろうと——いいかえれば絶対的にアメリカ人であろうと——するのである。

しかし、白鯨を追うなかでエイハブはやがて、自分はすでに定められた物語を演じているのではないかという思いにとらわれる。「この一幕全体が変えようもなく定められているのだ。この大海がはじめて波打つより億千年の昔、お前とわしとで稽古したのだ(16)」。こうしてエイハブは、旧約聖書の邪悪な王アハブの呪われた運命に近づいてゆく。自己自身であろうとすればするほど、逆にすでに演じられた他者の物語を志向してしまうのだ。植民地時代の清教徒たちにとっては、聖書と現実との対応関係が地上における神の国の出現を約束した。だが『白鯨』においてそれは悪夢的な反復関係に変貌しているのである。

絶対的に自己自身であろうとしたエイハブは、モビー・ディックとの対決に破れて海中に消える。『白鯨』を読めば明らかなように、現実的にみてそれははじめからまったく勝ち目のない闘いであり、ほとんど自殺行為であるといってよい。至高のピアニストであろうとする企てが、みずからを撃ち殺すことに終わる——アメリカの中にアメリカ以上のものを、自己の中に自己以上のものを見ようとする国に特有の悲劇がここにある。

「悲劇」という言葉が大仰すぎるなら、「窮屈さ」と言ってもよい。他者のそして自己の視線呪縛の下、アメリカ人はつねに何らかの意味での「地上の楽園」の住民を演じることの窮屈さを強いられてきたのだ。

> レディ・キャロライン　アメリカ人の娘たちときたら、イギリスに来てめぼしい男性を洗いざらいさらっていくのね。自分の国に居ればいいじゃないの。アメリカこそ女の楽園だってあの娘たちいつも言ってるんだから。
> ロード・イリングワース　おっしゃる通りアメリカは女の楽園です。だからこそ、イヴのように、娘たちはアメリカを抜け出したくて仕方がないのですよ。
>
> ——オスカー・ワイルド『取るに足らぬ女』(17)

（1）Oscar Wilde, *The Woman of No Importance* (1893; Penguin: *Plays*, 1954), p. 86. 引用者訳。以下、特記なき限り訳は引用者。

（2）Oscar Wilde, "Impressions of America" (1883), *The Artist as Critic: Critical Writings of Oscar Wilde* (1969; The University of Chicago, 1982), p. 10.

（3）Oscar Wilde, "The Decay of Dying" (1889), *The Artist as Critic*, p. 304.

（4） Mason Locke Weems（"Parson" Weems）, *Life of Washington*（1800）, in Leslie A. Fiedler and Arthur Zeiger, eds., *O Brave New World: American Literature from 1600 to 1840*（Dell, 1968）, pp. 222-23.

（5） Lewis Hanke, *Aristotle and the American Indians: A Study in Race Prejudice in the Modern World*（1959）. 佐々木昭夫訳『アリストテレスとアメリカン・インディアン』（岩波新書、一九七四年）三―四頁。訳文はこの訳書による。

（6） Tzvetan Todorov, *La conquête de l'Amérique*. 及川馥・大谷尚文・菊地良夫訳『他者の記号学――アメリカ大陸の征服』（法政大学出版局、一九八六年）。

（7） J. Martin Evans, *America: The View from Europe*（1976; Norton, 1979）, p. 23. 本章はこの本に多くを負っている。

（8） R. L. Bruckberger, *La République américaine*（1958）, translated by G. G. Paulding and Virgilia Peterson as *Image of America*（Viking, 1959）, p. 7.

（9） Alexis de Tocqueville, *De La Démocratic en Amérique*（1835-40）, translated by Henry Reeve as *Democracy in America*（1835-40; Vintage, 1945）, Vol. 1, p. 15.

（10） John Winthrop, "A Model of Christian Charity"（1630）, in George Perkins, *et al*., eds., *The American Tradition in Literature*, Sixth Edition（Random House, 1985）, Vol. 1, p. 33.

（11） Daniel J. Boorstin, *The Americans: The Colonial Experience*（Vintage, 1958）, p. 5.

（12） Benjamin Franklin, *Autobiography*（1868）. 松本慎一・西川正身訳『フランクリン自伝』（岩波文庫、一九五七年）一五一頁。訳文はこの訳書による。

（13） Hector St. John de Crèvecœur, *Letters from an American Farmer*（1782; Everyman's Library, 1912）, p. 43.

（14） Ralph Waldo Emerson, Introduction to *Nature*（1836; The Library of America: *Essays and Lectures*, 1983）, p. 7.

（15） Michael Patrick Hearn, *The Annotated Huckleberry Finn*（Clarkson N. Potter, 1981）, p. 207.

（16） Herman Melville, *Moby-Dick; or, The Whale*（1851; The Library of America: *Redburn*, *White-Jacket*, *Moby-Dick*, 1983）, Ch. 102, p. 1273.

（17） *Plays*, p. 85.

7　アメリカ文学と帝国主義

1　華麗なる自己改造

大宗教家ジョナサン・エドワーズとほぼ同じころに生まれながらも、「エドワーズが天国への道を説いているときに、富への道を語り、エドワーズが怒れる神の恐ろしさを叫んでいるときに、その神の意志とされた雷が自然現象にほかならないことを、凧によって証明していた(1)」のだから、決して単なる頭脳明晰な世渡りの名人にとどまる人間であったはずはなく、伝統に対して生半可ならざる反逆精神を持ち、その上で伝統の力を自分の側へ巧みに取り込むしたたかさも十分持ち合わせていた人間だったにちがいないのだが、そうとはわかってはいても、どうもこの、

節制　沈黙　規律　決断　節約　勤勉　誠実　正義　中庸　清潔　平静　純潔　謙譲

から成る「一三の徳目」を若き日に実行しました、と特に自慢げでもなさそうにあっけらかんと語り、たとえばその「純潔」の項には「性交はもっぱら健康ないし子孫のためにのみ行い、これに耽《ふけ》りて頭脳を鈍《にぶ》らせ、身体を弱め、ま

たは自他の平安ないし信用を傷つけるがごときことあるべからず(2)」という「戒律」を付し(健康のための性交って、どんな性交だろう?)、これらの徳目を守れたかどうかを毎日表につけて(しかも毎週、いわば「今週のスペシャル」を決めて、その徳を特に守るよう留意し)、自己の鍛練にこれ努めましたと何のてらいもなく書いているのを見ると、どうしても「嫌だなあ」と思ってしまう。実は相当茶目っ気もあった、きわめて多面的な人物だったと言われるベンジャミン・フランクリンだが、『フランクリン自伝』(執筆一七七一―八九)においてみずから描き出した、自己鍛練・自己改造・自己創造の権化たる、いわば物語としてのフランクリンは、個人的にあまりお近づきになりたい人物ではない。

この物語を書いている数え年で七十九歳になる今日まで私がたえず幸福にして来られたのは、神のみ恵《めぐみ》のほかに、このささやかな工夫《くふう》をなしたためであるが、私の子孫たる者はよくこのことをわきまえてほしい。(……)久しい間健康を保ちつづけ、今もなお強健な体格を持っていられるのは、節制の徳のおかげである。若くして窮乏を免《まぬが》れ、財産を作り、さまざまの知識をえて有用な市民となり、学識ある人々の間にある程度名を知られるようになったのは、勤勉と倹約の徳のおかげである。国民の信頼をえて名誉ある任務を託されたのは、誠実と正義の徳のおかげである。またつねに気分の平静を保ち、人と語るさいには快活を失わず、そのために今日も親しみ近づこうとする人が多く、若い知人からも好感を持たれているのは、不完全にしか身につけることができないでしまったものの、右にあげた十三の徳が全体として持っている力によるのである。それで私は、子孫の中から私の例に倣《なら》って利益を収めようとする者が出て来ることを希望するのである。(3)

これを読んで、なるほどなあと感心するより、むしろ嫌な感じがするとすれば、それはたぶん、成功の必要条件にすぎないはずの徳の実践が、その十分条件であるかのように語られているからだろう。ドクター・フランクリンの子孫でなくてよかったと(まあ向こうだって願い下げだろうが)思ってしまうわけだが、アメリカ文学研究の古典的名著『アメリカ古典文学研究』(一九二三)の著者D・H・ロレンスも、アメリカ文学に対する愛憎入り混じった激しい両面感情を吐露する作業を、まずはフランクリンを罵倒することからはじめたのだった。

人間は道徳的な動物である。それはいい。私も道徳的な動物である。これからもそうであるつもりだ。ベンジャミンの望むような、徳高き自動人形なんかになる気はない。「これは善、これは悪。蛇口を回して善なる水を流すべし」とベンジャミンはのたまい、アメリカ全体も一緒になって言う。「だがその前にまず、いつも悪なる水を流している野蛮人どもを絶滅すべし」。(4)

ロレンスのフランクリン呪詛はすさまじい。だが、わざわざすさまじい呪詛からはじめねばならなかったところに、フランクリン的な倫理観がロレンスに及ぼした影響力の強さが表われてもいる。

いまも思い出すが、小さかったころ、父は表紙に太陽と月と星々が描いてある、みすぼらしい暦《こよみ》を毎年買っていた。暦は流血や飢饉を予言していたが、それに加えて、隅の方に、教訓めいた文句を添えた、ちょっとした逸話や笑い話が詰め込んであった。まだ孵《かえ》りもしないひよこの数を数える女などを、私は偉そうにあざ笑ったものだ。そして正直は最上の政策だと、やはりいささか偉そうに確信していた。こうした話の作者はプア・リチャードといい、プア・リチャードとはベンジャミン・フランクリンのことで、どの話も百年以上昔にフィラデルフィアで書かれたものだった。

そしておそらくいまだに、私はプア・リチャードの教訓から抜けきっていない。それらはいまも、古傷のようにうずく。若き肉に刺さった棘のように。(5)

それにまた、フランクリン流自己改造マニュアルを糞味噌にこきおろすロレンスが唱えているのも、やはり一種の自己変革レシピであることに変わりはない。たしかに、フランクリンの唱える自己改造が、理性主導、「頭」主導によるものであるのに対し、ロレンスのそれは、ロレンスの言葉でいえば「聖霊」主導によるものだという違いはある(「俺の思想を矮小化するな!」というロレンスの罵声を浴びつつ注解すれば、「聖霊」とはフロイト的な「無意識」を思いきり肯定的に捉え直したもの)。一方は上から、頭のてっぺんからの変革であり、一方は下から、胸の奥からの変革ということになるだろう。けれど、どちらも自己変革をやかましく叫ぶという点では同じであり、また、どちらもひとつの観念の産物であるという批判を排除できるものではないだろう。

だがここではべつに、フランクリンとロレンスとどちらが偉いかを論じるのが目的ではない。指摘したかったのは、十八世紀末に出版された『フランクリン自伝』において（そしてそれよりもっと広く読まれた、フランクリン作の一連の「暦」において）語られた理性主導型自己改造の思想が、二十世紀に入ってなおD・H・ロレンスが真剣に罵倒する必要を感じたほど、長く、広く影響力を持ったという点である。

むろん、ことはロレンス一人にとどまらない。**Self-made man**（自分の腕一本で叩き上げた人間）というアメリカ生まれの表現に如実に表われているように、自分というものが「与えられる」ものではなく「作る」ものであるという思いは、アメリカにおいて根強く存在しつづけてきた。たとえばスコット・フィッツジェラルドの『グレート・ギャツビー』（一九二五）という小説は、ここでの話の文脈に即していえば、アメリカ的な自己改造の夢を極端に推し進めてみせ、それを自壊させた作品、とひとまず要約することができるが、この小説に出てくる、ジミー・ギャッツという名の田舎者である自分をジェイ・ギャツビーという「華麗なる」人物に改造した男は、子供のころ持っていたウエスタン小説の白いページに、フランクリンのやり方そのままの自作徳目実行チェックリストを書きとめていたのだった。[6] また十九世紀後半、『ぼろ着のディック』（一八六七）をはじめとする成功物語を二千万部売ったという大衆作家ホレイショー・アルジャーの主人公たちが実践したのも、まさにフランクリン的な清廉と勤勉を通した自己実現にほかならなかった。いみじくも「代表的アメリカ人」と称されるベンジャミン・フランクリンは、「自己は作るもの」という、アメリカにあってはなかば普遍的な思いの、もっとも初期の、もっとも華々しい体現者以上ではないのである。

2　世界を鏡とするナルシス

では、そうした自己改造への意志は、どこまで世界改造への意志へと拡張されるのだろうか。自己改造が世界改造へと、原理的につねに発展するものかどうかはわからない。だが、フランクリンにしても、自己を作る作業はやがてアメリカという国を作る作業へと発展していったわけだし、また文学をみても、アメリカ文学最大の黄金時代たる十九世紀中葉の作品群に顕著に表われているように、自己の問題がそのまま（あるいは時に「アメリカ」という中間項を介して）世界の問題へと飛躍する誇大妄想癖こそ、アメリカ文学に登場する人物たちの栄光と悲惨、勇壮と滑稽を生んでいると言って過言ではない。『白鯨』（一八五一）のエイハブ船長に典型的に表われているように、自己を掌握し制御し改変しようとする姿勢は、アメリカにあってはしばしば、世界を掌握し制御し改変しようとする姿勢につながるのである。

そして、帝国主義というものが、国家が領土や勢力範囲の拡大をめざすことであり、したがって、世界をみずからの描く青写真にしたがって組み立て直そうとする意志に支えられているとするなら、アメリカ文学は伝統的に、帝国主義的な意志に貫かれてきたと言うことができるだろう。自分の意志に基づいて自己を明確に規定しようとする姿勢は、世界を自分の意志で覆いつくそうとする姿勢へと容易に展開していく。『白鯨』のエイハブ船長は、そのカリスマ的な呪縛力でもって、捕鯨船ピークォド号とその乗組員をみずからの意志の道具にしてしまうのだし、『白鯨』で詳述される捕鯨業自体、当時世界を股にかけていたアメリカの花形産業であって、アメリカ的な合理主義に貫かれた所有と成功への意志を世界レベルで展開する営みにほかならなかった。つまり、個人の意志が国家の縮図たる船を覆いつくし、その船の意志が世界を覆いつくすわけである。

むろん、鯨への復讐心にとり憑かれて、神よりもむしろ悪魔と同一化しているエイハブは、節制沈黙規律等々の徳を掲げ、実はきわめてピューリタン的な価値観をいわば「神抜き」で称揚したフランクリンとはずいぶん違った印象を与える。あるいはまた、世界各地から集まったさまざまな人種がまがりなりにも共存し、一面では民主主義的なユートピアが体現された場とも見えるピークォド号を、字義通りの意味での帝国主義の実践例と見るのは無理があるだろう。だがその根底を貫いている、世界を自分の意志で浸そうとする姿勢自体は、すでに触れたように少なくともアメリカにあってはフランクリン的自己改造からさほど大きな飛躍ではないし、人種の壁を超えた民主主義の夢にしても最終的にはエイハブの独裁主義に屈してしまう。モームやコンラッドなど、イギリス帝国主義を直接取り上げた作家たちとは違ったかたちで——すなわち、アメリカ的な自己創造の神話と結びついたかたちで——『白鯨』は帝国主義的な意志を体現していると言ってよい。(7) エイハブは、志においては、すでに世界を自分自身で浸している。

この赤道のごとき金貨の前に、何人かに傍観されもしながら、いまエイハブは立ち止まっていた。

「山の頂、高い塔、そういった大きくそびえ立つものには、みな何かしら独尊なるところがある。見るがいい、三つの頂は堕天使ルシフェルのように高慢だ。どっしりした塔、あれはエイハブだ。火を噴く山、あれはエイハブだ。雄々しく剛胆な、勝ち誇る鳥、あれもやはりエイハブだ。すべてはエイハブなのだ。そしてこの丸い黄金は、さらに丸い地球の似姿にほかならず、魔法使いの鏡のように、それぞれ一人ひとりに、もっぱらその者自身の神秘なる自我を映し出すのだ」(8)

世界という鏡のどこを見ても自分の似姿を見出す、強烈なナルシシズム。だがこのあまりの強烈さを、自分がいまここにこうして在ることを確信できない不安の裏返しと見ることもできるのではないか。そもそも、『白鯨』第一章においてメルヴィルが提示したのは、「普通の」ナルシスのように水に映った自分の姿の美しさに酔いしれるのとは程遠い、水のなかに「把え得ぬ生の幻」を見てしまった、いわば存在論的不安に陥ったナルシスだった。そのあまりの強烈さゆえに、このエイハブのナルシシズムがあらかじめ挫折を余儀なくされたものであることも容易に予想がつく。概してアメリカ文学は、こうした破滅的ナルシシズムに魅せられてきた。たとえば現代アメリカの、遅れてきたロマン主義作家スティーヴン・ミルハウザーが、『ある浪漫主義者の肖像』(一九七七)において、強烈な自我意識を抱えた少年の長大な独白を展開したときも、エイハブを頂点とする暗いナルシシズムの系譜が脳裡にあったにちがいない。

かつて僕はどんなに焦がれたことか、二千ピースのパズルを、一万ピースのパズルを、百万ピースの、部屋中の床を覆いつくす、地下室中の床を覆いつくすパズルを……裏庭全体を覆いつくすパズルを……そして僕は夢見た、パズルのなかのパズルを、それは町全体の大きさで、だから芝生を芝生のピースで覆うことができ、歩道を歩道のピースで覆うことができ、すべての家のすべての部屋の床を敷物のピースとリノリウムのピースで覆うことができ、屋根を屋根のピースで公園を公園のピースで丘を丘のピースで覆うことができ……そして海を海のピースで……けれど僕の目の前にあるパズルたちは小さなテーブルすら覆えず、箱の表にあるのは嵐に揺れる船や遠い夏の午後の陰気な森の小屋ではなく、しょせん灰色の砂洲の端に立つ白い灯台であり、丸まったピンクの花弁がかたわらに一片転がったピンクの花を活けた花瓶であり、柳細工の籠の縁から外をのぞいている耳のだらんと垂れたコッカースパニエルであり、青い毛糸玉の上に片足を載せた白い子猫にすぎなかった。(9)

ジグソーパズルという対象の瑣末さは問題ではない。少年を包んでいる焦燥感は、いまここにこうして在ることへの絶対的不満だからだ。この絶対的不満から、エイハブを苛む凄絶な自虐までは、ほんの一、二歩の距離にすぎない。

哀れな老人よ、あなたの思念があなたのなかにもうひとつの生き物を創ったのだ。烈しい思念によって、おのれをプロメテウスと化す者は、その心臓を永遠に禿鷹に啄《ついば》まれる。その禿鷹こそ、自らが創ったものなのだ。(10)

鯨に対する怒りを募らせるあまり、エイハブは逆にその怒りに自分自身を蝕まれている。むろんその怒りを、鯨に片脚を食いちぎられたことに対する個人的怨念と考えても構わないが、ここはむしろ、白鯨を世界の不可解さの象徴と考える方が妥当であり一般的でもあるだろう。要するに、エイハブは世界の不可解さに怒っているのだ。その白さゆえの無限の多義性によって、白鯨は、世界を明確に意味づけようとするエイハブの意志をうち砕く。志としてはすでに世界を自己で浸しきった帝国主義ナルシストが、世界という鏡に自己の姿が映らないことに憤る——この点に、エイハブとフランクリン的原型との違いも明らかだろう。世界を自分の色で、塗れる範囲で嬉々として塗っていくフランクリンの陽性自己拡張主義に対して、エイハブは世界を自分の色で塗りつくせないことに陰性に憤るのである。そしてこの二人を両極として、それを結ぶ線上に、「僕自身の歌」を世界全体にまで広げていこうとするホイットマンも、自己自身であろうとする強烈な意志ゆえにかえって自己の分身を呼び寄せてしまうポオのウィリアム・ウィルソンも、フランクリン的自己創造をなかば成し遂げながらも時間と階級の壁に行き当たって挫折するギャツビーも、フォークナー『アブサロム、アブサロム！』(一九三六)の、南部の大農園主たらんとする野望をなかば遂げながらも(単純化すれば)アメリカを蝕む人種の呪いによって破滅するトマス・サトペンも、みな位置づけることができる。

そしてまた、強烈に自己自身であろうとするこうした人物たちに対するいわば対位旋律として、その対極に、「俺をイシュメールと呼んでくれ」と『白鯨』を豪快に語りはじめながらも、誰にもイシュメールと呼んでもらえず、物語なかばではほとんど作品自体に溶け込んでしまう人物イシュメールや、『ハックルベリー・フィンの冒険』と題された書物の主人公でありながら、実際にさまざまな冒険に携わっている際には偽名や変装の蔭に隠れてばかりでハックルベリー・フィンでいるときは実はほとんどないハックルベリー・フィンのように、「自分が誰なのかよくわからない」タイプの人物を据えることもできるだろう。

3　フランクリンから何光年も離れて

あらためて指摘するまでもなく、これまで作品を挙げた作家たちは、すべて白人男性である。白人男性の作品を中心に編み上げた従来の文学史を批判し、多元文化主義的な新しい文学史を作り上げようとする動きがしばらく前からアメリカでは顕著である。そのような流れからすれば、白人男性作家による帝国主義的作品をあたかもアメリカ文学の主流として語ることこそ、まさに帝国主義的だということになりかねない[11]。

そして、これまでひとまず「アメリカ的」と規定してきた、強烈に自己自身であろうとする意志にしても、たしかに少数民族においては、しばしばまったく違った様相を呈することになる。マイノリティにあって、自己を実現しようとするとき、その最大の妨げになるのは、まさにその「アメリカ的」な意志を有する人々が中心に位置する、白人男性中心主義の社会のあり方だからだ。そこではたとえば、「自分が誰なのかよくわからない」といった思いも相当違った色合いを帯びてくる。たとえば、西インド諸島のアンティーガに育って現在アメリカに住み、ポストコロニアル文学の有力作家として近年脚光を浴びているジャメイカ・キンケイドは、『私の母の自伝』（一九九六）を次のように書きはじめている。

私の母は私が生まれた瞬間に死んだ。だから私にとって一生涯、私自身と永遠とのあいだに立つものは何もなかった。私の背後にはいつも寒々とした、黒い風があった。こうなることが、人生のはじめから私にわかっていたわけではない。それがわかるようになったのは、人生もなかばに達し、自分がもはや若くなくなって、かつて豊富に持っていたもののいくつかをこれからはそれほど豊富に持てなくなるとともに、かつてほとんど持っていなかったもののいくつかをこれからはもっと持てるようになるだろうということに気がついたときだ。そんなふうに失うものと得るものがあるということに気づいたせいで、私はうしろと前とを見るようになった。私のはじまりには顔さえ見たことのない女性がいて、私の終わりには何もなく、私と世界の黒い部屋とのあいだには誰もいない。自分は一生涯崖っぷちに立ちつづけてきたのだと私は感じるようになった。持っていたものを失ったことで、自分がもろく、硬く、無力になったと感じるようになった。それを知ったことで、私自身に対する悲しみと、恨みがましさと、同情の念で胸がいっぱいになった。

私の母が死んで、私が全世界に対して無防備な小さな子供として残されたとき、私の父は、金を払って服を洗濯してもらっていた女性のところに私を連れていって、その女性に私の世話を任せた。二つの包みの違いを、父はひょっとしたらその女性に強調したかもしれない。ひとつは彼の子供、世界でただ一人の彼の子供ではないにせよ彼がこれまで結婚したただ一人の女性とのあいだにもうけたただ一人の子供であって、もうひとつは彼の汚れた服であることを、父は強調したかもしれない。おそらくは一方の包みをよりていねいに扱い、一方の世話に関してはもう一方についてよりも細かい指示を与えただろうが、しかしどちらをそうしたのか私にはわからない。なぜなら父は虚栄心の強い人間で、自分の外見は父にとってとても大事なことだったからだ。自分が父にとって重荷だったことが、私にはわかる。汚れた服が父にとって重荷だったことが、私にはわかる。父が自分で私の世話をするすべを知らず、自分で自分の服をきれいにするすべを知らなかったことも、私にはわかる。(12)

反復を多用した、呪文のような文章の音楽性についてはひとまず措くとして、事実関係を述べるなら、舞台はドミニカ、年代は不明だがドミニカがいまだイギリスの支配下に置かれた時代である(ドミニカ独立は一九七八年)。一般に、マイノリティに属す作家の作品の登場人物の――特に若い世代の人物の――アイデンティティは、民族的な価値観(それはしばしば両親や祖父母によって代表される)と、社会に支配的な価値観(アメリカ的価値観、イギリス的価値観等々)との緊張関係の上に成り立つことが多いように思える。だがこの作品の場合、「私」の母は「私」を産んだと同時に死んだことが冒頭以後もたびたび述べられ、また父は冷淡な警察官としてイギリス帝国主義を下から支える人物であり、引用箇所からもわかるように「私」に対して愛情らしい愛情を持っていない。したがって「私」には、アイデンティティをかたちづくるべき二項のうち一項がすっぽり抜け落ちているのであり、しかももう一方――この場合はイギリス文化――に対しても「私」はむろんまったく共鳴していない。「私」は帝国主義に対する反発をバネに自己を組み立てようともしないし、不在の母と不在に等しい父以外の誰かもしくは何かを通して「土着」の文化に自己のルーツを見出そうともしない。それこそ『フランクリン自伝』とは正反対に、『私の母の自伝』の主人公は、意志の力で自分を改造しようともせず、あるいはまた、社会が押しつけてくる自己像に苛立ったりすることもない（彼女にとって、社会的自己と個人的自己との隔たりははじめから当然のことと捉えられている）。このような作品が新しいアメリカ文学史の主流になるとしたら、「アメリカ文学と帝国主義」との関係も大幅に修正を強いられるだろう。

だが言うまでもなく、多元文化主義であれポストコロニアリズムであれ、それら近年頻繁に目にするレッテルは作品の傾向を示す用語であって、質を示したり保証したりするものではない。『私の母の自伝』が見事な作品であるのは、それがポストコロニアル文学であることと本質的に関係があると決めることはできない。むしろ、「ポストコロニアル」というレッテルで我々が何となく思い浮かべるイメージを修正したり壊したり拡張したりしてくれるところにこそ、この作品の力があると言ってよいだろう。これまでの白人男性中心の文学史も、これまで「正統」なる王として君臨しつづけてきた「ツケ」として、当分はあたかも全面的に葬り去られるべきもののように語られるのは避けられないだろうが、実はそれが文学史のひとつのバージョン、無数にありうる切り取り方のひとつ以上のものではないことが意識される限り、ひとまずはそれなりの有効性を認められてしかるべきだろう。

では、現代のアメリカ白人男性の文学はどうか。そこでは相変わらず、フランクリン的もしくはエイハブ的な、陽性もしくは陰性の自己創造欲に衝き動かされた人物が闊歩しているのだろうか。

> やがて放送がはじまる。いまよりずっと若かった日の彼の像が現われる。誰もが彼のことを堂々たる存在、救世主と考えていた頃の彼。彼は話しはじめる。じきにまた画面は真っ白になる。それから、前と同じようにどこからともなく、潜水服を着た男

が現われる。ただし今度は、ただ単に海中を漂っているのではなく、どうやら海の底を歩いているらしい。背景には奇妙なかたちをした船が見える。海の底に、男はアメリカの国旗を据えつける。これがあんたの戦争のなれの果てだよ、と私は老人に言う。海の底で軍隊が勝手に勝利を宣言しているのさ。あいつらはいまこの瞬間、あそこのアドリア海の底にいて、旗を据えたり小さな板を埋め込んだりしてるんだよ。(13)

――ヒトラーが負けなかった「もうひとつの二十世紀」を描いたスティーヴ・エリクソン『黒い時計の旅』(一九八九)の一節である。「彼」は名づけられてはいないが、ひとまず、老いて廃人同様になったヒトラーと考えられる。「潜水服を着た男」が宇宙飛行士であり「海の底」が月面であって、この情景全体が一九六九年の月面着陸を描いていることは明らかだろう。

語り手がそれを、「これがあんたの戦争のなれの果てだよ」とヒトラーに言うということは、月面着陸もナチスが仕掛けた戦争も同じようなものだということである。十九世紀に捕鯨業がアメリカ的な自己拡張の意志を体現していたように、月へ人間を送ることに表われた自己拡張の意志も、第三帝国の自己拡張欲と大差ないというのである。ベトナム戦争が泥沼化していくなかで行なわれたアメリカの自己肯定的な行為のなかに、エリクソンは帝国主義の匂いを嗅ぎとっている。

とはいえ、エリクソンはこうしたアメリカ的自己肯定への意志を作品の中心テーマに据えているわけではないし、そうした意志を体現する中心的人物を導入しているわけでもない。次作『Xのアーチ』(一九九三)ではトマス・ジェファソンを中心に置いて、アメリカ的なものをより正面から扱うことになるが、そこでのテーマは、自由の理想と奴隷制の現実、という矛盾からアメリカの歴史がはじまったという点であり、エリクソン描くジェファソンにしても、同じ「建国の父」仲間であるフランクリンのような明快な自己肯定・自己創造の意志を持つ人物ではない。

そして、エリクソンの作品に限らず、フランクリン的であれエイハブ的であれ、強烈な自己創造の意志を持ち、それを世界創造にまで拡張しようとする人物は、現代アメリカ文学にはあまり見受けられない。スケールの壮大さにおいて『白鯨』と比較されることも多いトマス・ピンチョンの『V.』(一九六三)などにしても、中心に据えられているのはむしろ、システムなりシステムを見て取ろうとする意志なりであって、エイハブ的な強烈な個人ではない。現実を見ても、たとえばいま述べた月面着陸にせよ個人の偉業というよりは綿密なチームワークの勝利であったわけであり、自己の問題が世界の問題へとじかに飛躍するような強烈な個人というものはもはやリアリティを持たない、というのが大ざっぱな実情ではないだろうか。文学もそれを反映している。

たしかに、ポール・セルーの『モスキート・コースト』(一九八二)の父親のように、エイハブばりの強固な意志でもって、ホンジュラスの山の中でアメリカの歴史を一から反復しようとする人物もいることはいるが、彼の場合も、浮き彫りにされるのはむしろその意志の独善ぶりであり、その行為の勇壮さよりもはるかに滑稽さである。エイハブにおいては悲劇であったものが、この父親においては明らかに茶番として反復されているのである[14]。むしろ、レイモンド・カーヴァーやリチャード・フォードらの描く、きわめて影の薄い、あたかも白人男性中心主義の崩壊を内側からさらけ出すような父親たちの方が、八〇年代以降の白人男性アメリカ文学の父親の「基本形」といえる。

彼はあろうことか浮気をしているのだ。そして彼にはそれをどう処理していいのかがわからなかった。そんな関係をこの先ずっと続けるつもりはなかったが、かといって女と別れるのも嫌だった。嵐のさなかに手持ちのすべてを海中に投げ捨ててしまう人間はいない。アルは流れのままに漂っていたし、そのことは自分でもよくわかっていた。そしてその流れが最終的に彼をどこに連れていくことになるのか見当もつかない。しかし彼はすべてに対して自分がコントロールする力を失いつつあることを感じはじめていた。すべてに対してだ。それに最近何日か便秘に悩んだあとで、年老いることについてよくよと考えるようにもなった。彼は便秘というものを一種の老人病のようなものだと考えていたのだ。おまけに小さなハゲもできて、それを隠すために髪のわけ方をどう変えればいいのかと思い悩む羽目にもなった。いったい俺はこの人生に対してどのように処していけばいいのだ？
彼は三十一だった。(15)

カーヴァーの作品に出てくる成人男性のなかで、この「ジェリーとモリーとサム」の主人公はたしかに平均以上に情けない男ではあるが、さりとて決して例外的なほどみじめであるわけではない。実際、カーヴァーの登場人物のなかには、自己と世界を明確に意味づけたり改造したりする意志を持っている人間は一人もいないとさえ言える。彼らはつねに、いわば、あらかじめ意味づけられてしまっている。しかも彼らを意味づけるのは、親や教師や雇用主といったような、顔が見える特定の個人ではない。人間関係はいわば自然に崩壊するし、職は自然に失われ、飲酒癖もいつのまにか自然にやって来る。ある若手作家の作品についてカーヴァーは、「アメリカン・ドリームから何光年も離れた世界」と（肯定的に）評したが、カーヴァー自身の作品も、フランクリン的な自己実現の夢から何光年も隔たっている。そこでは、もはや帝国主義的な匂いはまるで感じられない。三浦雅士の言うように、「レイモンド・カーヴァーやリチャード・フォードの主人公たちは、世界中の植民地を闊歩していたかつての白人たちとはまったく違うではないか。彼らはむしろかつての原住民に近いではないか(16)」。

そのこと自体は善でも悪でもないが、アメリカ文学における帝国主義的意志はひとまず息絶えたように見える。とはいえ、まだ即断は禁物である気もする。たとえば九〇年代の日本において、最後の無頼派作家ともいうべき小説家チャールズ・ブコウスキーが異様な人気を集めている。むろんブコウスキーが帝国主義的だなどと言うのではない。だが、自伝色の濃いブコウスキーの作品を一冊でも読んだ者には明白だろうが、楽したい・酒飲みたい・女と寝たい三原則にしたがって生きようとする彼と彼の作品内分身が、アメリカ的成功の倫理とも自己実現の夢ともまったく無

縁であり、

節制　沈黙　規律　決断　節約　勤勉　誠実　正義　中庸　清潔　平静　純潔　謙譲

というフランクリン十三の徳目を爽快にことごとく否定してみせることできわめて高い人気を集めているという事実に、逆にフランクリン的倫理の呪縛力の強さと広がりを感じずにはいられないのである。

(1) 大橋健三郎・斎藤光・大橋吉之輔編『総説アメリカ文学史』(研究社、一九七五年) 三三一頁。
(2) Benjamin Franklin, *Autobiography* (Written 1771-89). 松本慎一・西川正身訳『フランクリン自伝』(岩波文庫、一九五七年) 一三六頁。訳文はこの訳書による。
(3) 『フランクリン自伝』一四七—四八頁。
(4) D. H. Lawrence, *Studies in Classic American Literature* (1923, Penguin, 1971), p. 22. 引用者訳。以下、訳はすべて引用者。
(5) *Ibid.*, p. 20.
(6) 「日々の決意」の部分を引けば——

シャフターズや [判読不能] で時間を無駄にしない
たばこを (かぎたばこも) やめる。
一日おきにふろに入る
ためになる本か雑誌を週に一冊読む
週に五ドル [線を引いて消してある] 三ドル貯める
もっと親孝行する

(F. Soctt Fitzgerald, *The Great Gatsby*, in Arthur Mizener, ed., *The Fitzgerald Reader* [Scribners, 1963]), p. 233.
(7) モームやコンラッドの描く帝国主義のみならず、小説というジャンル自体と植民地との関係を論じたきわめて刺激的な論考に、三浦雅士「小説という植民地」がある。初出『講座20世紀の芸術　第七巻』(岩波書店、一九九〇年)、のち『小説という植民地』（福武書店、一九九一年）に所収。この文章も三浦氏の論考に多くを負っている。

（8）Herman Melville, *Moby-Dick; or, The Whale* (1851; The Library of America: *Redburn*, *White-Jacket*, *Moby-Dick*, 1983), p. 1254.

（9）Steven Millhauser, *Portraits of a Romantic* (1977; Washington Square Press, 1987), p. 61.

（10）*Moby-Dick*, p. 1008.

（11）たとえば柴田元幸というアメリカ小説翻訳者は、これまでほとんど白人男性の作品ばかり何十冊も訳しているが、このような姿勢はアメリカでは、首吊りものとまでは言わぬにしても、見識を大いに疑われることは間違いない。

（12）Jamaica Kincaid, *The Autobiography of My Mother* (FSG, 1996), pp. 3-4.

（13）Steve Erickson, *Tours of the Black Clock* (Poseidon, 1989). 柴田元幸訳『黒い時計の旅』（福武文庫、一九九五年）三七八頁。

（14）『モスキート・コースト』については前掲の「小説という植民地」参照。

（15）Raymond Carver, "Jerry and Molly and Sam," *Will You Please Be Keep Quiet, Please?* (1976). 村上春樹訳「ジェリーとモリーとサム」、レイモンド・カーヴァー全集第一巻『頼むから静かにしてくれ』（中央公論新社、一九九一年）二九七—九八頁。

（16）『小説という植民地』四三頁。

8　ジャメイカ・キンケイドの『小さな場所』第一章を教えることについて

一ドル八十七セント。それで全部だった。そのうち六十セントは一セント貨。乾物屋や八百屋や肉屋でさんざん値切り、よくまあそこまでケチケチできるものだと言いたげな無言の非難に頬を赤くしながら一枚、二枚と貯めた一セント貨だ。デラは三度数えてみた。一ドル八十七セント。そして明日はクリスマスなのだ。(1)

大都会に住む、若く貧しい夫婦。二人とも相手にクリスマス・プレゼントを買ってあげるお金がない。そこで妻は、自分の髪を売って、夫の金時計につける鎖を買う。ところが夫は、金時計を売って、妻の髪にかざる櫛を買い……O・ヘンリーのあまりにも有名な短編「賢者の贈り物」である。冒頭に引いたのは、これまたあまりにも有名なその書き出しである。

すべてがあらかじめセピア色に染められたかのような、ソフトフォーカスの語り口のなかで、「一ドル八十七セント」という具体的な細部がセピア色にほどよく逆らっていて、貧乏の切なさを淡く浮き上がらせている。だが、O・ヘンリーの一番の巧みさはむしろ、その次の「そのうち六十セントは一セント貨」と、今度は「六十」という比較的キリのいい数字を選んでいるところにあると思う。これがたとえば「一ドル八十七セント。それで全部だった。そのうち六十三セントは一セント貨。乾物屋や……」では切実さの度が過ぎて、セピア色に逆らいすぎてしまう。六十というキリのいい数字の方が、小説的には圧倒的に正しい。

ここで、六十枚の一セント貨以外の、残り一ドル二十七セントの内訳はどうなっているのか、という疑問が生じる。現在アメリカで流通している二十五セント貨、十セント貨、五セント貨では、二十七セントという額は構成できないからである。可能性は二つある。(1)かつて流通していた二セント貨、三セント貨が混じっていた。(2)単純にO・ヘンリーが間違えた。「賢者の贈り物」は一九〇六年発表であり、二セント貨は一八七二年まで、三セント貨は一八八九年までつくられていた。──(1)について言えば、同時代を舞台にしているとすると、ちょっと苦しい気がする。(2)であるとすれば、「六十」という比較的キリのいい数字を求めるO・ヘンリーの小説家的直感が、彼の演算能力を一時的に麻痺させたことになる。個人的には(2)をとりたい。その方が小説的正義に叶っているではないか。

……と、いうような話を先日教室で喋りながら、ああ要するに僕は授業でいつもこういう話をしていたいんだな、とつくづく実感したのだった。

もちろん、「一ドル八十七セント」のあとに「六十セント」が来るのが「正しい」という小説の制度性に苛立つという反応は大いにありうる。でもこれは、「六十セント」を正しいと思う段階を卒業したあとの、いわば上級の反応である。学部生のうちからこういう反応ができる知的上流階級については、僕のような知的成り上がり教師があれこれ心配したって仕方ない。せいぜい、年の功で身についた語学的・文学史的情報をなるべく多く伝達するよう努めるくらいである。

問題は、「一ドル八十七セント」のあとに「六十セント」が来るのが小説的に「正しい」とか「正しくない」という話が全然ピンと来ない、要するに、小説的正義なんてものに──そもそもそんなものがあるとして──興味のない人たちも世には少なからずいるということである。そういう人たちから見れば、一ドル八十七セントのあとに来るのが六十セントだろうが六十三セントだろうが、「それがどうした」という話にすぎない。文学部英文科に移ってきたばかりの頃は、ここではそういう人は人非人扱いしてもいいのかと思ったが、どうやらここは、良くも悪くもそこまで文学的象牙の塔ではないらしい。教師としては、こういうお客さんもあまり疎外しないように授業をしないといけない。だいたい、「ここはやっぱり六十だよねえ」とこっちが言ったらみんな一様にさも納得したように頷く、というのもそれはそれで気持ちが悪い。これがわかるのは小説がわかる印、と言わんばかりにややナルシスティックに頷いている連中を見て白けてしまう人たちがいたとしても、ある程度共感したい気がする。

多くの人を疎外しない方法としては、たとえば小説全体の構造についてなかば科学的に分析してみせて、「六十は正しくて六十三は正しくない」といった物言いにはない、ある種の客観性の幻想を醸し出すという手もあるだろう。が、近年もっと一般的なのは、テクストを社会風潮や時代の趨勢と関連づけ、そこから当時の人種や階級や性差をめぐる隠れたイデオロギーなり偏見なりを読み取るといった方法だろう。そういうことを考えた方が「読んだ気になれる」人の方が、数としてはずっと多いと思う。

それはそれで悪くない話である。とにかく、紙の上の黒いシミでしかないものから、結果的により多くの刺激を大脳に受けてもらえばこっちとしては御《おん》の字なのであって、最大多数の最大幸福を目指すなら、だいたいそのあたりに話を持っていくのが一番無難である。実際僕も、全体のテーマを定めた授業では（単に「戦後アメリカ短篇小説入門」というふうに、一貫したテーマを設けない授業もある）、「階級」「性差」「都市」「家族」等々の鍵言葉に沿って授業を進めている。

そして、そうやって小説の外へ話を広げていけば、当然いずれは、二〇〇二年のニッポンでこれこれのテキストを読んでいる自分、というものも射程に入ってこざるを得ない。読む自分は透明であるという前提のもとに、ひたすら西洋のテキストの受容吸収に努めていればいい時代は楽だったなあとつい思ってしまうが、とにもかくにも、もうそういう時代ではなくなったのである。

もちろんそういうことは、こっちが無理に教えなくても、時代の空気をちゃんと吸収している学生なら、自然に自分で考えるものである。たとえば、アート・スピーゲルマンの『マウス』という漫画があって、これは父親のアウシュビッツ体験を——かつそうした体験を漫画にしようとする作者自身の困難を——描いた傑作だが[2]、何年おきかにこの作品を読んでみて、学生の反応は明らかに変わってきている。いつ読んでも大変評判がよいという点では変わらないのだが、以前は「感動した」で済んでいたのが、最近は「二十一世紀ニッポンの豊かな世界に生きる自分が、こういう悲惨な体験を描いた作品に素直に感動してしまってよいのか?」という自問が加わりがちになってきた(こうしたもろもろの反応は、教室でのディスカッションと、ディスカッション以前に全員にあらかじめ書いてもらうレポートから知る)。要するに、こういう重たい内容のものを安易に「消費」してしまっていいのか、という健全な懐疑がそこに加わるようになったのである。(ちなみに、二〇〇〇年夏に『マウス』の作者アート・スピーゲルマン氏に会ったとき、「学生の読み方がこういうふうに変わってきたんですが」と言ってみたところ、「僕だって豊かな戦後のアメリカに育ったわけだから、抱えているジレンマは同じだ。それより問題なのは、『マウス』にインスパイアされて、『ライフ・イズ・ビューティフル』のようなアウシュビッツ体験を矮小化してしまう映画がつくられていることだ」と言っていた。学生たちの誠実な懐疑を伴った消費などよりもはるかにタチの悪い消費があるというわけである。[3])

＊

ジャメイカ・キンケイドの『小さな場所』(一九八八)は、こういうことを考えるうえできわめてありがたいテキストである。ゆったりした組みでわずか八十頁のこの小著は、著者キンケイドの故郷であるカリブの島アンティーガの島民の視点から、植民地主義の隠微な継承者たる北米・ヨーロッパからの観光客を呪咀し、アンティーガを去って現在はアメリカ合衆国に住む作者自身の視点から、独立後のアンティーガを退廃と貧困に追いやった支配者たちを呪咀する、激しい怒りを一見それに似つかわしくない美しい文章で綴った書物である。各章で話がある程度完結しているうえに、英語もきわめて易しいので、学部授業のテクストには好適であり、僕もこの本の第一章を何度か授業で使わせてもらってきた。

著者によって思い描かれた観光客である「あなた」がアンティーガの空港に降り立つところから第一章は書き始められる。

もしあなたが観光客としてアンティーガに行くなら、こんな風景をあなたは目にするだろう。もしあなたが飛行機で来るなら、あなたはV・C・バード国際空港に着陸するだろう。ヴィアア・コーンウォール（V・C）・バードとはアンティーガの総理大臣である。ひょっとするとあなたは、総理大臣がなぜ空港に自分の名をつけたいと思うんだろう、などと考えるタイプの旅行者かもしれない——学校でもいいじゃないか、病院でも、何か立派な公共記念物でも？　あなたは観光客であり、あなたはまだアンティーガの学校を見ていない。あなたはまだアンティーガ唯一の病院を見ていない。あなたはまだアンティーガの公共記念物を見ていないのだ。飛行機が着陸に向けて高度を落とすなか、あなたは言うかもしれない、アンティーガはなんて美しい島だろう、と——あなたがいままで見てきたどの島よりも美しい、しかもいままで見てきた島だってずいぶん美しかったものだ、でもそれらの島々は緑が濃すぎたし、草木が茂りすぎていて、観光客であるあなたにとってそれは雨が相当多いというしるしであり、雨こそあなたがいままさに御免こうむりたいと思っているものにほかならない、なぜならあなたは辛く寒く長い日々のことを想っているからだ、北アメリカで（あるいは、もっと悪いことに、ヨーロッパで）働いた日々のことを想っているからだ、この場所（アンティーガ）で過ごすため、四日なり十日なりとにかくあなたのいるあいだはいつも太陽が輝き、毎日が爽快にからっと暑いはずの場所で過ごすため、こつこつ金を貯めたのだ。そして、あなたは休暇中なのだから、あなたは観光客なのだから、しじゅう日照りに苦しめられていて、ゆえに使う真水の一滴一滴まで気をつけなくてはならない場所で（しかも一方はカリブ海、一方は大西洋、と海と大洋に囲まれているというのに）来る日も来る日も暮らさねばならないことがどういうことなのか、そんなことが胸をよぎったりしてはならないのだ。(4)

「あなた」の反復という、違う文脈であれば親密さを生む要因にもなりうる書き方が、ここではひたすら、観光客に対する呪詛をじわじわ深めていくのに貢献している。こうして、静かな罵倒が十数ページ続いた末に、第一章はこう締めくくられる。

現地の人間が観光客を嫌う理由を説明するのは易しい。あらゆる場所のあらゆる現地人は潜在的な観光客であり、あらゆる観光客はどこかの現地人だからだ。すべての現地人は世界中どこでもとてつもなく凡庸で退屈で絶望的で憂鬱な生活を送っているのであり、すべての営みは、それがよいものであれ悪いものであれそのことを忘れようとする企てなのだ。すべての現地人は、出口を見出したいと思っている。休みたいと思っている。観光に行きたいと思っている。でも一部の現地人は、世界中ほとんどの現地人は、どこへも行けない。貧しいからだ。貧しくて、どこへも行けない。貧しくて、自分の生活の現実から逃げられない。貧しくて、自分が生きているところでまともに生きられない。そしてその彼らが生きているところこそ、観光客であるあなたが行きたがるところだ。だから、現地人が、観光客であるあなたを見るとき、彼らはあなたを妬む。あなた自身の凡庸と退屈から逃れられるあなたの力を妬む。彼ら自身の凡庸と退屈をあなたの快楽の源に変えられるあなたの力を妬む。(5)

テキストを読んでいる自分、という問題を考えるうえで『小さな場所』がきわめて興味深い理由はもう明らかだろう。現代の日本人読者も、この軽蔑され、言葉の唾を吐きかけられ、あざ笑われ、憎悪される「あなた」と自分を同一視せざるを得ないと思えるのである。

『マウス』ではこの問題は、少なくとも直接的には生じない。『マウス』で最も批判的に描かれているナチスの党員たち(ユダヤ人が鼠として描かれているのに対し、ナチスをはじめとするドイツ人は猫として描かれている)と自分を日本人読者が同一視することはあまりないだろう。いや、(たとえば)南京大虐殺のことを考えてまさにそうせねばならないのだ、という意見も成り立ちうる。ひとつの正論だろう。が、その場合、地域・時代を超えて二重の意味で想像力を介在させねばならない。それに対して、発展途上国へ観光旅行に行けば、誰でも簡単に、『小さな場所』

の「あなた」そのものになれる。何も豪華なパッケージツアーである必要はない。バックパックを背負った自称貧乏旅行者だって、たいていの「現地」の人から見れば立派な金持ちである。想像力の介在など少しも必要ない。かつては旅と言えば、他者と出会い、自分を見つめ直す機会であるというような思いがあった。だがいまは、旅をしようと思うなら、他者を消費する――まさに他者の「凡庸と退屈」を自分の「快楽の源に変え」る――消費者としての自分に行きあたってしまう覚悟が必要だ。そのことを、『小さな場所』ほどはっきり思い知らせてくれる書物はほかにない。

事実、出てくるレポートのなかには、「東南アジアは安い、とか言って安易に観光旅行に行くのはもう不可能になりました」といったコメントが添えてあったりする。「消費のやましさ」に敏感な学生も少なくはないのだ。とはいえ、そういうまっとうな反応ばかり披露するのは綺麗事に過ぎる。むしろ、そういうまっとうな、当然出てきて然るべきと思える反応が決して多数派ではないことを報告しておくべきだろう。逆に、自分を現地の人の側に置いてみるだけの読み方も見られたりする（それはそれでかまわないが、自分を観光客の側にも置いてみないとすれば、不十分というほかないだろう）。さらに、なかには授業冒頭の発表で、『小さな場所』第一章は「アメリカ人の開拓者精神の現代的な現れだと思う」といった意見を口にする奴もいたくらいである（大学で教えて十五年になるが、文字どおり「椅子から転げ落ちんばかりに驚いた」のはあとにも先にもあのときだけである）。

まあそういう思いっきりの見当違いは、ただ単に英語が読めていないだけで――そして、アメリカに関する生半可な通念を生半可に吸収しただけで――罪がないと言えばないのかもしれない。むしろもっとタチが悪いと思えるのは、そして数としてもずっと多いのは、「現地の人も、いつまでも不満ばかり言っていないで、もっと前向きに未来を考えていくべきだと思う」という類の意見である。これは本当に、かなり多い。五十本レポートが出たとして、七〜八本はあると思う。先に述べた「まっとう」な反応はその半分もないだろう。だから、『小さな場所』に対する学生の反応としてまず興味深いのは、加害者意識が割合薄いという点かもしれない（その一方で、被害者たる現地の人々に安易に共感して、虐げられた他者にそうやって共感できる自分に酔っているふうの発言も割合少ないことも報告しておこう）。

さて、「近頃の学生は」式の発言は、単に教師自身が老いてきていることが見えていないという事実を露呈しているに過ぎない場合が多いので、なるべく言わないように自粛しているのだが、自粛自制の末にもこれだけはやっぱり言えるかなと思うのは、(1)近頃の学生は、たとえば授業や面接などで質問されたときにあまり口ごもらなくなった。とりあえず何か言うのである、中身もないし質問ともさして関係ないことも多いにせよ。(2)かつてはタブーであったような、「差別される側にも問題がある」式の発言をきわめてあっさり口にする（(1)をやる人間と(2)をやる人間は、具体的に思い出してみるとなぜか共通している気もするが、その問題には立ち入らない）——という二点である。

いま述べた「現地の人も、いつまでも……」は(2)の一変形と見ることができるだろう。こうした発言は、『小さな場所』に関してだけでなく、なんらかの意味でのマイノリティを扱った作品を読むと、必ずと言っていいほど耳にする。失業した黒人男性の話を読むと、「本気で職を見つける気があるんだったら、もっと白人に礼儀正しくすればいいのに」——その黒人男性というのが、長年刑務所にいたという経験のある、学歴も低い、六十歳近い人物であっても、である。そりゃあ礼儀正しくすれば見つかるチャンスが増えはするだろう。けれども、その人をして礼儀正しくしたくないと思わせるだけの文脈というか歴史的経緯というものがあるわけで、これは十年前にはわざわざ指摘する必要のなかった事柄だと思う。少なくとも、「本気で職を見つける気があるんだったら……」式の発言を以前に教室で言ったりレポートに書いてきたりした学生がいたら、こっちはあわてて本人と直接話をする必要を感じたと思う。

僕自身は、何の卑下も謙遜もなしに言うが、たとえば差別という問題に関して、きわめて感度の低い人間である。むしろふだんは、この小説は女性を低く見ているから駄目だとか、この作者は黒人に対して差別的だから読むべきでないといった類の発言を、苛立たしい思いで聞いているクチである。だから本当は、そういう学生の発言に呆れたり憤ったりする資格もないのかもしれない。あるいは、そういう問題に対する自分の鈍感さをどこかでやましく思っているせいで、自分よりさらに鈍感な奴を見つけると過剰に反応したがるだけなのかもしれない。だがいずれにせよ、差別している人のことを考えるとき、その人が「痛み」を抱えているのだという暗黙の前提が、学生の発言から判断する限り、だんだん通用しなくなっているように思える。『マウス』を読んで、素直に感動してしまっていいんだろうかと自問する学生が増えてきた一方で、不幸なのは自分のせいだ式の「強者の個人主義」発言も増えてきているのだ（これと直接つながる話かどうかよくわからないのだが、O・ヘンリーの「賢者の贈り物」を読んでも、「貧しいんだから高い装飾品を買おうなんて贅沢」といったコメントがあったりもする）。ある種のタブーが、消えかけているように思えるのである。

むろん、タブーが消えるというのは、基本的にはいいことである。タブーがない方が、人間は正直になれる。ただし話は「正直なことはいいことだ」では済まない。『むくどり通信』で池澤夏樹は、加藤典洋の『この時代の生き方』から知った話だとして、次のように書いている。

> 数年前、こういうことがあった。東京の明治学院大学の学生たちが校外実習として沖縄に来て、戦争経験者である「語り部」の話を聞き、地元の学生たちのガイドで壕に入った。その時の印象を帰ってから文集にまとめた。その内容がちょっとした騒ぎを巻き起こした。「（ひめゆり資料館では）被害者百％の顔をして〝さあどうだ〟という感じでひけらかされたという感じが多少あった」とか、「（語り部に）不謹慎な事を言わせてもらえば〝酔ってる〟かもしれないと思った」、あるいは「（ガマの追体験では）沖国大の方の演出が鼻についたって感じも正直ある」、などなど。
>
> これに対して、ガイドをした学生たちが憤慨して反論を書き、これも文集にまとめた。「（明治学院大の）報告書には沖縄への大きな誤解と認識の不足があり、沖縄戦体験者を侮辱しているとしか思えない表現が際立っていた」というわけだ。

池澤夏樹はまず、「東京の学生たちの反応はずいぶん幼いと思った」と言う。「人が何かを指さしている時に、そちらを見ずに指を見る。指の先と言われると爪を見る。しかし、それだけではないらしい。何か、示された方を見ることを拒みたい思いがあるのだ」。その一方で、学生たちの態度が出発点としては正しいことは池澤夏樹も認める。

東京の学生たちにとってはあれが精一杯の反応だった。あえてすりよらないかぎり体験談は自分たちには理解できない。その準備、それに耐える人生体験がないことを彼らは知っていた。彼らは無知で無礼だったかもしれないが、しかし自分に対して正直であり、その意味では誠実だった。

彼我の間に距離があるのにないふりはできない。本土から来た者がガイドの言葉に迎合して、涙して、カタルシスを得たとしても、それは何にもならない。沖縄の側には無知で無理解な人々を相手にする覚悟がいる。(6)

「私たちは二度と戦争を起こしてはならないと思いました」式の紋切り型を、多くの場合それが紋切り型だとさえ意識せずに正直に言っているつもりで並べるよりも、「〝酔ってる〟かもしれないと思った」と言ってしまった方が誠実ではあるというわけだ。そのとおりである。むろん「誠実だったからOK」と池澤夏樹は言っているのではない。その誠実な思いから出発して、その思いがどのような歴史的積み重ねから成り立っているのか、自分よりも広い文脈で見たときにそれがどのように見えるのか、そういったことを考えてみる必要があると言っているのである。

同じことが、『小さな場所』についての「現地の人も、いつまでも不満ばかり言っていないで……」という発言に関しても言えるだろう。これはたぶん正直で誠実な反応だと見てよいだろう。少なくとも、著者の言葉に(あるいはそういう書物をテキストに選ぶ教師に)「迎合」して「カタルシス」を得るのとは正反対であることは間違いない。まあなかには、コメントするというのはなんでも批判することだと勘違いしている奴もいて、そういう思い込みから出てくる発言を「正直」と言っていいかどうかはわからないが……。いずれにせよ、欠けているのは、誠実さではなく、その誠実さの成り立ち方を検証しようとする姿勢である。

——と、いまはひとまず冷静に書けるのだが、実は授業でこの手の発言を耳にすると、僕はいつも、あっさり冷静さを失い、何が問題なのかを指摘することもできずに、「あのおっさん何一人で熱くなってんだ」としか相手には思えないであろう感情的で意味不明な発言を口にしてしまう。個人的には、『小さな場所』というテキストは、文学の教師はたまには道徳の教師にもならねばならないこと、そしてその資質が自分には欠けていることを思い知らせてくれるテキストでもある。

もちろん、数としては比較的少ないが、さっき言ったように、日本人の誰もがいまやこの「あなた」なのだということを理解している学生もちゃんといる。その点を理解したうえで、「キンケイドのやっていることは、そうした『あなた』の脳内を観光することだ」と客観的に切り返してみせる学生もいる。あるいは、これは大学院の読書会での反応なので一冊全体を読んでのレスポンスだが、キンケイドが、イギリスを批判するときはアンティーガの立場に立ち、アンティーガを批判するときは（図書館などの「文化」を肯定する点で）イギリスの立場に立つことの問題性を指摘した学生もいた。こういう連中がいつも一定数いてくれるからこそ、教師をやっている甲斐があるとも言える。とはいえ、そういう「正しい」（とひとまず僕には思える）反応のできる学生には、実のところ僕は何も教える必要はない。むしろ「正直」な学生にこそ教えねばならないのだ。

だが、そうすると今度は、僕だって海外旅行に行けばカネ持ちニッポン人の一人にすぎない——そのなかの比較的ビンボー臭い一バージョンではあれ——わけであって、いかなる資格があって彼らに「教える」ことができるのか、という問題が浮上してくる。と言うか、はじめからずっとその問題は見えているのだが、いざ道徳の教師を演じねばならないときに、最もあからさまに露呈するということだ。「ここはやっぱり六十だよねえ」的なことを教える資格だって十分ある気はしないのに——翻訳に関してなら教える資格についても少し自信がついてきたが——、「君たちには他人の痛みが想像できないのか」なんて、いかなる権利があって口にできるのか、と思ってしまうのである。

要するに話は、僕が外国文学の教師として、何を教えたらいいのかわからない、ということに尽きるのかもしれない。あるいは、学生に「教える」いかなる権利も正当性も見出せない自分を認めることで、まわりくどいナルシシズムに酔っているだけなのかもしれない（そういう可能性を認めることは、さらにまわりくどいナルシシズムに酔うことであり、そのことを認めることは、さらにまわりくどい……）。教える資格があるかどうかわからないのなら、さっさと教師なんかやめてしまえばいいだけの話かもしれない。その度胸が出ないうちは、せいぜいテクストをよりよく読むよう努め、レポートや教室の発言から聞こえてくる学生の声の可能性の中心をよりよく捉えようと努めるしかないだろう。そういうことをいつにも増して思い知らせてくれるという意味で、『小さな場所』は僕にとって、真にありがたいテクストである。

（1） O. Henry, "The Gifts of the Magi," in *The Best of O. Henry: One Hundred of His Stories*, Hodder and Stoughton, 1929, p. 15. 訳は引用者（以下、すべて同じ）。「賢者の贈り物」の邦訳は、大久保康雄訳『O・ヘンリ短編集（二）』（新潮文庫、一九八七年）などに所収。

（2） Art Spiegelman, *Maus*, 2 vols., Pantheon, 1986-91. 小野耕世訳『マウス』全二巻（晶文社、一九九一―九四年）。

（3） 柴田元幸編訳『ナイン・インタビューズ　柴田元幸と9人の作家たち』（アルク、二〇〇四年）五四―六一頁。

（4） Jamaica Kincaid, *A Small Place*,（1988; Plume, 1989）, pp. 3-4. 邦訳は旦敬介訳『小さな場所』（平凡社、一九九七年）。

（5） *Ibid.*, pp. 18-19.

（6） 池澤夏樹『むくどり通信　雌伏篇』（朝日文庫、二〇〇一年）二一六―一九頁。

III

9 贋金と写真

『舞踏会へ向かう三人の農夫』論

1

リチャード・パワーズの『舞踏会へ向かう三人の農夫』（一九八五）に、ヘンリー・フォードが第一次大戦中に作った贋金の話が出てくる。一見したところ本物の一セント貨そっくりに出来ているその贋金は、よく見るとリンカーンの肖像の代わりにフォードその人の肖像が入っていて、「我ら神を信ず」（IN GOD WE TRUST）の代わりに「仲間を助けよ」（HELP THE OTHER FELLOW）というモットーが刻まれている。金を儲ける（make money）ことに誰よりも長けていたフォードが文字どおり自分の金を作ってしまったわけだが、この贋金が小説のなかでちょっとした波紋を引き起こす。

『舞踏会へ向かう三人の農夫』は、ドイツの写真家アウグスト・ザンダーが一九一四年に撮った同名の有名な写真に着想を得て書かれた小説である。この小説のなかのある人物が、さまざまな偶然を経てその三人の農夫の写真に出会い、しかもその中央に写った人物が自分の曾祖父であることを発見する。それればかりではない。その曾祖父は、かつてジャーナリストとしてヘンリー・フォードに接し、失意のフォードを元気づけた恩返しとして、五百ドルの信託資金をもらい受けていたことが判明する（「平和部隊」の団長として第一次大戦終結の交渉にヨーロッパを訪れたフォードが、並いる記者団を相手に自社のトラクターの話をはじめて一同にそっぽを向かれたときに、このジャーナリストはただ一人熱烈な興味を示したのである）。条件は、三十年間は引き出さない、受取人は曾祖父と同じ職業の子孫に限るという二点。半世紀以上前の五百ドルといえば、年九パーセントの複利計算で、いまや二十五万ドルに達していることになる。

コンピューター雑誌の編集者をしているその曾孫は、我こそ二十五万ドルを手にする権利ありと、意気揚々フォード社に出かけてゆく。ところがここに落とし穴が待っている。フォードが残した文書を検討した結果、問題の信託資金の元金は、フォード自身の金五百ドル分（five hundred dollars *worth of* Ford cents）と指定されていることが明らかになるのである。要するに元金は贋金だというのだ。

贋金に利子はつかない。貨幣が利子を生む力をもつのは、あらゆる商品と交換可能な魔法の商品となることによってだが、贋金には骨董品としてのそれ自体の価値しか備わっていないから利子も生じない。結局、件《くだん》のジャーナリストの末裔は、フォード自身の金を五百ドル分――贋一セント貨は古銭として一枚五ドルの価値があるので百枚――受け取ってすごすご引き下がることになる。

ところで、西洋において元来、利子が不純なものとして考えられてきたことはよく知られている。中世キリスト教文化において高利貸しは（少なくとも建前としては）破門に値する重罪であった。岩井克人が「ヴェニスの商人の資本論」で機知たっぷりに示してみせたように、人と人とが人格的に、なかば血縁的に結びつきあう兄弟盟約的な共同体――まさにフォードの贋金が説く「仲間を助けよう」の世界――の内部にあっては、貨幣を媒体とする商品交換は原理的にありえず、したがって貨幣そのものを商品とすることから生じる利子というものもありえない。(1) 利子が成立するためには、共同体の外部に位置する異邦人の存在が必要である。「汝の兄弟より利息を取るべからず」と『申命記』は命じているが、「他国の人よりは汝利息を取るも宜《よ》し」とつけ加えてもいる。必要なのは仲間（the Other Fellow）ではなく他者（the Other）なのだ。『ヴェニスの商人』のシャイロックをはじめとするユダヤ人が、利子をともなった交換を可能にするためにキリスト教共同体に導入された「他国の人」であったことはいうまでもない。兄弟盟約的な関係を排した「他国の人」との利害関係《インタレスト》があってはじめて、利子《インタレスト》が可能になるのである。

むろん、『舞踏会へ向かう三人の農夫』における贋金のエピソードの最大の皮肉は、「仲間を助けよう」と唱えたはずのフォードが、一人の「仲間」を莫大な規模で「助ける」ふりをしておきながら、まさにそのモットーを刻み込んだ贋金を用いて手の込んだペテンを遂行したことにある。あらゆる論理に対して、ほとんど条件反射的に何か器用な一ひねりを加えずにはいられないリチャード・パワーズらしい落とし方というべきだろう。だが、小説全体を考える上でこの「贋金」が意味をもってくるのは、それがこの小説のもっとも重要な小道具である「写真」のもつ意味を裏側から照らし出していると考えられるからである。

2

二十七章から成る『舞踏会へ向かう三人の農夫』は、三つの物語が代わるがわる語られる仕組みになっている。大雑把にいえば、一、四、七……章は現代アメリカを舞台とし、ひとまず作者の代理人と見てよさそうな「私」が、この写真に偶然出会ったときの自己の体験から語りはじめて、ザンダー伝やベンヤミンの複製芸術論などをまじえつつ、いわば小説的写真論を展開する章である。二、五、八……章は第一次大戦前夜のヨーロッパにはじまる、写真中の三人の農夫を主人公とする歴史小説である。そこでは、個人ではなくタイプを撮ろうとした写真家ザンダーの世界に住む三人の農夫が、その無名性の世界から抜け出し、それぞれに名を与えられ（フーベルト、ペーター、アドルフ）、個人性に基づく小説世界を生きることになる。そして三、六、九……章がすでに述べた「贋金」事件が起きる物語である。一、四、七……章と同じく現代アメリカを舞台とし、ピーター・メイズ（ピーターとペーターはむろん原文ではどちらもPeter）と名を与えられた男が、ザンダーの写真を通して自分のルーツに出会い、思わぬ大発見と、思わぬ落とし穴に行き当たるのである。

かりに一、四、七……章をAの物語、二、五、八……章をB、三、六、九……をCの物語と呼ぶとしよう。Aの物語の第一回、つまり第一章、は「私」が三人の農夫の写真に出会う時点で終わる。

写真に付されたキャプションが、ひとつの記憶を呼び起こした——舞踏会へ向かう三人の農夫、一九一四年。年を見るだけで、三人が舞踏会に予定どおり向かってはいないことは明らかだった。私もまた、舞踏会に予定どおり向かってはいなかった。我々はみな、目隠しをされ、この歪みきった世紀のどこかにある戦場に連れていかれて、うんざりするまで踊らされるのだ。ぶっ倒れるまで、踊らされるのだ。(2)

二十世紀をひとつの巨大な舞踏会として思い描き、「ぶっ倒れるまで踊る」（Dance till we dropped）というロックンロールの常套句に「死の舞踏」という中世的なイメージを重ねあわせるあたりに、この作家らしい機知が典型的に表われているが、内容的に目を引くのは、むしろ、「三人が舞踏会に予定どおり向かってはいないことは明らかだった」「私も……向かってはいなかった」「我々はみな目隠しをされ……踊らされるだろう」と、農夫たち→私→我々という主語の目まぐるしい変化に見られる、ほとんど短絡的といっていい、写真中の人物たちに対する「私」の瞬間的かつ強度の一体化である。Aの物語に限らず、『舞踏会へ向かう三人の農夫』という小説全体が、一貫してどちらかといえば理知的な、感情を抑えた文体で書かれていることを考えると、いっそうその反応の生々しさが際立ってくる一節である。

そしてこれにつづき、第二章、Bの物語がつぎのようにはじまる。

午後遅く、三人の男がぬかるんだ道を歩いている。二人は明らかに若く、一人は年齢不詳。彼らはのんびりと歩く。一人が歌う。

――人参に玉ねぎ、セロリにジャガイモ。これじゃあ体がもちやせん！ 母さんがも少し肉を食わしてくれりゃ、家を出ずとも済んだのに。

男はドイツ語で歌っているが、訛りがある。ライン訛りか、ひょっとすると外国訛りか。歌っているのは、若く見える二人のうち背の高い方である。二人は揃いの黒のスーツを着ている。生地はずっしり重そうで、腕をまっすぐ伸ばしていても、ずり上がって肱のあたりに皺が寄ってしまう。歌い手の帽子のほうが背が高く派手で、かぶり方ももう一人より粋である。といってもそれで彼らが二人一組だという印象が損なわれはしない。眉間から鼻に走る骨は、どちらの顔でも同じ弧を描いている。彼らは兄弟かもしれない。三人ともステッキをもっている。歌い手は自分のステッキを、単純に、一本調子に振って、自分の歌唱を指揮している。人参に玉ねぎ。人参に玉ねぎ。時は一九一四年、プロイセン、ラインラント地方の五月一日である。（一三）

たったいま「私」にほとんど生理的なまでの戦慄を与えた写真を、いわば「動かしてみせた」文章である。巧みな転換というほかない。うららかな春の午後、といった決まり文句がいかにも似つかわしいのどかな雰囲気のなかに、前章末の「死の舞踏」の余韻が、爆発のあとにゆっくりと降ってくる灰まじりの煙のように、うっすらと影を落とすのである。

かりにこれが単なる気のきいた導入部にすぎず、この後もすんなり写真を「動かしてみせた」世界がつづき、物語の起源が一枚の写真であることがやがて忘れられるような書き方であったなら、この小説もよくできた歴史小説の一つに終わっていただろう。だが実際には、ほとんど写真論といっていいようなAの物語はもとより、もっとも歴史小説的なBの物語においても、たとえばこの直後にアウグスト・ザンダー本人が登場して写真論をぶってみたり、農夫たちがザンダーに撮ってもらった写真を大切に持ち歩いたり、あるいはその一人がジャーナリストとなって戦争写真を撮ったり、むしろその起源が一枚の写真であることを、物語は直接的間接的に誇示しつづけるのである。そもそも、Bの物語を読み進める読者は、読みながら何度も表紙の「舞踏会へ向かう三人の農夫」の写真を眺めることになるが、その作業によって読者は、一方では小説内で語られる三人の農夫の性格や容貌のイメージを視覚的に補強する反面、また一方で、この写真に写った三人の農夫が、実際にはここで語られているのとはまったく別の生を生きたはずだという、考えてみれば自明というほかない事実にもいずれ思い当たらざるをえない。

要するにこの小説は、一枚の写真から出発してその物語世界の「本当らしさ」をストレートに強化していくというよりも、写真をめぐるさまざまな言説を作品内に流通させることによって、写真から出発して小説を書くという、その行為自体の意味を考えようとする小説だといってよい。

流通するのは写真をめぐる言説だけではない。写真そのものも流通する。三人の農夫は金を出しあってザンダーから自分たちの写真を一枚購入し、それを交代で所有するのである。やがて第一次大戦がはじまり、元来肖像写真がそうであったように、この写真もまた、不在の被写体の代用品として機能するようになる。だが、ほとんど最初から、写真は本物を凌駕しはじめる。たとえばペーターの義母は、本人に対してよりもむしろこの写真に対して、より大きな愛情を示す。Aの「私」がいうように、「当時の新聞に載った、ある写真館の広告に、『本物が色褪せる前に影を確保しておきましょう』という言葉が見られる。ここに、肖像写真の本当のセールスポイントがはからずも浮かび上がっている。残された者たちにとって、影の方が本物よりはるかに融通がきくのであり、したがってより大きな意味を持つこともありうるのだ」（二九二）。本物からなかば独立して、それ自体の意味を写真が持つようになるのである。

こうした事態がさらに推進されるのが、Aの物語で「私」が出会うシュレック夫人の場合である。三人の農夫の写真を長年所有しているこの老女は、遠い昔にこの写真を、自転車に乗った妙なドイツ人（Bに出てくるアウグスト・ザンダーに似ている）から買ったのだが、それを買った理由は、左側に写った若者（Bではフーベルト）が戦死した彼女の恋人フーベルトと齢もほぼ同じで、「ちょっと似てなくもない」（三五三）からだった。自分の恋人に似ていなくもない、（彼女自身はそんなことは知るよしもないが）別の物語空間でもやはりフーベルトと呼ばれている男の写真を、彼女は自分のフーベルトの写真と決めて、それに「本物より……大きな意味」を長いあいだ付与してきたのである。いまや写真は不在の本物の模写ではない。かつてそこにあったはずの被写体から離れて、一人で流通しはじめているのだ。

あるいはまた、Bの物語において、別人のジャーナリストと身分も名前も交換したペーターは、その別人のパスポートをもって戦争中のフランスに入国しようとする。だがむろん、写真はペーターに似ても似つかない。「古い写真かね？」と訊ねた入国審査官に、ペーターは「実はそれ、私じゃないんです」と答え、相手を笑わせて首尾よく入国する（三〇七）。「私じゃないんです」が気のきいたジョークとして通用してしまうわけだ。モグラの巣から山を作る愚を承知でいえば、ここではいまや、写真は本物の代用品ではない。むしろ、その所有者を「本物」に仕立て上げてしまうひとつの権威である。写真は本物を模倣するのではなく、本物を作り出すのだ。

こうして、写真は元来の被写体から離れて一人歩きし、さまざまなかたちで流通してゆく。そしてもちろん、リチャード・パワーズという人間が三人の無名の農夫に名を与え、その生涯を捏造してみせたBの物語全体こそ、その流通の壮大な一成果にほかならない。

本物の代用品、それも場合によっては本物と似てさえいない代用品が、あたかも本物自体のように流通しはじめる。その意味で、『舞踏会へ向かう三人の農夫』における写真は、紙幣を連想させはしないだろうか。岩井克人は「ホンモノのおカネの作り方」をつぎのように書きはじめている。

ホンモノのおカネの作り方を教えよう。その極意は至極簡単である。ニセガネを作らないようにすれば良いのである。では、ニセガネを作らないようにするためにはどうしたら良いのだろうか。その極意も簡単だ。ホンモノのおカネに似せようとしなければ良いのである。(3)

ニセガネはできる限りホンモノに似せて作ってある。だからこそ決してそれはホンモノになれない。それはいつまで経っても、「ホンモノの形而上学」の哀れな犠牲者でしかない、と岩井克人はいう。これに対し、紙幣や、紙幣の前身である預り手形、紙幣の後身ともいうべきクレジットカードなどは、ホンモノと似ても似つかない代用品であるがゆえに、ホンモノにとって代わる可能性をもっている。いうまでもなく、「ホンモノ」自体も、元来は別の「ホンモノ」の代用品でしかなかったのである。「ホンモノのおカネとは、その時々の『代わり』のおカネにたいするその時々のホンモノでしかなく、それ自身もかつてはホンモノのおカネにたいする単なる『代わり』にすぎなかったのである。すなわち、ホンモノの『代わり』がそれに『代わって』それ自身ホンモノになってしまうというこの逆説の作用こそ、太古から現在までホンモノのおカネというものを作り続けてきたのである」(4)。

写真もまた、紙幣のように、ただの紙切れにすぎないにもかかわらず、「ホンモノ」が担っている意味を代行しうる。そればかりか、すでに見たように、少なくとも『舞踏会へ向かう三人の農夫』という小説においては、時として本物との兌換性は忘れられ、やがてそれ自体の意味を帯びはじめる。「ホンモノ」に「どこか似ていないでもない」程度の類似しか持たない、あるいは時にはまったく似ていない写真という紙幣が、いわばその写真に対して投資される人々の興味《インタレスト》の額に応じて、意味の利子《インタレスト》を生み出すのである。一見ホンモノそっくりのフォードの贋金——事実、フォード社からその贋金を受け取ったピーター・メイズはそれをレストランでチップに使うが、ウェイターは一セント貨を渡されたと思って憤慨するばかりである——が何の利子も産出しないのとは対照的に。

3

だが忘れてはならない。利子が成立するには、「仲間」ではなく「他者」が必要だったことを。だとすれば、写真における「他者」の意味を考えねばならないだろう。

そもそも、なぜ写真なのだろうか。小説的写真論ともいえる『舞踏会へ向かう三人の農夫』は、写真論のための写真論なのだろうか。

もちろんそうであっても少しも構わないだろうが、たとえば、前節の最初に引用した、二十世紀という「拷問にかけられた世紀」(this tortured century)をひとつの舞踏会に見立てた一節をはじめ、「世紀」「歴史」という言葉がこの小説に頻出することを思えば、写真論を通して、作者パワーズが、二十世紀という世紀の意味、歴史の意味を問おうとしているとも考えられる。少なくともそう仮定してみて損はあるまい。

二十世紀全体にわたる長いタイム・スパンを作品で扱い、「世紀」「歴史」を中心的な概念に使っているという意味で、この小説はたとえば、パワーズと同じくアメリカの現代作家であるスティーヴ・エリクソンの『黒い時計の旅』[5]などにも通じるところがある。だがエリクソンが、我々の知るそれによく似た二十世紀と、ヒトラーが戦争に負けなかった二十世紀とを、あたかもメビウスの輪のようによじり合わせ、救済されたもう一つの二十世紀を夢想する物語を作り上げる上でほとんどマニ教的な善悪の二元論に依拠しているのに対し、パワーズはこの作品に限らず、価値判断を極力排した小説を書こうとしている。簡単にいえば、パワーズの小説では、悪の所在は決して明確ではない。むしろ、善意の総和がなぜ悪を生じさせてしまうのかという問いこそ——特に第二作『囚人のジレンマ』[6]において——パワーズが考えつづけている問題である。

いずれにせよ、価値判断を下すことが内部と外部のあいだに明確な境界線を定めることであるのに対し、パワーズの関心は内部と外部の動的な関係そのものにある。二十世紀に対するパワーズの関心も、まさにこの点に向けられているといってよい。ひとことでいってしまえば、パワーズは二十世紀を、何よりもまず、内部と外部の境界がなしくずし的に解消された、距離の消滅の時代として捉えている。Bの物語においてヘンリー・フォードが大きな役割を演じ、Aの「私」が自動車をすぐれて二十世紀的な機械として挙げているのもこのためである。

むろん消滅したのは物理的距離だけではない。たとえば「私」は、アルフレッド・ジャリの前衛演劇が二十世紀的なのは、それが公と私、聖と俗の距離を無化するものだったからだと論じている。私生活においてもユビュ王として奇行を演じつづけたジャリについて、「私」はこう語る。

人々が劇場に押し寄せるのは古色蒼然たる『フェードル』を見るためではないことを感じとって、ジャリは要するに、「一見彼の正反対に見える同時代人サラ・」ベルナールを転倒してみせたのだ。人々が劇場に詰めかけるのは、古色蒼然たる『フェードル』を見るためなんかではないことを彼は見抜いていた。棺桶で眠り、野獣を家のなかにうろつかせ、王侯貴族を愛人にしている女を彼らは見にくるのだ。大衆はベルナールを見にくる。ジャリはこの関係の逆数を演じてみせたにすぎない。それによって、プランク、アインシュタイン、フロイト、キュビストたち、意識の流れの作家たちとともに、見るものと見られるものとの近親婚、夢見る者と夢との、崇拝者と有名俳優との相姦関係を暴いたのである。ジャリ自身が、みずから作り出した虚構、ユビュ王になったのだ。(一九二一—九三)

「見るものと見られるものとの近親婚」とは要するに自己言及の問題にほかならない。内部のなかに外部を見出してしまうこと、自己のなかに他者の影を見出してしまうことである。この小説においても第七章で「私」がゲーデル、フロイト、ハイゼンベルクらの名を挙げながら手際よく解説しているように、二十世紀の多くの学問分野での進展が自己言及のパラドックスにかかわるものであったことはひとまず常識といってよい。距離の消滅の世紀は、自意識過剰の世紀でもある。「私」が列挙している例から一つ挙げるなら、たとえば深層心理学の発展が芸術にもたらした事態についてはこう述べられている——「いまや我々の文化は防御機構についてさんざん学んでしまったから、自己はもう二度と昔どおりのやり方で自分を防御することはできない。かつては心理メカニズムの産物だった芸術も、いまではそれらのメカニズムについてのものになっているのであり、さらには（……）それらのメカニズムについてのものであることについて（about being about them）のものになっている」（八八）。

だとすれば、二十世紀を考える上で、写真ほどふさわしいメディアはほかにないだろう。写真はほかのどの媒体にもまして自己意識のアナロジーにふさわしいメディアだからだ。三浦雅士が指摘したように、カメラのレンズは何よりも「眼に見えるようになった自己意識」を連想させる。[7] それは自分が自分を見るまなざしの外在化のように思えるのだ。

かりに自己意識というものを、自分を他者とみなしてその他者を見る視線であり、と同時に、他者に見られている視線の内面化と考えるなら、Aの物語の「私」も、写真というものをまさにそのような、見る視線見られる視線を交錯させる装置として捉えている。

> 我々は写真の向こうを漁ってまわる。「ここにどんな世界が保存されているのか?」と問うのではなく、「私はこれを保存した人間とどう違うのか、ここに保存された人間たちとは?」と問いながら。他人を理解することは、おのれの自己像を修正することと不可分だ。二つのプロセスはたがいに呑み込みあう。写真が我々を惹きつけるのは、何よりもまず、写真が我々を見返すからだ。（二九八、強調原文）

ここで「私」は、いわば写真の効用について述べている。自己発見の媒介としての写真の意義について語っている。だがいうまでもなく、「私」は逆に、写真の恐ろしさについて語ることもできたはずだ。写真が「見返す」こと、写真に見返されることの不気味さについて述べることもできたはずなのだ。

私が写真を見る。写真が私を見返す。むろん視線はそこで止まりはしない。芸術が心理のメカニズムについてのものになり、やがては心理のメカニズムについてであることについてのものになっていくように、見ることと見られることの錯綜もまた、無限に広がっていきうる。写真の恐ろしさは、とめどなく肥大していく自己意識の恐ろしさによく似ている。自己のなかに他者の影を見出してしまうことの奇怪さによく似ている。簡単にいえばそれは、自分に見られていることの不気味さにほかならない。

だとすれば、ザンダーの一連の写真は、ほかのどんな写真にもまして、この意味において「写真的」だといってよいだろう。被写体がかならずレンズをまっすぐ見すえているそれらの写真は、見ることが見られることであるという写真の秘密を、この上なくあからさまに物語っているからである。それはまさに、自意識の視線の交錯を無限に増幅する装置だ。『写真都市』で伊藤俊治がザンダーの写真を評して述べたように、「それは、〝二〇世紀人〟が〝二〇世紀人〟を見つめている目であり、我々が我々の悲痛さを見つめている目でもある[8]」のだ。

Bの物語の最終章において、物語はふたたび、アウグスト・ザンダーが三人の農夫の写真を撮る場面に戻る。そこに現われる一節は、伊藤俊治によるこの的確なザンダー評を、これまた見事に小説化してみせた文章である。

> 長年の経験を通して、写真屋はレンズとほぼ同じに物を見る能力を身につけている。現像プレートにどんな像が現われるか、あらかじめ視覚化できるのだ。この一枚がうまく撮れたことを彼は即座に悟る。一張羅のスーツを着た三人の農夫が、ヴェスターヴァルトの何もない広大な地のただなかで、個人性の強情な仮面を脱ぎ捨て、部族を代表するという、よりシリアスな仕事に取りかかったのだ。彼らは時間の外に立ち、あらかじめポーズの定まった、覚醒した表情を浮かべている。撮影者はそれを見ている。が、舞踏会へ向かう途中に足止めを食った若き農夫たちは、まったく違うものを見ている。
>
> 憑かれたような、浄《きよ》められた、あの無垢の表情が幻視の助けなしに彼らの目に浮かぶはずはない。彼らは開いたレンズを意識し、彼らのもとからカメラの箱のなかに流れ込んでいく光を意識している。光は瞬間の記憶を、外に向かって立つ彼ら三人の姿

の記憶を引きつれていく。三人とも、ほんの一瞬、写真屋の肩の上とそのすぐ向こうにそれを見る——第三者が、数十億人の幻影が浮かんでいるのを。彼らは映画を見る。無限小のスクリーンに映し出された、機械によってもたらされる苦しみを彼らは見る。それは三人の田舎者にはおよそ理解できぬ規模の苦しみだ。それから、少しの時間も過ぎることなく、レンズが明るい門のように開いて、彼らは写真屋の向こうに無数の人々を見る。美術館を訪れたそれらの人々は、冷静かつ分析的な顔で列をなして過ぎていく。何も理解せず、好奇心を顔に浮かべて。

　レンズが捉えるのはこの幻視だ。被写体たちの目に浮かぶ、あれほど見る者に取り憑く、すべてを超越した表情もその幻視ゆえだ。彼らのまなざしは、未来の鑑賞者たちの数と苦しみに据えられている。彼らは未来を見ている。そして見返している。

（三九五―九六）

　三人の農夫が見る光景から感じられる恐ろしさは、歴史的事実の悲惨さ（「三人の田舎者にはおよそ理解できぬ規模の苦しみ」）によってのみ生じていると考えるべきではないだろう。伊藤俊治のいう「我々の悲痛さ」にしても同じことだ。ここに浮かび上がっているのはむしろ、自己意識そのものの恐ろしさである。それも単に一人の人間の自己意識ではない——いわば、二十世紀が二十世紀自身という他者に遭遇する、その壮大な視線の交錯が、ここに描かれているのだ。そんなものが可能だとすれば、歴史そのものの自己意識がここであらわになっているのである。

　一人の人間が一枚の写真を見ることから出発して、自意識過剰の世紀が自己の影におびえる地点まで飛躍する。『舞踏会へ向かう三人の農夫』の四百数頁は、この跳躍をなしとげるための雄弁な助走にほかならなかった。

（1）岩井克人「ヴェニスの商人の資本論」『ヴェニスの商人の資本論』（筑摩書房、一九八五年）四―六二頁。

（2）Richard Powers, ***Three Farmers on Their Way to a Dance*** (1985; Penguin, 1988). 柴田元幸訳『舞踏会へ向かう三人の農夫』（みすず書房、二〇〇〇年）一二頁。以下引用はこの訳書により、頁数を本文中に記す。

（3）『ヴェニスの商人の資本論』一〇九頁。

（4）同一一二―一三頁。

（5） Steve Erickson, *Tours of the Black Clock* (Poseidon, 1989). 柴田元幸訳『黒い時計の旅』（福武書店、一九九〇年）。
（6） Richard Powers, *Prisoner's Dilemma* (William Morrow, 1988).
（7） 三浦雅士「幻のもうひとり」『幻のもうひとり』（冬樹社、一九八二年）二一頁。
（8） 伊藤俊治「二〇世紀人を見るまなざしの原型——アウグスト・ザンダー論」『写真都市』（冬樹社、一九八四年）一八一頁。

10　ポール・オースターの街

1

一人の若者が都市にやって来る。若者には名もなく、家もなく、仕事もない。彼は書くために都市に来た。彼は書く。あるいは、より正確には、書かない。彼は餓死寸前に至る。

都市はクリスチャニア（現オスロ）、時は一八九〇年。若者は街をさまよう。都市は空腹の迷路であり、彼の日々はみな同じである。頼まれもしないのに、彼は地元の新聞のために記事を書く。家賃を心配し、いまにもばらばらになりそうな服を心配し、次の食事にありつく困難を心配する。彼は苦しむ。彼はほとんど発狂しかける。崩壊はつねにすぐ目の前にある。

それでも、彼は書く。時おり記事が売れることもあり、悲惨な暮らしから一時的に救われることもある。だが着実に書くには体があまりに弱っていて、取りかかった文章を終わりまで書き通せることはめったにない。未完に終わった作品には、たとえば「未来の犯罪について」と題された論文があり、自由意志をめぐる哲学論があり、本屋の火事をめぐる寓話（書物が脳にたとえられる）があり、中世を舞台とした戯曲「十字章」がある。流れは逃れようもない――書くためには食わねばならない、だが書かなければ食べられない。そして食べられなければ、書けない。彼は書けない。

彼は書く。彼は書かない。彼は都市をさまよう。人前で独り言を喋る。人々は恐れをなして離れてゆく。たまたま何がしかの金が手に入っても、他人にやってしまう。彼は下宿から追い出される。彼は食べ、そして何もかも吐いてしまう。ある時点で、一人の娘とつかのまの恋愛遊戯にふけるが、屈辱以外何も生じない。彼は飢える。彼は世を呪う。彼は死なない。結局、見たところ何の理由もなく、彼は船乗りの仕事につき、街を去る。(1)

――ノルウェーの作家クヌット・ハムスンの小説『空腹』を論じた、ポール・オースターのエッセイ「空腹の芸術」(一九七〇)の書き出しである。「都市はクリスチャニア(現オスロ)、時は一八九〇年」と場所も時間も特定されているが、実のところ具体的な場所も時間もそれほど重要ではない。みずから選びとった罰を受けるかのように、飢えと疲れに苛まれながら都市を彷徨する若者という構図は、ポール・オースターの読者にとっては見慣れたものである。激動の六〇年代末のニューヨークの街を歩く『ムーン・パレス』のマーコ・フォッグ。物も人間もどんどん消えていく、名も与えられていない都市の瓦礫だらけの道を歩くアンナ・ブルーム。あるいはまた、一九七四年、カフカ死後五十年を機に書かれたエッセイ「カフカのためのページ」(一九七四)で「彼」と呼ばれるカフカその人。

彼は約束の地へ向かってさまよう。すなわち――ひとつの場所から別の場所へ動き、立ちどまることをたえず夢見る。そして、立ちどまりたいという欲望に憑かれているがゆえ、その欲望が彼にとって何より大切であるがゆえ、彼は立ちどまらない。彼はさまよう。すなわち――いつかはどこかへたどり着くという望みをこれっぽっちも持たずに。(2)

不平等な社会の犠牲者だからでもない、俗物連中に理解されない孤高の芸術家だからでもない。ただ単に好きな食べ物を見つけられなかったがゆえに断食芸人がみずからの断食を芸ならざる芸として披露するしかなかったように、好きな場所を見つけられないがゆえに「彼」は彷徨をつづける。オースターの小説やエッセイや詩の、ほかの多くの登場人物と同じように、「彼」は「ここではないどこか」を希求しつづける。

もちろん、好きな場所を見つけられないこと、「ここではないどこか」を夢見つづけることは、オースターの作品に限らず、アメリカ文学ではほとんど定数のようなものだといってよい。けれども、移動しつづけることが、（たとえば『ライ麦畑でつかまえて』を単純化した読み方のように）移動する者の優越性の、遠回しな（しかしあからさまな）証しとなってしまいがちであるのに対し、オースターの移動者たちは、何よりもまず、移動しつづける自分自身に対して異を唱えながら移動しつづける。ふたたび「カフカのためのページ」を引くなら、

一瞬一瞬、歩みつづけながらも彼は思う、罠のように眼前に横たわる広がりから目を離し自分の下に現われては消える足の動きに目を向けねばと、道それ自体に、その埃に、道に散らばった石ころに、石ころを踏みつけてゆくみずからの足音に心を向けねばと、そして彼はこの思いに従う、あたかもそれが償いの苦行であるかのように、そして彼は、目の前の広がりとの結婚も辞さなかったであろう彼は、自分に反して、自分に逆らって、近くにあるものすべての腹心の友となる。触《さわ》れるものは何であれしげしげと眺め、吟味し、彼をじわじわ疲弊させ押し潰す忍耐をもってそれを描写する、だから行きつづけながらも彼はこの行くという行為に疑義を呈し、いままさに踏み出そうとしている一歩一歩に異を唱える。見えざるものとの遭遇のために生きる彼が、見えるものの僕《しもべ》となる——大地を掘り下げようとする彼が、その表面の擁護者となり、その陰影の測量士となる。(3)

石ころだらけの道を行きながら、出会う物をしげしげと眺め、吟味し、描写する。だがそうやって世界を言葉に変換しても、喜びはない。そうした描写を行なう際のおのれの忍耐も、彼を「疲弊させ押し潰す」ばかりなのだ。「だから行きつづけながらも彼はこの行くという行為に疑義を呈し、いままさに踏み出そうとしている一歩一歩に異を唱える」。とどまる、という選択肢はもとよりないとしても、彷徨することへの違和、疑念、罪悪感はふくらんでいきこそすれ解消することはない。とどまることにも彷徨することにも、安住できはしない。

それにしても、なんと多くの石ころだろう。「カフカのためのページ」や、瓦礫の山が街じゅうに広がる『最後の物たちの国で』（一九八七）だけではない。一九七〇年代の作品を集めた詩集『消失』（一九八八）も、そこに収められた一編の作品のタイトル通り、まさに詩集全体が「採石場」であるような趣がある。「幹に潤わせるものなく　石が

費やすものなく」（「輻《や》」）「放逐されながらも／胞《はらから》の静けさの核心へむかい　おまえは／まだ見ぬ地の石を傾け　狼にかこまれて／おまえの場所を均す」「触れられた石から／そのとなりの名づけられた／石へ——地であること——手のとどかない／燃え殻」（「発掘」）「時は春／彼は耳にする／窓の下で／無数の白い石が怒れる／クサキョウチクトウに変わるのを」（「書き手」）「地の時　石は／塵のくぼみで時を／刻む　耕せる空気は／家から遠くさまよい　鉄／条網と道は／消される」（「分光」）「足下の／地が崩れるのも／音楽だし　これらの石を踏みしめて歩くことこそ／われら自身を聞くことに／ほかならないのだから」（「採石場」）……まさに枚挙にいとまがない[4]。当然かもしれない。犯してもいない罪について自分を罰するかのように、空腹と闘い、疲れと闘い、何のために闘うのかという疑念と闘いながら彷徨しつづける者の足下には、柔らかな芝やみずみずしい土など、間違ってもありはしないだろう。

　そしてそれらの石が、積み上げられ、壁を形成するとき、それは都市のイメージと重なりあう。

彼の見るものは
彼でないものすべて——判読不能の

できごとが起こる

都市

それゆえに　石の言語
なぜなら彼にはわかっているから
ひとつの石は
どこまでも

別の石に身をゆだね

壁を築いていくだろうということを

そして　ここにある石のすべてが
ひとつひとつのものの
おそるべき総体を

形作っていくだろうということを。

（「消失」）(5)

この一節から、ギャンブルで作った借金を返すべく石の壁を積みつづける、『偶然の音楽』（一九九〇）の主人公たちを連想してもいいかもしれない。だがむしろここでは、何物にも価値を見出せない男が壁を見つめたまま死んでいく（十九世紀アメリカ版断食芸人？）というストーリーを持つ、「壁の街」ニューヨーク（この都市の金融街の名を使った臆面もない駄洒落！）を描いたメルヴィルの名作「書記バートルビー――ウォール街の物語」を思い出してみたい。

日曜になると、ウォール街はペトラのように荒涼としている。ほかの日もみな、夜になれば空っぽそのものである。平日の昼間には勤労と生命にみなぎるこの建物も、夜が訪れればやはり、底なしの空虚がこだまを響かせるし、日曜日ともなれば一日じゅう殺伐としている。そしてここをバートルビーはわが家にしているのだ。かつては人にあふれていた寂しき場をただ一人見守る者として――無垢なる、変身せるマリウスが、カルタゴの廃墟に囲まれて物思いに沈む！(6)

他人の書いた文書を筆写すること以外のいっさいの仕事を拒み、やがてはそれも拒んで、食べることも動くことも拒み、まさにみずから石と化して死んでいった男バートルビー。街自体まで石に変えてしまうかのようなその硬直ぶりは、同じく何物にも価値を見出せぬまま、一瞬も立ちどまることなく憑かれたように彷徨をつづける者たちを、反対の方向から逆照射しているように思える。

2

では、このような彷徨に終わりはあるのか。到達点は、出口はあるのか。たとえばハムスンの『空腹』の主人公は、結末において船乗りとなって旅立ち、ひとまず都市に別れを告げる。内側に向けられた彷徨の末に死んでいったバートルビーの物語は、ひょっとしたら何も理解していないとも思える彼の元雇用主の、「ああ、バートルビー！　ああ、人間！」という言葉とともに（いかにもメルヴィルらしく）曖昧なトーンで終わる。だが、罰として流浪を強いられた、あるいはみずからに強いたオースターの人物たちには、オースター自身かつてタンカー乗組員となってアメリカを離れたように、旅立つ道は開かれているのだろうか。

あと知恵にすぎないことを承知でいえば、その道を開くためには、詩から散文への移行という事件が必要だったように思われる。世界全体が採石場であるかのような詩人オースターの世界においては、いかなる出口も到達点もありそうにない。詩集『消失』のなかで、唯一出口らしきものが見えるのは、オースター自身、創作上の転機になった（あと知恵的に見れば、詩から散文への移行の転機になった）と述べている散文詩「白い空間」である。

書き散らかした数葉の紙。床につく前の最後の煙草。冬の夜の降りやまぬ雪。肉眼の領域にとどまること、それも、この瞬間こんな至福感に包まれて。もしそれがないものねだりなら、せめてその思い出に浸ること、それはそこへ戻るひとつの方法だ、そうすれば夜の闇はもう一度確実にわたしを包みこんでくれるだろう。どこでもいいのではなく、ここにいること。そして、はるかな旅は空間の彼方へと続く。あらゆるところで、どの場所もここであるかのように。そして、冬の夜の降りやまぬ雪。(7)

「ないものねだり」かもしれないという留保はあっても、「至福感」という言葉がその不在を指すよりもむしろ存在を指すために使われているのは、大きな変化といわねばならない。石ころだらけの世界と対峙していたそこまでの一連の詩では、およそ考えにくかった事態である。白い石の硬さも、ここでは「冬の夜の降りやまぬ」白い雪の柔らかさにとって代わられている。「ここにいること」がそのまま、「はるかな旅は空間の彼方へと続く」ことにつながる。とどまることにも彷徨することにも安住できなかった宙吊り状態は、とどまることがそのまま彷徨することであるような至福感のもとに、解消に向かって最初の一歩を歩みはじめたように思える。到達するのでもない、抜け出すのでもない、内部に光を見出すのである。

同じように、「カフカのためのページ」もつぎのような一節とともに終わる。

彼はさまよう。道でない道を、自分の大地でない大地を、みずからの体のなかに在りながら一人の流浪者として。何が与えられるにせよ、彼はそれを拒むだろう。目の前に何が広げられるにせよ、それに背を向けるだろう。彼は拒むだろう、みずからに禁じたものによりよく飢えるために。なぜなら約束の地に入ることは、それに近づく望みを放棄してしまうことだからだ。したがって彼はすべてを自分から遠ざける、腕一本分の距離に、人生一回分の距離に、そして目的地からもっとも遠くあるときもっとも到着に近づくのだ。そしてそれでも彼は行きつづける。一歩からまた一歩と、自分自身以外何も見出さずに。自分自身でさえない、未来の自分の影にすぎぬものしか見出さずに。なぜなら自分が触れるどんな小さな石のなかにも、彼は約束の地の一かけらを認めるからだ。約束の地でさえない、その影を。そして影と影のあいだに光が生きる。ほかのどの光でもない、まさにこの光、彼の内部で明るさを増してゆく光がどこまでも明るさを増してゆくなか、彼は歩きつづける。(8)

結末において突如輝きだした光が、それまでの自己懐疑にみちた文章から必然的に導き出されるものなのかどうかは、よくわからない。ある意味では、この作家のトレードマークである音楽的な文章のリズムのみが、光にみちた結末を正当化しているようにも思える。むろん根拠などあってもなくても構いはしないが、いずれにせよ、石ころだらけの街の硬さや重さをひたすら受信するばかりだった自我が、いまやそれ自身の「内部」を見出したことは間違いない。散文による最初の著書『孤独の発明』(一九八二)でも、「内部」はその光を発しつづける。

彼は街をさまよった。円環のなかをぐるぐる歩きまわり、自分が迷子になるに任せていた。あとでわかったことだが、目的地まであと一メートルかそこらのところまで来ているのに、道を知らないため反対側に曲がってしまい、思惑とは裏腹にどんどん遠ざかってしまったというケースも少なくなかった。もしかしたら俺は地獄の円環を巡っているのかもしれない、ふとそう考えてみたりもした。この街はきっと冥界をモデルに設計されたのだ。冥府を描いた古典的な図版のどれかを模して作ったのだ。それから彼は、記憶術を論じた十六世紀の文人たちが、地獄を描いた種々の図版を記憶システムとして利用していることを思い出した(たとえばコズマス・ロッセリウス『記憶術大全』ヴェネチア刊、一五七九年)。そしてもしアムステルダムが地獄で、地獄が記憶だとしたら、彼がここで迷子になっていることにも何か目的があるのかもしれない。彼はいま、見慣れたいっさいの事物から切り離され、原点と呼べるような場をどこにも見出せずにいる。とすれば彼の足は、彼をどこへも連れていかないことによって、ほかならぬ彼自身のなかへ彼を連れていっているとはいえないだろうか。俺は俺自身のなかをさまよっている。そして迷子になっている——こうした状態は、彼を不安にするどころか、大きな喜びを、快感をもたらしてくれた。彼はその快感を骨の髄まで吸い込んだ。隠されていた知識にいまにも巡り合おうとしているかのように、その快感を骨の髄まで吸い込み、ほとんど勝利感にも似た気分で、胸のうちで言った——俺は迷子になったのだ、と。(9)

自己懲罰ではない流浪。迷子になることの快楽。彷徨することの意味合いは、いまや一八〇度転換している。この少し前の一節で、Aと名づけられた主人公は、アムステルダムからニューヨークに帰ったのち、ニューヨークを旧名で「ニュー・アムステルダム」と呼んで一人悦に入っている。そして、迷子になるための街ということであれば、ニュー・アムステルダムの方がアムステルダムよりもさらにふさわしい。『シティ・オヴ・グラス』(一九八五)

冒頭の次のような一節からもそれは明らかだろう。

ニューヨークは尽きることのない空間、無限の階段から成る迷路だった。どれだけ遠くまで歩いても、街並や通りをどれだけよく知るようになっても、彼はつねに、迷子になったような思いに囚われるのだった。都市のなかで迷子になった、というだけでなく、自分のなかでも迷子になったような思い。散歩に行くたびに、彼はあたかも自分自身を置いて出かけていくような気分を味わった。街の動きに身を任せ、自分を一個の目に還元することによって、考える義務から逃れることができた。そのことが、ほかの何にもまして、彼にある種の平安をもたらし、好ましい空虚を彼の内面にもたらした。世界は彼の外に、彼の周りに、彼の前にあった。世界が刻々と変化していくその速度が、ひとつのことを長く考える余裕を彼に与えなかった。動くこと、肝腎なのはそれだった。一方の足をもう一方の足の前に出し、自分の体の流れにただついて行く。あてもなくさまようことによって、すべての場所は等価になり、自分がどこにいるかはもはや問題でなくなった。散歩がとてもうまく行ったときには、自分がどこにもいないと感じることができた。そして結局のところ、彼が物事から望んだのはそれだけだった——どこにもいないこと。ニューヨークは彼が自分の周りに築き上げたどこでもない場所だった。自分が二度とそこを去る気がないことを彼は実感した。(10)

アメリカ文学の若き主人公たちを苛みつづけている、過剰な自意識と、既存の社会に対する、独善の一歩手前の(時には独善そのものの)潔癖な嫌悪感とからは遠く隔たった、ゼロになることの快楽。この『シティ・オヴ・グラス』とともに誕生した小説家オースターの新しさは、何よりもまず、この「ゼロになることの快楽」を口にしたことにあった。『幽霊たち』(一九八六)においても、「春のうららかな陽気のなか、オレンジ・ストリートを往復しながら、彼は生きていることをつくづく嬉しく思う。こんなに悦ばしい気持ちは何年ぶりだろう。通りの一方の端からは川が見え、波止場が見える。マンハッタンの摩天楼が見え、橋がいくつも見える。ブルーの目にはその何もかもが美しい(11)」と、主人公はブルックリンの街と和解し、調和している。もはや街に石ころは見当たらない。

だがもちろん、『シティ・オヴ・グラス』のクィンにしたところで、あるいは『幽霊たち』のブルーにしたところで、いつまでもゼロのままでいられるわけではない（いられたら『シティ・オヴ・グラス』や『幽霊たち』の物語も生まれはしない）。結局オースター自身も、このような、存在感をとことん抜きとった、まさに「ガラスの街」と呼ぶにふさわしい透明な都市に、長く安住しはしなかった。『鍵のかかった部屋』（一九八六）の、「パリではものたちが奇妙に大きく感じられた。パリの空はニューヨークの空よりも存在感があり、その変化もより気まぐれで移り気だった」(12)という描写あたりから、オースターは、都市の非在よりも存在に目を向けはじめる。一九八九年に発表された『ムーン・パレス』の主人公は、ニューヨークの街を歩きながら、その細部をリアルタイムで描写するという任務を負わされる。

外に出たとたん、エフィングはステッキを宙にかざし、それで指した先に何があるかを大声で訊ねるのだ。答えを聞くと、すかさず今度は、それを描写しろと命じる。屑かご、商店のウィンドウ、戸口。何であれ、僕はそれを正確に描写せねばならなかった。彼の思いどおりのスピードで言葉が出てこなかったりすると、エフィングはかんかんに怒り出した。「何をしとるか」と彼は言った。「目を使え、目を！　わしは何も見えんのだぞ、なのに何だ貴様は、『ごくあたりまえの街灯』だの『何の変哲もないマンホールのふた』だの！　この世に二つと同じものはないんだぞ、馬鹿野郎。どんな阿呆だってそのくらい知っとるわい。しっかり目を開けて見ろ、あほんだら、ちゃんとわしの頭のなかに見えてくるように説明せんか！」。街なかでそんなふうにどやしつけられるのだから、恥ずかしいといったらない。エフィングがわめき散らすあいだ、こっちはそこに突っ立って、何の騒ぎかとふり返る人たちの視線を浴びながらその罵倒に耐えねばならないのだ。一度か二度、このまま彼を置き去りにして帰ってしまおうかという誘惑に駆られたこともあった。でも、ある意味ではエフィングの言うとおりだった。僕は決して有能な説明役ではなかった。これまで自分が、物をじっくり見ることをいかに怠ってきたかを僕は痛感した。いざ命じられてやってみると、その出来栄えたるや惨憺たるものだった。僕にはそれまで、何ごとも一般化してしまう癖があった。物同士の差異よりも、類似のほうに目が行きがちだった。それがいま、無数の個別性から成る世界に放り込まれて、五感が直接受けるデータを言葉によって再現しようとあがいてみると、自分の無能ぶりをつくづく思い知った。エフィングが本当に満足しようと思ったら、フロベールを雇って、フロベールに車椅子を押してもらって街をまわるしかなかっただろう。(13)

伊井直行も指摘しているように、ここで問題にされているのは「書くこと」であるのは明らかだが[14]（「車椅子を押すフロベール」）、もちろんだからといって、これをオースターによる、自分のそれまでの書き方に対する自己批判と受けとる必要はない。『ムーン・パレス』のあとにも先にも、オースターがフロベールであろうとしたことは一度もない。とはいえ、ここでマーコ・フォッグが強いられているのと同じように、オースターもまた、都市をひとつの透明性に還元しようとするよりも、都市を成り立たせている無数のディテールの不透明さと向き合おうとしはじめていることは確かだろう。

3

しかし、その後のオースターの作品（『偶然の音楽』『リヴァイアサン』〔一九九二〕『ミスター・ヴァーティゴ』〔一九九四〕）を見る限り、「限りなくゼロに近づいていく主人公」というモチーフが姿を消すのと並行するかのように、都市の彷徨、というモチーフも次第に後方に退いていく。むしろそのモチーフは、オースターが脚本を書いた映画『スモーク』〔一九九五〕と、その副産物ともいうべき即興的作品でウェイン・ワンとともに共同監督までしている『ブルー・イン・ザ・フェイス』〔一九九五〕という二本の映画のなかで発展的に継承されているように思える。目下のところ脚本からしかモノはいえないが、『幽霊たち』においてその輪郭だけがごく簡潔に描かれていたブルックリンの街が、ここでは二編全体にわたって高らかに謳い上げられている。『スモーク』のオーギー・レンは、自分の勤めているブルックリンの葉巻店の店先を、何年にもわたって毎日同じ時間に撮りつづけている。『ブルー・イン・ザ・フェイス』はその葉巻店に入れ替わり立ち替わり顔を出す人々をスケッチした、オースター自身の言葉でいえば「ブルックリン人民共和国への賛歌」である。『スモーク』でオーギー・レンは言う。

何てったってここは俺の街角だからね。世界のなかのごく小さな一部分にすぎないけど、そこでだっていろんなことが起きてる。ほかのいろんな場所と変わりやしないよ。これは俺のささやかな場所の記録なんだ。(15)

それらの写真には、日々刻々変わる街並だけでなく、人々も写っている。「コートを着て長靴をはいた人間もいれば、短パンにTシャツの人間もいる。それが同じ人間のこともあるし、別な人間のこともある。別な人間が同じになることもあるし、同じ人間が消えてしまうこともある」(16)。『ブルー・イン・ザ・フェイス』も、「ブルックリン人民共和国」の人民を演じる俳優が入れ替わり出てくるというだけでなく、現実のブルックリンの住民のインタビューも挿入されている。石ころだらけであろうと、光に満ちた内省に導く透明さを帯びていようと、オースターの小説に描かれた街が、時として無人であるかのような印象を与えるのとはまったく違う。「人にあふれた街」を描く機会となったというだけでも、オースターが映画に手を染めた価値はあったといえるかもしれない。

もちろん、「人にあふれた街」ならどこでもいいというわけではあるまい。都会の猥雑さを十分すぎるくらい持ちながらも、下町的な情緒もある程度残しているブルックリン(というか、ブルックリンのなかでも比較的豊かで安全な地域)は、アメリカの現状を考えるなら「人にあふれた街」としてはほとんど理想的といってよいだろう。ブルックリンを二本の映画の舞台に選んだ理由を訊かれて、オースター自身つぎのように答えている。

あそこに住んで一五年になるけど、住んでいる地域——パーク・スロープ——が大好きなんだ。地球上でもっとも民主的で寛容な場所のひとつに違いないよ。あらゆる人種、宗教、経済的階級の人が住んでいて、みんなが大体うまくいっている。この国の風潮を考えれば、これは奇跡と呼んでいいんじゃないかな。ニューヨーク全体は言うまでもなく、ブルックリンでもひどい出来事が起きているのは知っている。胸をかきむしられるようなこと、耐えがたいことがね。でもこの街は全般的にうまくいっているんだ。あらゆる困難にもかかわらず、憎しみと暴力がいくらでも出てくる素地があるにもかかわらず、人々はたいてい、他の人とうまくやっていこうと努力している。ニューヨークとは無縁の全国の人々は、ニューヨークを地獄のような場所として見ているけれど、それは一面に過ぎない。『スモーク』では、反対の面を探求したかった。この場所に対して人々が抱いているステレオタイプに異を唱えたかった。(17)

石ころだらけの街をはてしなく彷徨していた詩人は、いまやとりあえずの安住の地を見出した、とまとめてしまえば身もフタもない成長物語になってしまうだろう。あるいはまた、こうして「ポール・オースターの街」をカタログ的に並べてきたこのエッセイが、ほとんど直線的な進化論に読めてしまいそうなことも自覚はしているのだが、僕としては、オースターの街の風貌の変化をただ単に指摘しようとしただけであり、そこにいかなる進歩も(あるいはもちろん退化も)見出そうとしたつもりはない。

それゆえ　無について歌う

そこが二度ともどらない
場所であるかのように――

もどることでもあれば　わたしの生を
この石の数に入れるな――わたしがここにいたことなど
忘れてしまえ。

(「採石場」)(18)

――と、かつて語った詩人が、いまや「ブルックリン人民共和国」を謳い上げ、「俺のささやかな場所」と主人公に言わせることができるようになったのは、成長とか円熟とかいう言葉でまとめることもできるだろうし、あるいは一種の疲労として語ることもできるだろう。だがここではただ、一人の作家がたどった変化によりそうことの快感を示してみせたにすぎない。

(1) Paul Auster, "The Art of Hunger" (1970), *The Art of Hunger: Essays, Prefaces, Interviews* (Sun & Moon, 1992). 柴田元幸訳「空腹の技法」、『空腹の技法』(新潮文庫、二〇〇四年)八—九頁。

(2) Paul Auster, "Pages for Kafka" (1974), *The Art of Hunger*. 『空腹の技法』二七—二八頁。

(3) 同二九頁。

(4) Paul Auster, *Disappearances: Selected Poems* (The Overlook Press, 1988). 詩の訳はすべて、飯野友幸訳『消失 ポール・オースター詩集』(思潮社、一九九二年)による。

(5) 『消失』一一五—一一六頁。

(6) Herman Melville, "Bartleby" (1853), *Piazza Tales* (1856; The Library of America: *Pierre, Israel Potter, The Piazza Tales, The Confidence-Man, Uncollected Prose, Billy Budd*), p. 651.

(7) 『消失』一六六頁。

(8) 『空腹の技法』三〇頁。

(9) Paul Auster, *The Invention of Solitude* (1982; Penguin, 1988). 柴田元幸訳『孤独の発明』(新潮文庫、一九九六年)一三九—四〇頁。

(10) Paul Auster, *City of Glass* (1985; Penguin, 1987), pp. 8-9. 訳は引用者。

(11) Paul Auster, *Ghosts* (1986; Penguin, 1987), p. 41. 柴田元幸訳『幽霊たち』(新潮文庫、一九九五年)四八頁。

(12) Paul Auster, *The Locked Room* (1986; Penguin, 1988). 柴田元幸訳『鍵のかかった部屋』(白水Uブックス、一九九三年)一六九頁。

(13) Paul Auster, *Moon Palace* (1989, Viking). 柴田元幸訳『ムーン・パレス』(新潮文庫、一九九七年)一七七—七八頁。

(14) 伊井直行「車椅子を押すフロベール」『波』一九九四年三月、一二一—一二三頁。

(15) Paul Auster, *Smoke* (1995), in *Smoke & Blue in the Face: Two Films* (Miramax/Hyperion, 1995). 東野雅子・市瀬博基訳『スモーク』、『スモーク&ブルー・イン・ザ・フェイス』(新潮文庫、一九九五年)六九—七〇頁。

(16) 『スモーク&ブルー・イン・ザ・フェイス』七〇頁。

(17) "The Making of *Smoke*": Interview with Annette Insdorf, *Smoke and Blue in the Face*. 畔柳和代訳「ザ・メイキング・オブ・『スモーク』」、『スモーク&ブルー・イン・ザ・フェイス』三四頁。

(18)『消失』一五一頁。

11　所有と快楽

スティーヴ・エリクソン『Xのアーチ』について

文学史的常識の確認から始めるなら、ヨーロッパの小説において人と人とを隔てる最大の差異が性差と階級だとすれば、アメリカではさらに、人種という第三の差異が大きな重みを持ってきた。その差異がもたらす隔たりが強く意識されるからこそ、隔たりが解消されるときそれは劇的な意味を生み出しうる。マーク・トウェインの『ハックルベリー・フィンの冒険』で黒人逃亡奴隷のジムを救う決心をしたハックが、「よし、俺は地獄へ行こう」と胸のうちで宣言する瞬間は、（かりにその後のジム救出の茶番劇がある程度皮肉な影を投げかけているとしても）そうした人種的差異解消のもっとも有名な例と言ってよいだろう。そしてまた、その差異がもたらす隔たりが強く意識されるからこそ、フォークナーの『アブサロム、アブサロム！』のように、人種混淆が近親相姦以上に大きな悪だという思いが多くの人物によって共有されたりもする。(1)

むろん、作品によっては、階級と性差も、人種に劣らず大きな意味を持つ。フィッツジェラルドの『グレート・ギャツビー』は、自己創造への烈しい意志によって階級の隔たりを無化しようとした人間の悲惨（とその裏返しの栄光）の物語と考えることができる。あるいはホーソーンの『緋文字』は、父権的なピューリタンたちによってAの文字を胸に付けさせられ、Adulteress（姦通を犯した女）と意味づけられた女主人公へスター・プリンが、そのAに華麗な刺繍を施すことから始まり、小説全体を通じてAという文字を意味づけ直してみせる性差の物語とも言える。要するに、これまで重要視されてきたアメリカ小説の大半は、性差、階級、人種、というアメリカにおける基本的差異の一つまたはそれ以上をめぐって展開されていると言ってよいだろう。

　では、これら三つの基本的差異は、現代文学ではどのように「機能」しているだろうか。第一に、文学をめぐる状況としては、それらが近年いずれも大きな論点になっていることは言うまでもない。まず人種については、ほんの十数年前まで、マイノリティの文学といえばまとまった流れとしては黒人とユダヤ系ぐらいしか認知されていなかったのが、現在では、中国系を筆頭とするアジア系、ネイティブアメリカン、チカーノ（メキシコ系）等々も注目され、これらのエスニックグループに属す作家たちを文学史・文学研究に取り込むことが「急務」になっているように思われる。近年大学用教科書として編まれている短篇小説のアンソロジーを見ても、性別とともにこうした人種間のバランスに「不公平」が生じぬよう、「割当制」とも言うべき周到な配慮がなされている。

　性差については、フェミニズムの隆盛によってそれが文学研究の中心的問題になっていることは、あらためて指摘するまでもない。ケイト・ショパンの『めざめ』、シャーロット・パーキンズ・ギルマンの短篇「黄色い壁紙」といった、自己実現の機会をはばまれた女性をめぐる、長いあいだ軽んじられてきた作品が、近年アカデミズムにおいて必須テクストになっていることなどは、そうした流れの一番明快な表われだろう。現代のマイノリティ文学が論じられるうえでも、実際に女性作家の方が「優勢」なのかそれとも「優先」されているのかはともかく、女性作家たちの作品が話題にされることの方が圧倒的に多いことは確かである。

　では、階級についてはどうか。一九七〇年代なかば頃までは、とりあえず「ポストモダン」という用語でくくられることの多い実験的作風の小説がアメリカでは数多く書かれ、現代小説といえば前衛小説のことと言わんばかりの風潮があったのに対し、七〇年代なかば以降は、目立った流れをあえて一つ挙げるなら、レイモンド・カーヴァーの一連の短篇小説などをはじめとする、あたかも小説的実験の時代がついこのあいだまであったことなど忘れてしまったかのような顔をした、むしろ地道な、多くの場合労働者階級の人々を描いたリアリズム小説を挙げるべきだろう。「ミニマリズム」という、そうした傾向の小説を十把一からげに切り捨てようとする人以外誰にとっても迷惑というほかない用語でくくられることの多い小説群だが、ポストモダン小説の作者たちが比較的高学歴で中流階級の出であることが多かったのに対し、七〇年代以降のリアリズム作家たちは彼らの描く登場人物ともども労働者階級出身であることが多く、苦学して創作を学んだ人間が多い。カーヴァーやトバイアス・ウルフなどの生涯についての記述を読んでいると、彼らが作品のなかで語る、あるときはいかにも貧乏臭い、あるときは凄絶な物語の素材が、そのままごろごろ転がっているように思える。

　こうしてみると、人種、性差、階級、どれをとっても、小説が書かれたり読まれたりする状況としては、マイノリティ、女性、労働者階級、と、かつては周縁に位置づけられていた人々によるテクストが中心に進出しつつある、と要約してよさそうである。

　しかし、作品のなかでこれらの三つの差異がどう機能しているかとなると、話は別である。残念ながらそこでは往々にして、周縁に位置する「われわれ」（少数民族、女性等々）と、中心に位置する「彼ら」（多くの場合白人男性）とが対比され、結果的には「われわれ」の正しさが再確認されるという、いささか動的緊張に乏しい使われ方をしていることが多いように思う。それは正論ではあっても、かつてのフォークナーのように、強烈な物語を生み出す、矛盾や問題をはらんだ動力源として機能しているとは言いがたい。(2)

ロサンゼルスをベースに執筆を続けてきた一九五〇年生まれの作家スティーヴ・エリクソンの長篇第四作『Xのアーチ』は、人種、性差、階級、という三つの基本的差異がはらむ問題を、「正しいわれわれ／正しくない彼ら」という明快な二項対立を越えた形で扱うことによって、最終的にはアメリカという国の本質を問い直そうとする作品として注目に値する。

＊

一九九三年に発表された『Xのアーチ』は、独立宣言の起草者トマス・ジェファソンと、その愛人だったともいわれる黒人奴隷サリー・ヘミングズとの関係が物語の核になっている(3)。話の流れを大雑把にまとめれば、ジェファソンが妻を失いヴァージニアからパリへ渡るまでの経過がまず語られ、ジェファソンがサリーを愛人とするに至る革命期パリの状況が描かれたのち、サリーがイオノポリス（永劫都市）と呼ばれる別世界に迷い込んで何人かの男と出会う長い中間部を経て、西暦二〇〇〇年到来を間近に控えたベルリンを経由した末に、われわれが知る歴史とはまったく違ったもう一つのアメリカ史が出現する、ということになるだろう。現実の歴史にその強烈な想像力の毒を浸透させてもう一つの歴史を幻視する力量において、エリクソンは現代アメリカ作家のなかでも群を抜くが、本書でもその幻視力は遺憾なく発揮されている。

小説はまず、十八世紀なかば、ヴァージニアの一地主が、毎晩彼に凌辱されつづけた黒人女奴隷によって毒殺される場面からはじまる。女は裁判にかけられ、死刑の判決が下される。

裁判では、ジェイコブの犯したかずかずの野蛮な行為が逐一語られ、ジェイコブがイヴリンを日々凌辱していたことや、イヴリンのみならず奴隷全員を残酷に扱っていたことについて証言がなされた。これらはみな、ジェイコブ殺害を擁護する理由としてではなく、犯行が事実イヴリンによって行なわれたことを証明する動機として受容された。(4)

黒人女奴隷という、人種・性差・階級においていわば三重の負性を負ったイヴリンは、当時のヴァージニアの法律によれば、一個の個人として認められていなかった。火あぶりにされた女の体から立ちのぼる煙と匂いは、当時五歳だったトマス少年のもとにも届く。そのおぞましい匂いに少年は嘔吐し、それからというもの、頭痛を持病として抱え込むようになる。こうして、地主の息子である白人少年トマス・ジェファソンは、奴隷を所有することの罪悪感を、所有の「権利」を行使する以前からすでに刷り込まれる。

やがて長じてパリに渡ったジェファソンは、革命の熱気が間近に迫るある日、夢のなかで黒人女の燃える匂いをふたたび嗅ぐ。だがそのとき、刷り込まれた罪悪感には、奇妙な変形が加わることになる。

その夜、トマスは首吊りにされた男の夢を見た。男はトマスの頭の痛みのすぐ下で、天井の梁からぶら下がっていた。だがそこは王の宮殿ではなく、からっぽの棚が並び、濃い青のカーテンがびりびりに破れた、殺伐とした部屋だった。首吊りにされた男は年老いて痩せこけ、国王にはまるで似ていなかった。それが王ではなく自分自身だと気づくのにさして時間はかからなかった。彼自身が、ヴァージニアの屋敷の書斎で首吊りになっているのだ。屋敷は荒れはて、廃墟と化していた。トマスにはなぜかそのことの方が、窓から渦を巻いて入ってくる煙に包まれて自分の体がくるくる回っていることよりもショッキングに思えた。夢のなかで彼は、下に立って自分自身を見上げていることもあれば、天井の梁からぶら下がって、自分を見上げている奴隷たちを見下ろしていることもあった。ジェームズがそのうちに綱を切ってくれるだろう、とトマスは夢のなかで考えた。あざのついた首にサリーが冷たい布を巻いてくれて、髪に指を走らせてくれるだろう。だがサリーもジェームズも来はしなかったし、下に集まった黒い顔たちに憐れみの表情はなかった。夢のなかで一瞬、自分をここへ吊るし上げたのは自分の奴隷たちだと思ったが、次の瞬間、そうではないと悟った。そしてその次の瞬間、自分でやったのだと悟った。彼はいまや自分の行為を後悔し、下に降りたいと思った。降ろしてくれ、と奴隷たちに呼びかけたかったが、言葉が出てこなかった。煙が依然として窓から流れ込み、外の炎の熱さが感じられるいま、彼にとって唯一の望みは、炎が窓から入ってきて綱を嘗《な》め、彼を床に落としてくれたら、ということだけに思えた。彼はむろんその煙の正体に気づいていた。はじめからずっとわかっていた。匂いを嗅いだその瞬間にわかったのだ。そして女が外で燃えるなか――どこか見えないところで、しかし間違いなく燃えるなか――五歳のときから知ってきた匂い、はじめての頭痛を引き起こし無数の幻影の一つ目を引き起こしたあの匂いが、いまや彼自身の自由の匂いになった。彼が何より望んだのは、女がこの上なく熱く燃え、女の殉教がこの上なく激しくなって、女の黒き死滅の熱さそのものが、彼の生命を拘留している綱を燃やしてくれたら、ということだった。その瞬間、彼はその匂いを愛した。その瞬間、綱に喉をますます強く絞められながら、彼はその官能を嗅ぎとった。燃える奴隷女に対する欲望が彼を満たした。下に自分の奴隷たちが見えた。彼の勃起を日のあたりにして、奴隷たちが縮み上がってあとずさりするのが見えた。勃起はこのままどんどん大きくなって、その重みで頭上の綱を断ち切って、彼を地面に落とし、それから窓の外の炎の山へ送り出すだろう。彼はそこで、女の大腿の灰のなかへみずからを突き入れるだろう。（一二一―一二三）

長い引用になってしまったが、ジェファソンが抱え込んだ（そしてエリクソンに言わせればおそらく、アメリカが抱え込んだ）理想と欲望との錯綜した関係が、ここに如実に現われている。

まず、革命によって処刑されたフランス国王と自分とを重ねあわせ、自分を吊るし上げたのが奴隷たちではなく自分自身だったと悟るというところまでは、話はわかりやすい。「所有することの罪悪感」に対する、夢のなかでの贖罪と考えればこと足りる。だが問題はそのあと、燃える女の匂いを「彼自身の自由の匂い」と感じるあたりからだ。「彼が何より望んだのは、女がこの上なく熱く燃え、女の殉教がこの上なく激しくなって、女の黒き死滅の熱さそのものが、彼の生命を拘留している綱を燃やしてくれたら、ということだった」という箇所は、殉教者としての黒人女の死が、彼に再生なり救済なりをもたらしてくれれば、という願望を述べたものとして見るとひとまず合点が行く（ちなみに「殉教者」というイメージは、ジェファソンがパリに赴く途中、ジャンヌ・ダルクが焼き殺されたルーアンの村に泊まったとき、夜中に五歳のとき嗅いだのと同じ匂いに襲われるというエピソードを踏まえている）。だがその次の、「その瞬間、彼はその匂いを愛した。その瞬間、綱に喉をますます強く絞められながら、彼はその官能を嗅ぎとった。燃える奴隷女に対する欲望が彼を満たした」という箇所は、もはやキレイ事では済まない。ついさっきまで、処刑されるフランス国王と自分を同一視していたジェファソンは、ここで自分を、黒人女奴隷に毎夜凌辱を重ねていたヴァージニアの地主と同一視し、そのことに高揚さえ感じている。そればかりではない。作者エリクソンもまた、ジェファソンのなかで湧き上がったこの欲望を、おぞましいもの、唾棄すべきものとして批判する視点を導入してはいない。その欲望を、ジェファソンの自己解放への契機として、肯定もしない代わりに否定もせず、いわば丸腰で提示している。ある意味では、とんでもない性差別とも思われかねない書き方である。白人男の身勝手な願望、という非難を浴びてもおかしくない。

だが、この小説が目ざしているのは、欲望に正邪の物差しを当てて一個のわかりやすい教訓に話を収斂させることではない。外側から見た意味ではなく、内側の実感をそのまま伝えることで、白人男の横暴（もちろん横暴にはちがいないのだが）と言って思考停止してしまったら見えにくくなってしまうものを探ろうとしているのである。

勃起したペニスを抱えて、ジェファソンはサリー・ヘミングズの寝室へ向かう。廊下をやってくる足音に、サリーは「革命が来たんだ」と思う。ある意味でそれは正解である。なぜならいままさにジェファソンは、自分を抑圧していた鎖を断ち切って自分自身を解放するのであり、それは彼にとっての革命なのだから。ある意味でそれは不正解である。なぜならその自己解放は、革命どころか、奴隷制という、もっともおぞましい形での私有財産制を追認する行為によって成し遂げられるのだから。この正解と不正解の並存、暴力的所有を通した解放という矛盾が、『Xのアーチ』の核を成している。

ジェファソンは毎夜サリーの体をベッドに縛りつけ、彼女を犯す。それがかつてのヴァージニアの地主とその奴隷女の関係と違う点は、やがてサリー自身も、その行為に快楽を見出すようになることだ。

次の震えは、そしてその次の震えも、彼女の不意をついた。三日月の炎のなかに自分がまっさかさまに落ちていくのを感じたとき、彼の髪の炎に自分がつかみかかって彼の体を引き寄せるのを感じたとき、彼女は知った。激しい怒りとともに、これで自分の凌辱は完成したのだと知った。絶頂に達したとき彼女は知った。激しい憤りとともに、これこそが究極の強姦なのだと知った——彼の快楽にだけでなく、自分自身の快楽にも身を委ねさせられたことが。(二一九)

読めばすぐわかるように、この一節は、彼女も快感を覚えるようになったのだから彼の凌辱行為は許されると言っているのではない。むしろ、彼女自身もそれに快楽を覚えそれを欲するようになったからこそ許しがたいと言っているのだ。至上の快楽を得たときに、彼女という個人はもっとも踏みにじられている。所有を通した解放、というジェファソン側の矛盾は、サリーの側では、快楽を通した凌辱という形で現われる。

やがてジェファソンがアメリカへ帰る段になって、サリーは選択を迫られる。すなわち、奴隷としてジェファソンとともにアメリカへ帰るか、自由な人間としてフランスにとどまるか。結局彼女は前者を選ぶ。だが、自由な人間としてジェファソンとともにアメリカへ帰る、という選択肢はないのか? ジェファソンによれば、そしてエリクソンによれば、ない。

アメリカについて彼に選択の余地はない。彼女が自由な黒人として、彼の白人アメリカ人のベッドのなかで寝るのは不可能だ。自分が所有するものからのみ、人は快楽を得る自由を持つ——それがアメリカの自由の本質なのだ。所有するものによってのみ自己を定義することが、やがてはアメリカの本質になるように。だから彼に選択の余地はなかった。(三一九)

この選択肢の欠如を、奴隷制が厳然と存在していた時代の歴史的制約として読めるなら、話は簡単だろう。たしかに「彼女が自由な黒人として、彼の白人アメリカ人のベッドのなかで寝るのは不可能だ」というのは、一九九〇年代にあっては文字どおり正しくはあるまい。けれども、「自分が所有するものからのみ、人は快楽を得る自由を持つ」

「所有するものによってのみ自己を定義する」というのが、現代にもつながるアメリカ的本質の記述ではないと断定するのは、いささか楽観的すぎるだろう。「幸福の追求」とはジェファソンのあまりに有名な言葉でありこの作品でも何度か出てくるが、結末近くでジェファソンが西暦二〇〇〇年前夜のベルリンからやってきた若者に向かって口にする「幸福とは追求するには暗いものだ。(……)追求ということ自体も暗いものだ」(二七一)という述懐にしても、奴隷制の時代に限定して済まされる見解とは読めない。文字どおり現代を舞台に展開されているわけではないにせよ、人種、階級、性差という三つの差異がアメリカにおいていまも人間関係の根本的条件としてあることを、『Xのアーチ』は暗示している。

むろん作者エリクソンは、このように「所有」と表裏一体をなしている「アメリカの自由の本質」や「アメリカの本質」を肯定しているわけではない。だがそれを、否定しているとも言えないだろう。そのような本質をアメリカが二世紀にわたって抱え込んできたことを、彼はとにかく指摘してみせる。そして、作品の残りの部分を見るかぎり、エリクソンの描くアメリカにおいては、その指摘は正しい。たとえばサリーについて言うなら、トマス、とファーストネームで呼ぶようになったとはいえ結局は所有/被所有の関係に還元されてしまうジェファソンとの関係を断ち切って自分の自由を確立するためには、彼を殺すほかないという結論に至るのだし、その後イオノポリスと呼ばれる別世界に迷い込んで何人かの男と関係を持つときも、「彼女のなかの奴隷的な部分は、誰かが自分を所有物以外のものとして愛しうるということを、どうしても理解できなかった」(一六四)といった感慨がくり返し現われるのである。極端に言えば、エリクソンのアメリカにおいては、愛は成立しない。イオノポリスでサリーが出会う、所有欲とはおそらくもっとも無縁な人物であるエッチャーとのあいだでも、結局のところ、愛が所有を超えようとする企ては挫折してしまう。

物語はこの後、イオノポリス(その都市を支配する教会の資料室に秘蔵された『無意識の歴史無削除版』によれば、そこは、我々が知るこの世界がその無意識であるような世界である）を舞台とする中間部において、所有と快楽、所有と自己定義をめぐる変奏曲がさまざまな形でくり返されたのち、氷蠅の蔓延する氷の国や、動物園から逃げ出した動物たちが街なかをうろつく一九九九年のベルリンの見事な描写を経て[5]、物語はふたたび十八世紀末のアメリカに戻る。だが、イオノポリスの異次元を経由したそのアメリカはいまや、サリー・ヘミングズがジェファソンとともにアメリカへ帰ることを選ばなかった、「もう一つのアメリカ」に変容している。サリーなしでアメリカに帰ったジェファソンは、いまや黒人の反乱軍の王かつ奴隷として、反乱軍を指揮しかつ裸で鎖につながれている。

「これが力のジレンマの最終的な解決なんだ」とトマスが闇のなかで言うのが聞こえた。「王であると同時に奴隷になることがね。軍隊を指揮し、同時にその雑用係になる。何マイルにもわたって全員に命令し、と同時に、ここへ勝手に入ってくる黒人の子供たちの言うがままに動く。命じられたとおり、人形みたいに踊らされたり、おかしな顔をさせられたり、オレンジの皮とか動物の糞とかいった馬鹿げた物を頭に載せさせられたり。あとはこれで女がいたら、と思うことがときどきある。誰か女が、鎖をつけられた私にまたがって、家畜みたいに屋敷の廊下を乗りまわしてくれたらとね」（三〇一）

たしかにこれは、理屈としては「最終的な解決」にちがいない。白人が黒人に対する王かつ奴隷となることで、人種、階級における差異がただ単に逆転されて結局同じ差異が逆向きに生じてしまうのではなく、それらの差異が攪乱され無化されているからだ。あとはこれで、彼も望むとおり、家畜のように彼を乗りまわす女が現われて性差も攪乱されれば話は完璧だろう。だがむろんエリクソンはこの「解決策」を、作品自身、彼自身の解答として提示しているのではない。むしろ逆に、この選択のグロテスクさを示すことによって、人種、性差、階級というアメリカにおける根本的差異の根深さを、もう一度確認しているように思える。

とすれば、エリクソンはアメリカにおける人間関係を、それに対し否定的価値判断は下さないとしても、結局は肯定しえないものとして捉えているのだろうか。人種の差異、性の差異、階級の差異ゆえに呪われたものと捉えているのだろうか。部分的には、答えはイエスだろう。だが、次のような一節も見逃してはなるまい。

私はあるものを発明した。私の頭のなかで生まれた種子として、それは私のさまざまな発明のうちで最良の、もっとも無謀な、もっとも捉えがたいものだった。それは正義への愛情によってなかば狂わされた一つの装置であり、人類を獣のように乗り回そうとする連中への激しい憎悪を潤滑油とする機械だった。私はそれを世界中に向けて解き放った。それはくるくると回転しながら、村を、集落を、町を、大都市を通り抜けてゆく。それは、単にその噂を聞いただけであれとにかくそれに接したすべての人間によって、すべての日々、すべての瞬間に直面されるべきものだ。それは誰よりもまず、あまりに安易にそれを信じる傲慢な者たちを試すことになるだろう。だが私はそれに欠陥があることを知っている。その欠陥が私のものであることを知っている。私の股間の白いインクが、それを生み出した霊感に火をつけたように、同じインクによってその絶滅の命令書がすでに書きなぐられているのだ。署名は私自身のものだ。私はその名を書いた。私はそれをアメリカと名づけた。（四七―四八）

「私の股間の白いインクが、それを生み出した霊感に火をつけた」という箇所に注目したい。美しい理想が卑しい欲望によって汚《けが》されるというのではない。欲望こそが理想の原動力だと言っているのだ。「同じインクによってその絶滅の命令書がすでに書きなぐられている」という箇所に現われた、理想が欲望によってあらかじめ挫折を余儀なくされているという考え方はわかりやすいが、欲望が理想の動力源だというのは一読してただちに納得できる考え方ではあるまい。極言すれば、『Xのアーチ』という作品全体が、独立宣言に記されたような理想はいわゆる清廉潔白な人間が欲望を退けひたすら理性に導かれて書いたものではなく、下半身の欲望に霊感を得て書かれたものだからこそ、挫折を運命づけられていると同時に「私のさまざまな発明のうちで最良の、もっとも無謀な、もっとも捉えがたいもの」なのだ、というある意味できわめて野蛮な思いを読者に同感させるための大きな賭けにほかならない。フォークナーの『八月の光』のジョー・クリスマスについて、エリクソンは「自分が黒人なのか白人なのか、文字どおりの意味でわからない人物。その事実によって彼は、アメリカの希望は呪いを一身に体現しているのだ」と述べている。(6)『Xのアーチ』もまた、アメリカの希望と呪いを追求した小説にほかならない。

　トマス・ジェファソンの喉につき刺さったのかもしれないし、つき刺さらなかったのかもしれない血まみれのナイフを手にイオノポリスで目ざめたサリーが一言、「アメリカ」と口にしたのを、イオノポリスの人々は、「奇跡《ア・ミラクル》」と聞く。サリーがそれを口にするという事実に「欠陥を抱えたアメリカ」の追認を見てとり、アメリカという国は一個の奇跡なのだという断定をここに読みとるのは、これまた楽観がすぎるだろう。だが、奇跡でありえたかもしれない国、いまだ奇跡となりえるかもしれない国、という祈りにも似た「希望」をここに読んでも、けっして間違いではないだろう。

(1)　この点を雄弁に指摘しているのが、平石貴樹「おれはジェイソン・コンプソン」(『フォークナー全集7　サンクチュアリ』解説、冨山房、一九九二年)である。

(2)　階級については、たとえばレイモンド・カーヴァーなどを考えると、「われわれ」と「彼ら」の関係はやや特殊である。カーヴァーの場合、作品の舞台はほとんど小さな田舎町であり、その対極に位置するような大都会はほとんど出てこない。貧乏人はたくさん出てきても、金持ちはまず出てこない。「彼ら」は見えないのである。ではその貧乏人たちが名もなく貧しく美しく自己完結しているかというとそういうことは全然なくて、名もなく貧しい人たちが、目に見えないシステムの網にがんじがらめにされてしまっているという印象がある。一人の労働者が失業する場合(そしてカーヴァーの労働者たちは失業したり失業中であったりすることがきわめて多い。ほとんど非労働者階級と言ってもいいくらいである)、具体的な顔を持った経営者なり資本家なりが彼をクビにするというよりは、たとえば不況のあおりといった「状況」が彼を失業に追い込むという感がある。搾取される者とする者という二項対立の一方が不可視になってしまっているのだ。むろんそういう変化を捉えたのがカーヴァーの慧眼であるわけで、まったくのないものねだりであることは百も承知で言うのだが、階級間差異の強烈な物語はそこから生まれそうもない。

(3)　ジェファソンがサリー・ヘミングズを愛人とし、子供を何人ももうけたという説は、フォーン・ブローディーによるジェファソン伝（Fawn Brodie, *Thomas Jefferson: An Intimate History* [Norton, 1974]）以来広く知られるところとなり、エリクソンもこの伝記を「わが生涯の愛読書」の一つに挙げている（スティーヴ・エリクソン「私の考えを変えたフォークナー、ミラー、ディラン」柴田元幸訳『リテレール』第三号〔一九九二年冬〕一二一頁）。その後刊行されたウィラード・スターン・ランダルによる大著『ジェファソン』（Willard Sterne Randall, *Thomas Jefferson: A Life* [1993; HarperPerennial, 1994]）などを見るかぎり、ジェファソンとヘミングズとの「関係」は実はまだ議論の余地ある問題で、動かしがたい歴史的事実ということではなさそうだが、それが事実だったかどうかは『Xのアーチ』を考えるうえではさしあたって問題ではない。

（4）Steve Erickson, *Arc d'X* (Poseidon, 1993). 柴田元幸訳『Xのアーチ』（集英社、一九九六年）七頁。以下引用はこの訳書により、本文中に頁数を記す。

（5）これらの、テーマ的評論からはどうしてもこぼれ落ちてしまう小説的に見事な箇所をどう取り入れるかが、今後エリクソンを論じるにあたっての最大の課題だろう。なお、これまで発表されたエリクソン論でもっとも重要なのは、巽孝之「マドンナはクリントンと寝ない——スティーヴ・エリクソン *Arc d'X* とメタヒストリカル・ロマンス」『メタフィクションの謀略』（筑摩書房、一九九三年）一五五—八二頁、および越川芳明「文学における権力——Steve Erickson を読む」『英語青年』第一三八巻（研究社、一九九二年一〇月）三二六—三〇頁。

（6）「私の考えを変えたフォークナー、ミラー、ディラン」『リテレール』第三号、一二一頁。

12　ケーキを食べた男

1

レイモンド・カーヴァーについて考えるとき、たいていの読者にとって「笑い」はたぶん真っ先に浮かぶ要素ではないだろう。が、たとえば作家仲間のトバイアス・ウルフはカーヴァーの初期作品に「とらえどころのないユーモア」を感じたと述べているし、[1]晩年のパートナーだったテス・ギャラガーは中期以降のカーヴァー作品の主要な要素として「ユーモア」を挙げている。晩年に北西部で朗読会を行ない、「象」を読んだとき聴衆があまりに大声で笑うのでカーヴァーが何度も朗読を中断する破目になったとテスは書いている（CW3　一三―一四）。

たしかにカーヴァー作品には、効率よく笑いが生じることを主眼に文脈を組み立てはしないため目につきにくいが、「考えてみるとけっこう可笑しい」出来事や書き方が案外多い。たとえば、「大聖堂」に出てくる食事のシーン。妻の知りあいの盲人が訪ねてきて、「私」と妻と客の三人で夕食のテーブルにつく。と、それまでのどうにも盛り上がらない空気とは一転して、彼らはすさまじい勢いで食べはじめる。

我々はまさにかぶりついた。テーブルの上にある食べ物と名のつくものは残らずたいらげた。まるで明日という日がないといった感じの食べ方だった。我々は口もきかずに、とにかく食べた。我々はがつがつと貪り食い、テーブルをなめつくした。実に熾烈な食事だった。盲人は食べ物の位置をすぐに把握した。自分の皿のどこに何があるかがちゃんとわかっていた。肉を食べるときの彼のナイフとフォークの使い方は見ていてほれぼれするものだった。彼は肉を二切れ切ってそれをフォークで口にはこび、それをぜんぶ食べてしまうとスカロップト・ポテトに移り、次に豆を食べ、それからバター付きパンを一切れちぎって食べた。そしてそのあとでごくごくとミルクを飲んだ。時折平気な顔で指を使って食べさえした。

我々はすべてを食べつくした。ストロベリー・パイも半分食べてしまった。我々はしばらく茫然としていた。汗が玉のように我々の顔に浮かんだ。それからやっと我々はテーブルから立ち上がり、食べちらかした食卓をあとにした。後ろは振り返らなかった。(CW3　三九一)

不思議な一節である。彼らがそのとき特に空腹だったという記述もないし、メニュー的にも「ステーキとスカロップト・ポテトと青豆」(三九〇)にパンを添えたという、とりわけ魅力的とも思えない、標準的なカーヴァーふう食事である。訳者村上春樹も「思い返してみると、レイ・カーヴァーの小説には料理が美味しそうに描かれている例があまり見当たらない」(CW6　四七五)と書いているが、ここでも料理自体は格別美味しそうに描かれてはいない。にもかかわらず、そのぱっとしないメニューの食事を、三人は異様に気合いを入れて食べる。美味しそうに、をとっくに通り越して、つかのま狂気にとり憑かれたかのように貪り食うのである。

作品のほぼなかばに出てくるこの食事のシーンは、一種の分岐点と見ることもできる。たがいにどう接したらいいかを測りかねて、何となくぎくしゃくしていた三人が——特に、初対面である「私」と盲人が——この食事をきっかけに急速に接近していき、それが助走となって、二人でほとんど一体となって大聖堂を描くというあの結末に収斂するのだ、と言って言えなくもなさそうである。引用した一節でにわかに“we”という単語が多用されはじめる(それは村上訳でも「我々は」の多用に再現されている)ことも、そうした読み方の傍証として挙げることができるかもしれない。

だが、そういった効率のよいまとめ方は、カーヴァーを読む実感とはかなり隔たっていると言わざるをえない。作者が突然、いままでとはいささか違ったトーンのセットピースを導入し、それによって作品の流れを転換させている、といった「操作」に還元してしまうには、この食事の一節はあまりに唐突すぎる。それに、夕食が済んだあとも、「私」は依然としてぎこちなさを抱えていて、テレビのスイッチを入れて妻を苛立たせたりしている。会話にもうまく乗れなくて、「それについていったいどう言えばいいのか、私にはわからなかった。言うべきことがまるで何もないのだ。感想なし。しかたないから私はニュース番組を眺め、アナウンサーの台詞に耳を傾けた」と述べている（三九三）。

では、食事の前とあとでは何も変わっていないかというと、そうとも言いきれないのがカーヴァーの面白さである。読んでいて、そこには不連続性が、というか不連続性の感覚が、間違いなくある。大げさにいえば、いわばビッグ・バンのように一個の特異点がそこに入っていて、その点の前とあとでは、もはや同じ法則が通用しないような、だが点のあとに立つ限り前とあととがどのように違っているのかはわからないような、感じなのだ。

「食事を機に、何かが変わるのだけれど、何がどう変わるのか、正確に言うのは難しい」というこのパターンは、『大聖堂』に収められた別の短篇「羽根」にも見られる。

工場で働くジャックとその妻フランが、ジャックの同僚バドの家に食事に招待される。カーヴァー作品の登場人物にしてはかなり洗練されている部類に属するフランは、明らかに野暮ったいバドとその妻に招かれたことを少しも喜んでいない。ホームメードのパンを持って、気の進まぬままとにかく行ってみると、メニューはここでも「ベイクト・ハムとさつまいもとマッシュ・ポテトといんげん豆と軸つきとうもろこしとグリーン・サラダ」（CW3　四一）というたって月並みな内容であり、今回は「大聖堂」とは違って、その月並みさに見合ったごく月並みな反応しか人々は示さない。

が、そこで展開されるディナーは、はじめから終わりまで、いささか奇怪な様相を呈している。その主役になるのは、まずは人間並みに家のなかに入りたがる孔雀であり、次に妻の貧しい過去を象徴するおそろしく歯並びの悪い歯型であり（現在の矯正された見事な歯は今日の彼女の幸福の象徴である）[2]、さらには、「不細工と呼ぶのももったいないという気がするほど」（四八―四九）醜い赤ん坊である。歯型については何も言わず、孔雀には嫌悪を示すフランは、不細工な赤ん坊にはなぜか非常に興味を示す。家に帰るとフランは、ベッドで夫に「ねえ、あなたのタネをいっぱいちょうだいな」とせがむ（五六）。どうやら子供が欲しくなったらしい。

ここまではわかりやすい展開である。田舎臭い相手に対して優越を感じている女が、相手の醜い子供を見て、あたかも母性と対抗意識を刺激されたかのように、自分も赤ん坊が欲しくなる。ありがちな話だ。が、それだけではない。この奇妙なディナーを経ることで、ジャックとフランの関係の、何かが変わる。二人のあいだで、何かが壊れてしまったのだ。

その後、状況が変化したり子供が生まれたり何やかやがあったあとで、フランはバドの家の出来事を思いかえしては「あれが物事の変わりめだったわね」と言うようになった。でもそれは違う。変わったのはそのあとのことだ。その変化は本当に自分の身に起こったとはなかなか思えなくて、まるで他人の身に振りかかったようにしか思えなかった。

「いかさない夫婦と不細工な赤ん坊」とフランは言う。夜おそくテレビを見ながら、脈絡もなくそう口にする。「それにあの臭い鳥」と彼女は言う。「考えただけで気色わるい」と言う。彼女はあれ以来バドにもオーラにも一度だって会ってはいないのに、ことあるごとにそういう風なことを口にする。

フランはもう乳製品工場で働いてはいないし、長い髪もとっくの昔に切ってしまった。それに彼女はぶくぶくと太ってしまった。我々はそれについてはもう語りあわない。いまさらどう言えばいいのだ？（五七）

見ようによっては、夫婦にとって、バドの家でのディナーは、呪いのようなものかもしれない。オーラに優越を感じていたフランは、オーラと同じように子供を産んだ結果、長い髪（それは冒頭で、ジャックにとってフランの魅力の最重要要素だと語られていた）も切ってしまい、「ぶくぶくと太ってしまった」。生まれた子供も「ずる賢いところがある」らしい。が、ジャックは「そういう話は（……）女房とも――とりわけ女房とはということだが――話さない。私と彼女とはだんだん話すことが少なくなってくる。一緒にテレビを見るくらいのものだ」（五八）。あの夜のディナーを分岐点として、ジャック／フラン夫妻は、いまやバド／オーラ夫妻の劣ったコピーに成り果てたとも言えそうである。

が、「あれが物事の変わりめだったわね」とまさにフラン自らが言っているせいで――つまり、まさにあの夜のディナーを呪いとして読解せよ、と当事者が自己言及しているせいで――かえってそのような読みに還元することを我々はためらってしまう。それは、ひとつには、ディナーでの一連の出来事が、呪いという意味に収斂させるにはやはりあまりに唐突であり象徴として効率が悪すぎるように思えるからであり、またもうひとつには、通読すればわかるが、ジャックとフランのあいだに最初から不協和音がつねに響いていて、この二人の関係は呪いなどなくてもいずれ自然に崩壊したのではないか、と思わせるからでもある。周知のように、カーヴァーの世界では、何ら不協和音などなくとも、関係は原則として崩壊するのだから。

一方ジャックは、「あれが物事の変わりめだったわね」というフランの言葉に対して「それは違う」と考えている。たしかに作品最後の、

でも私はあの夜のことをよく覚えている。孔雀がその灰色の脚をぴょんぴょんとはねあげて食卓のまわりを小刻みにまわっていたことも思い出す。それから私の友だちとその奥さんがポーチに立って我々を見送ってくれたことも覚えている。オーラはフランにおみやげに孔雀の羽根を何本かくれた。我々はみんな握手して、抱きあって、なんのかのと言った。帰りの車の中でフラ

ンはしっかりと私に身を寄せていた。彼女はずっと私の膝に手をのせていた。そんな風にして、我々は友だちの家をあとにしたのだ。（五八―五九）

――というカーヴァーらしい、悲惨な現在の中に過去の暖かい記憶がふっと幻影のようによぎる終わり方は、あの夜を「呪い」と読むことを否定しているようにも思える。だがこれも決定的な根拠にはならない。物語的には、なごやかな、気持ちのなごむ晩だったからこそ呪いになりうるとも言えるからだ。結局、変化が起こったことは確かだが、あの夜が本当に「変わりめ」だったのか、そもそもあの夜に正確に何が変わったのかの答えは宙づりにされている。さらに見事なことに、変化が起こったことは確かだとしても、その変化について当事者が「まるで他人の身に振りかかったようにしか思え」ないとつけ加えることで、その変化によってもはや自分が自分であることも実感しづらくなっているという事態が伝えられている。そういったことがすべて、いかにもありそうな夫婦間のずれを通して語られる。巧妙な書き方と言うべきだろう。

2

このように、「大聖堂」ではまさに建設的な方向に向かい、「羽根」の場合は崩壊に向かうという違いはあれ、どちらの作品でも「食事を機に、何かが変わるのだけれど、何がどう変わるのか、正確に言うのは難しい」という展開が見られる。そしてこのほかにも、食べること、あるいは食べないことが、作品の決定的な瞬間に参与していることはカーヴァーの場合かなり多い。以下、カーヴァー作品における「食べること／食べないこと」の意味をいくつか具体的に見てみる。(3)

まず誰でも思いつくのは、「ささやかだけれど、役に立つこと」(『大聖堂』所収)の結末で、パン屋が焼いたパンを、子供を失った夫婦が食べるシーンだろう。焼きたての温かいパンという、いかにもシンボリックな食べ物を口にすることによって、夫婦は子供を失った悲しみをいくらかなりとも癒される。パンを食べることはまさに「役に立つこと」なのだ。それにまた、別のところでも書いたが、ここでパンを食べている母親は、自らは子供のいない身でありながら毎日のようにバースデイ・ケーキを焼きつづけてきたパン屋の悲しみを理解できる人間に成長している[4]。だがその成長の代償はあまりに大きい。パン屋が焼いたケーキを子供は食べずに死んでしまい、パン屋が焼いたパンを親たちは食べる。それは対称の関係ではない。バランスは全然とれていないのだ。まさにその帳尻の合わなさ、救済の曖昧さによって、この通俗的な設定は、癒しの物語に収斂することを免れている。

また「メヌード」(『象』所収)では、神経が参っている「僕」のために、気を鎮めるのに効くからと、友人のアルフレードが「メヌード」(臓物の煮込み料理)を作ってくれる。

牛の胃《トライプ》。まずトライプと一ガロンの水で始まった。それから彼は玉葱を刻んで、それを沸騰しはじめていた湯の中に放り込んだ。チョリゾ・ソーセージを鍋の中に入れた。そのあとで干した胡椒の実を沸騰した湯の中に入れ、チリ・パウダーをさっさっと振った。次はオリーヴ・オイルだ。彼は大きなトマト・ソースの缶を開け、それをどぼどぼと注ぎ入れた。にんにくのかたまりと、ホワイト・ブレッドのスライスと、塩と、レモン・ジュースを加えた。彼は別の缶を開け――皮むきとうもろこしだ――それも鍋の中に入れた。それを全部入れてしまうと彼は火を弱め、鍋に蓋をした。(CW6 一二三―一二四)

こうしてアルフレードは真夜中に、おそろしく真剣な顔で、仲間たちにからかわれても意に介せずメヌードを作りつづける。訳者も指摘しているように、カーヴァーにしては例外的に美味しそうな食べ物の描写である(CW6 四七五)。だがむろん、これを「僕」が食べて、首尾よく癒される、と順調に事が運ぶほどカーヴァー・ワールドは甘くない。「僕」はベッドに横になって寝入ってしまい、午後遅くにめざめたときには、「メヌードはなくなってしまっていた。鍋は流しの中で水につけられていた。連中がそれをすっかりたいらげてしまったに違いない！　みんなでたらふく食べてしまったのだ。家の中には人気はなく、あたりはしんと静まりかえっていた」（一二五）。食べないのでは癒しも救済もあったものではないとも言えそうだが、しかしここでは逆に、村上春樹の言うとおり、「画家のアルフレードが台所に立ってぐつぐつと煮えているメヌードのその音や匂いが、いわば失われた救済として、ありありと感覚的に（視覚的に、聴覚的に、嗅覚的に）読み手に伝わってくる」（四七五）。メヌードをみんなに食べられてしまったという先の記述にしても、カーヴァーが朗読したらきっと笑いを誘ったにちがいない滑稽さが漂っている。なかったけれど、あってもよかった癒し。そもそもアルフレードが真剣にメヌードを作ってくれたことで、「僕」は（ある程度は）すでに救われているのかもしれない。ここではいわば、温かい曖昧さが、食べられなかった食べ物のまわりに漂っている。

食べずに終わった食事、というモチーフは、「隔たり」（『ファイアズ』所収、短いバージョン「何もかもが彼にくっついていた」は『愛について語るときに我々の語ること』所収）にも見られる。子供が生まれたばかりの、まだごく若い夫婦。赤ん坊の具合が悪いときに「少年」が猟に出かけようとして「少女」は腹を立てるが、結局少年は帰ってきて、二人は仲直りし、少女は「ベーコンと目玉焼きとワッフル」の朝食を作る。

> こいつはうまそうだな、と彼は言った。彼はワッフルにバターを塗り、シロップをかけた。でもワッフルを切り始めたとき、彼はそれを皿ごと自分の膝の上に引っくり返してしまった。
> まったくなんてことだ、と彼は言って、テーブルから慌てて離れた。
> 少女は彼を見て、それから彼の顔に浮かんだ表情を見た。彼女は笑い出した。
> あなた自分の顔を鏡で見てごらんなさいよ、と彼女は言った。そして笑い続けた。

彼は自分のウールの下着の前にべっとりとついたシロップと、それに付着したワッフルやベーコンや卵の切れ端を見下ろした。彼も笑いだした。

腹ぺこで死にそうだったのに、と彼は首を振りながら言った。

腹ぺこで死にそうだったのね、と彼女は笑いながら言った。（CW4 二六二）

こうして二人は「もう喧嘩なんかやめましょう」と言いあって、キスをする。一件落着、ハッピーエンド――だが、そうは行かない。この話は、もう中年になった「少年」が、このとき赤ん坊だった、今や二十歳になった娘に語るという設定になっている。その父と娘の会話のなかで、結局少年と少女の関係は壊れてしまったことが明らかになる。

面白かったわ、と彼女は言う。本当にすごく面白かったのよ。でもいったい何が起こったの？ と彼女は言う。つまりそのあとに、ということだけれど。

彼は肩をすくめ、グラスを手に持って窓際に行く。外はもう暗い。でも雪は降り続いている。

物事は変化してしまうものなんだ、と彼は言う。どうしてそうなるのかは私にもわからない。でも知らないうちに、好むと好まざるとにかかわらず、物事は変化してしまうんだ。（二六三）

そう、物事は変化してしまう――それも、かならず悪い方に。少年がベーコンと目玉焼きとワッフルをひっくり返してしまうのは、「羽根」のフラン風に言えば悪い未来への「変わりめ」だろうか？ ここでもまた、そうであって、そうではない、と言えるだろう。「知らないうちに、好むと好まざるとにかかわらず、物事は変化してしまう」のであり、関係は原則として壊れる。朝食をひっくり返そうがひっくり返すまいが、いずれは壊れる。だが、朝食をひっくり返してしまう、というか朝食がひっくり返ってしまうという出来事自体は――それは避けえた過ちというより、避けようのない天災のように思える――関係の崩壊の一見微笑ましい予告編のように思えなくもない。原因ではなさそうだが、予兆ではありそうである。この一件が持つ意味は、「羽根」のディナーと同じ曖昧さを帯びている。

さて、カーヴァーにおける食べる／食べないという問題を考えるなら、全国規模出版としては最初の作品集『頼むから静かにしてくれ』の巻頭に収められた「でぶ」を避けては通れないだろう。単数の一人称では足りないとでもいうかのように、自分を「私ども」と呼び、たっぷりとした食事をまたたくまに平らげてみせる、おそろしく太った男。カーヴァーはまさに、「食べること」をめぐる話とともにメジャー作家として出発したのだ。

ここはひとつありていに中せばですな、と彼は言う。そして彼は椅子の中で体を動かす。私どもはスペッシャルをいただきたい。しかしそれに加えてヴァニラ・アイスクリームの方もいただけるんじゃないかと思うのです。それからもしよろしければ、そこにちびっとだけチョコレート・シロップをたらしていただきたいですな。いやいや、どうもこれはずいぶん腹を減らしていたというべきですな、と彼は言う。（CW1　一七―一八）

ウェイトレスである「私」は、なぜかこの太った男と、その食欲に惹かれている。夫のルーディにベッドでのしかかられたときにも、「私は突然自分がでぶになったように感じる。ものすごくでぶになったような気がするのだ。ルーディはどんどん小さくなり、ほとんど存在も認められないくらいになる」（二二）。そういう彼女が発する「私の人生は変化しつつある。私にはそれが感じられるのだ」という一言とともに作品は終わる。その意味で、太った男の食欲は、彼女の人生の可能性を拡げてくれるものとして機能している。男は食べることで、語り手をささやかながら救っている。

だが、男自身にとっては、それは呪いである。「私なんかずいぶん食べるのに、どれだけ食べても太らないんですよ（……）一度太ってみたいものだわ」と言う「私」に、男は「いいや（……）私どもにもし選ぶことができますなら、答えはノオですな。しかし選ぶことなどできんのですが」と答える（一九）。男は実に美味そうに食べる。その後のカーヴァー作品の大半の人々の食欲をあらかじめ横取りしてしまったかのように、この上なく気持ちよさそうに食べる。だがそれでも、「私どもにもし選ぶことができますなら、答えはノオ」なのだ。食べることの意義はここでも両義的だ。

3

以上、いくつか主要作品を通して、食べる／食べないことがそれぞれの曖昧さを伴って機能しているのを見てきた。このほか、冷蔵庫が壊れて解けた冷凍食品の水が失業中の夫の裸足のかたわらに流れ落ちるシーンが印象的な「保存されたもの」（『大聖堂』所収）、川で釣りをしながら男が「ぱさぱさに乾いていて、何の味もしな」（CW4 二九三）いサンドイッチを食べる姿がほとんどヘミングウェイのパロディに読める「キャビン」[5]（『ファイアズ』所収）、妻が夜中に夫にねだるバターとレタスと塩のサンドイッチが若い夫婦の貧しさと優しさ（とその無力）をせつなく伝えている「学生の妻」（『頼むから静かにしてくれ』所収）など、論じたい作品はほかにもいくつかあるし、「愛について語るときに我々の語ること」のように「飲むこと」を問題にすべき作品もあるが、むしろ次に問うべきは、なぜ食べることがカーヴァーにとってそれほど中心的な位置を占めているのか、ということだろう。たとえばポオのように、食事も性行為もほとんど出てこず、生命を維持する存在としての人間という視座がいっさい欠けているのなら話はわかりやすい。あるいは逆にヘンリー・ミラーのように、食事、性行為、排泄にまんべんなく言及し、ひたすら欲求の充足・不快の除去をいわば全方向的に図る人間という視点を提示するのもやはり明快である。だがカーヴァーの場合、性行為はめったに描かれず、むろんミラーやブコウスキーのように排泄も描かず、ひたすら食べること／食べないことに焦点が当てられているのである。

この点については大まかな推測を示すことしかできないが、結局のところ、食べるという行為はカーヴァーにとって、人間関係の困難や微妙さを描くのにうってつけの営みであるとともに（誰かが単に一人で食べているというシーンはカーヴァーの場合あまり見当たらない）、それが一日三度行なわれるごく日常的な営みであるという点において特権的だったのではないか。小説内の特徴を伝記的事実に還元するつもりはないが、この推測の傍証として、ふたたび友人トバイアス・ウルフによる、カーヴァー自身いつも何かを口にしている人間だったという逸話を最後に引用しておこう。

> レイといえばまず食欲のことが頭に浮かぶ。（……）彼はいつでも何かを口にしていた。煙草を吸うか、酒を飲むか、何かを食べているかだ。とりわけワイルドだったある誕生パーティーで（そこでは、ふと気がつくと子供を持たないはずの女が誰かの赤ん坊に出もしない乳をやろうとしていた）、彼と彼の友人がそこにあったケーキをかっぱらって、外の車の中で二人で全部ぺろりとたいらげてしまった。誕生パーティーの主賓であった娘と私は研究室を同じくしていた。そして彼女はそのあと何週間もぶつぶつと愚痴をこぼしていた。なんといっても彼女は自分でパーティーを開いて、ケーキだって自分で買ったのだ。彼女はレイに対してひとこと文句を言いたいと思っていた。そのころは、いくつかのやむを得ない理由で（理由の一つは国税庁なのだが）、レイと連絡を取るのがむずかしい時期だった。しかし彼女はあるところで彼とばったり顔を合わせた。そしてこう言った、
> 「あなたに話したいことがあるのよ。ケーキについてよ」
> 「話すことなんか何もないさ」とレイは彼女に言った。「もうケーキは食べちゃったもの」（CW2　三一〇―一一）

（1）トバイアス・ウルフ「レイモンド・カーヴァーのこと　彼はケーキを手にして、それを食べた」村上春樹訳、『愛について語るときに我々の語ること **The Complete Works of Raymond Carver 2**』（中央公論新社、一九九〇年）三〇九頁。以下、村上訳カーヴァー全集からの引用は、本文中に（CW2　三〇九）というように巻とページを示す。以後に引用する各巻の書名を挙げておく。

CW1『頼むから静かにしてくれ』（一九七六、邦訳一九九一）

CW3『大聖堂』（一九八三、一九九〇）

CW4『ファイアズ（炎）』（一九八四、一九九二）
CW6『象／滝への新しい小径』（一九八八＋一九八九、一九九四）

（2）余談だがこの歯並び矯正のエピソードは、テス・ギャラガー自身の体験に基づいている。『カーヴァー・カントリー』（中央公論新社、一九九四年）には、テスのかつてのすさまじい歯並びを伝える歯型の写真が収録されている。

（3）批評の仕事としては、これをさらに一般化して、たとえば「（食事に限らず）何か象徴的な出来事が起きて、それによって何かが変わったように思えるのだが、確かなことはわからない」といった形で、カーヴァー作品全体に通底していそうな基本構造を抽出すべきかもしれない。だがこれについては、平石貴樹の次のような指摘において、すでに過不足なくなされているように思える。

「カーヴァーの場合、現実的な場面を書いていきながら、作者自身にもかならずしも理解しえないある『飛躍』に到達することによって物語のクライマックスをなす手法にみちびかれる場合が多い（かれはこれをフラナリー・オコナーから学んだと述べている）。ドライブ中に撥ねたキジ、友人宅のグロテスクな顔の赤ん坊、などのふとした出来事が、人物たちに人生の認識を、ぼんやりとではあるがかいま見せる。こうした『飛躍』を待ちながらカーヴァーは、またかれの読者は、じっくりと人物たちの一挙手一投足を観察しつづける。技術的に言えば、この種の『飛躍』は、あまりあからさまに意味ありげであっては嘘になるし、かといって唐突なばかりでは認識されるべき内容が読者に理解されない、という隘路の中にきわどく成立する。カーヴァー作品がしばしば難解であるのはこの点をめぐってである」（越川芳明・柴田元幸・沼野充義・野崎歓・野谷文昭編『世界×現在×文学　作家ファイル』（国書刊行会、一九九六年）の「レイモンド・カーヴァー」の項、八四頁）。

カーヴァー作品における啓示ならざる啓示、方向性なき飛翔の意義があざやかに言い当てられている。したがってここでは、屋上屋を架す愚を避け、より形而下的に、カーヴァー作品における「食べる」「食べない」ことの意義に話を限定する。

（4）柴田元幸『アメリカ文学のレッスン』（講談社、二〇〇〇年）、三三―三七頁。

（5）カーヴァーとヘミングウェイの相違については、イギリスのアメリカ文学者グレアム・クラークが詳しく論じている。Graham Clarke, "Investing the Glimpse: Raymond Carver and the Syntax of Silence," in Graham Clarke, ed., *The New American Writing: Essays on American Literature Since 1970* (Visions Press/St. Martin's Press, 1990), pp. 99-122, esp. pp. 107-14.

13　スイート・ホーム・シカゴ

スチュアート・ダイベックの世界

1

僕がヴィヴァルディに会ったとき　あたりは暗かった、
くず屋が馬の鈴を打ち鳴らし、
街は傾き　のろまな風洞となって、

いや、あれは別の夜だった、冬のこと、
阿片のように柔らかい雪のなか、アル中が二人　飲んで浮かれて
路地裏を歩き　牛乳配達トラックのわだちを進み、

地下鉄でバイオリンが口笛のように
クローム色の線路を行き、コバルトの信号機を越え、

第三レールの下の　鼠や一セント貨を越え……
高架列車が頭上を通るとき　マンホールの蓋が
唸るのが聞こえるほど静かだったことはあるか?(1)

詩集『拳鍔《ブラス・ナックルズ》』——右に引用したのはその冒頭に収められた詩「ヴィヴァルディ」の書き出しである——でデビューして以来、スチュアート・ダイベックはシカゴの下町の雰囲気が色濃く漂う詩や小説を書いてきた。比較的裕福なワスプ系の住民が中心の、文化的に洗練されたノースサイドとは違い、どちらかといえば貧しい住民の多い、人種的にも多様なサウスサイドを舞台に、主としてポーランド系の家庭に育った少年の視点から、あるいはそうした少年の日々をふり返る視点から、多くの詩や短篇をダイベックは発表してきた。右の詩に出てくる「くず屋」「路地裏」「高架列車」「アル中」といった語彙は、以後の作品にも何度か現われてその小説世界を彩ることになるし、そうしたぱっとしない環境のなかに唐突に「ヴィヴァルディ」といった異文化が紛れ込むあたりも、その後のダイベックの作風を予告している。

シカゴのサウスサイドの、下町的雰囲気を描くということなら、『スタッズ・ロニガン』三部作(一九三五)でアイルランド系移民街と、そこに住む若者たちの焦燥感や無力感を描いたジェームズ・ファレルや、『朝はもう来ない』(一九四二)でポーランド系の若者の不安と希望をいわば硬質の叙情とともに描いたネルソン・オルグレン、といった先達がすぐに思い浮かぶ。あるいは、リチャード・ライトの『アメリカの息子』(一九四〇)でも、黒人、白人それぞれの目を通して見えるシカゴの街の風景が印象的に描写されている。特にファレル、オルグレンの場合、少年や若者が徒党を組んで、あるいは一人でシカゴの街なかをさまよう場面が頻出し、街がいわば主要人物の一人となっているという点でもダイベックと共通するものがある。若者たちが街を歩くなか、いわば句読点のように、高架鉄道の騒音が聞こえてくる。

一両だけのフンボルト・パーク行き普通列車が頭上で速度を落とし、ガチャガチャ不規則な音を立てて西へ向かった。若者の耳には、そのガチャガチャが喝采のクレッシェンドになっていった。彼は右でジャブを出し、左のパンチを決めた——人々はその左に喝采を送っているのだ。心臓は右、あごに左。上下に揺れ、ひょいともぐり、カバーし、パンチをくり出し、身を伸ばす。喝采は弱まり、遠くなり、やがて消えた。彼は両手をポケットにつっ込んで、ぶらぶら先へ進んだ。(2)

これはオルグレンの『朝はもう来ない』の一節だが、ダイベック作品の一節であっても不思議はない。とはいえ、ダイベックとこれら先達作家たちのあいだには、重要な相違点もあるように思える。ファレルやオルグレンが描く若者たちの物語を読むとき、まず感じられるのはその圧倒的な閉塞感である。これら二十世紀前半の都市を生きる若者たちに与えられた人生の選択肢は、驚くほど少ない。たとえば男の場合、親や学校の勧める（あるいは強いる）堅実な職に就いて「堅気」になるか、犯罪、ギャンブルなどにかかわって人生の裏街道を歩む（そしてたいていの場合は破滅に至る）か、基本的にその二つしか選択肢はない。せいぜいその中間として、ボクサーなどになって暴力的エネルギーを平和に有効活用する見込みがかすかに見えているにすぎない。『朝はもう来ない』がポーランド系とメキシコ系ボクサーの対決シーンからはじまるのは、その意味で象徴的だろう。だがその見込みにしても、希望の光というよりは、蜃気楼のような、むしろ人を惑わせる幻でしかない。右の引用でも、しいてダイベックとの違いを探すなら、ボクサーになることを夢見る若者のファンタジーが彼一人の内部で完結してしまっていて、現実とのつながりを欠いている点が挙げられるだろう。

こうした選択肢の乏しさに呼応するかのように、彼らの住む世界では、人種間の対立も厳しく、その壁の厚さが閉塞感を増している。

「こないだの日曜にボートハウスに行ったんだけどさ、黒んぼだらけで参ったぜ。あんな有様じゃ、ちゃんとした家の女の子はもう、黒んぼにレイプされるのが怖くて一人でこのへんを歩けやしないよな。奴らのせいで公園は台無しさ。あいつらがここに来たら、こっちはガスマスクでもなきゃいられやしないぜ。……あいつらが白人より劣ってるのは、服を見りゃわかる。あの馬鹿派手な服、ベルボトムに真珠つけて、紫のスーツ、ピンクのシャツ。ポーランド人よりひどいぜ。服を見ればやつらが劣等人種だってわかるのさ。ポーランド人もイタ公も、黒んぼも同じだけど、黒んぼが一番下だな。だからそのうち、夜に若いので集まって、公園から黒んぼを叩き出してやるといいと思うんだ。みんな臆病者だから、いっぺん懲らしめりゃ二度と戻ってきゃしないさ。棍棒や警棒を少し集めるといい。向こうが剃刀を使ってきたら、使うんじゃなかったって思うような目に遭わせてやるさ」(3)

ジェームズ・ファレル『スタッズ・ロニガン』の一節である。上の世代が彼らに押しつけてくる抑圧的な関係を、アイルランド系の若者たちは、それよりはるかに暴力的な形で黒人に押しつけている。こうした露骨な差別的発言は、『スタッズ・ロニガン』や『朝はもう来ない』の随所に見られる。この発言にしても、べつに一個人独自の思想の表現ではまったくない。誰もが空気のように、考えているというよりは考えさせられていることを、少し極端に言い表わしたにすぎない(4)。未来の可能性においてのみならず、人種的にも、若者たちの世界はあらかじめ閉ざされているのだ。こうした閉塞感を、ファレルは一人の若者の内側から徹底的に描き、オルグレンは文章自体がひそかに破滅に憧れているかのようなシャープな叙情を込めて描いた。シカゴをめぐる長篇エッセイで、オルグレンはシカゴを「都市というより巨大な中継地点(5)」と評したが、彼自身の小説の主人公たちにとって、そこは出発点であると同時に、あらかじめ定められた終着点であるように思える。

これに対し、ダイベックの世界では、そのような閉塞感は、特に小説第二作『シカゴ育ち』(一九九〇)ではあまり感じられない。「ファーウェル」の老ロシア人教師や、「冬のショパン」の祖父のように、ダイベックの小説に出てくる人々は、しばしばいつの間にか、どこへともなく消えていく。「荒廃地域」の若者たちにしても、ロックバンドが解散し学校を卒業したりドロップアウトしたりした末、ある者は宗教の道に進み、ある者は軍隊に入り、ある者は軍隊を逃れるために大学に入る。彼らの選択肢は、順応か破滅か、といったように苛酷に明確な形で限定されてはいない。よくも悪くも、選択肢は曖昧なのだ。そもそも、ダイベックの多くの作品が、少年時代を回想する、ひとまず安定した視点から書かれているという事実自体、視点的人物が、順応と破滅という両極間のどこかに一応納得できる場を築いたことを示唆している。

同様に、文化的・人種的にもダイベックの世界は、ファレルやオルグレンの世界に較べてはるかに開かれている。

祖母の台所のテーブルには、黄色いプラスチック製のラジオがあった。だいたいいつもポルカ専門の局に合わせてあったが、時おりダイヤルを目盛り半分くらい合わせそこなって、代わりにギリシャ語の局や、スペイン語、ウクライナ語の局が聞こえてきた。僕らが住んでいたシカゴでは、ヨーロッパじゅうの、相容れないいくつもの国家が、雑音の多いダイヤル右端のあたりに一緒くたに詰め込まれていた。(6)

ラジオの混信について書かれたこの一節は、ダイベックの小説世界に特徴的な文化的・人種的混信を要約しているように思える。(7)そしてこうした混信を象徴するような描写は、ほかの作品でも頻繁に見られる。ポルカ(ダイベックの作品においてポーランド文化を象徴する中心アイテム)が主流になっているジュークボックスに混じったメキシコの歌も、「何となくポルカみたいに聞こえた」(『シカゴ育ち』九二)。ペパーという渾名で通っている少年の「母親はポーランド人で、父親はメキシコ人」であり、母には「スタシュー」とポーランド風に呼ばれる一方、姓はロサードとメキシコ風で、「僕らの町でいちばん多い二つの人種が、一つの家庭のなかに同居していた」。むろんそのすぐあとに、「それはかならずしも和気あいあいの同盟関係ではなかった」とあるように、人類皆兄弟的な絵空事が呑気に謳い上げられているわけでは決してない（六四）。ラジオをめぐる右の一節でも、「ヨーロッパじゅうの、相容れないいくつもの国家」というフレーズにそのことは明らかだ。そもそも、ポーランド語では「ディベク」と読まれるべき作者の名が、アメリカでは誰もに「ダイベック」と発音されてしまうという事実自体、複数の文化の力関係がかならずしも美しく平等であったりはしないことの表われと見るべきかもしれない。が、それなりの緊張をはらんでいるとはいえ、こうした混信状態が、『スタッズ・ロニガン』に見られるような、およそ異人種間のコミュニケーションが――暴力的コミュニケーションを除いて――成り立ちそうもない状況と大きく違っていることは確かだろう。

さらには、両親、教会といった、特に『スタッズ・ロニガン』で若者たちを重苦しく圧迫する体制側の人々や組織にしても、ダイベックにおいてはかならずしも抑圧的ではない。酒場で流れるジュークボックスの音楽と、教会の鐘の音とが違和感なく共存してしまう風通しのよさが、ダイベックの世界にはある。『スタッズ・ロニガン』の年長者たちはひたすら敬虔なキリスト教徒の道を説き、世間体を保つことを強制するばかりだが、ダイベックでは変わり者の伯父や祖父がしばしば出てきて、大人と若者のあいだにいわばバイパス回路を提供し、世代間の対立に風穴が開けられている。

もちろん、当然のことを確認しておくと、閉塞感に包まれたファレルらの小説よりも、そうした閉塞感から自由なダイベックの小説の方が優れているということではない。ファレルやオルグレンは、一九二〇年代、三〇年代のシカゴに生きた多くの若者をおそらく包んでいたにちがいない閉塞感をよく描き、ダイベックはもうしばらくあと、五〇年代あたりの、文化と文化、人種と人種とがゆるやかに、時に悦びとともに時に痛みとともに混ざりあうシカゴ下町をよく描いているということである。

2

人々がエスニシティの蛸壺からある程度抜け出ているシカゴ小説ということでも、前例がない訳ではない。誰でも思いつく例が、ソール・ベロウの『オーギー・マーチの冒険』（一九五三）だろう。

> 俺たちは［市庁舎の］エレベータを上り下りしながら、大物やペテン師、お偉方、守銭奴、下っ端政治家、競馬予想屋、チンピラ、女たらし、仕掛け屋、提訴人、おまわり、カウボーイハットをかぶった男たちやトカゲ革の靴に毛皮コートの女たちと肱をすり合わせ、そこでは温室の暖風と北極の冷気が、残忍なものとセックスの気配が混じりあい、連日の大食と几帳面なひげ剃りや、もろもろの打算、哀しみ、薄情の形跡やら、どろどろ注がれるコンクリートやミシシッピ川の何倍もの密造ウィスキーとビールで大儲けする希望やらが漂っていた。(8)

ホイットマン流のカタログ的描写に、いわばシカゴ＝ユダヤ風トールテールの味付けがなされた語りのイキのよさによって、アメリカの多様性が力業的に祝福される、『オーギー・マーチ』でくり返し聞かれるトーンである。ファレル、ライト、オルグレンらの小説のあとにこれが出てきたときに、読み手が感じた解放感は相当なものだっただろう。が、いま読むと、その祝福は、どこか無責任に、うさん臭く響いてしまう。要するに、調子がよすぎる。

これに対し、ダイベックのカタログは、典型的には、次のような形で現われる。

> そんなわけで僕はメンフィスを出てシカゴに、いちおう大学へ戻るという名目で帰ってきて、とにもかくにも引越しを済ませたのだった。当てはなかったが、いざとなったら、都会の野生動物として、野良猫や鼠や雀と同じように街を糧に生きていけると思っていた。僕が生まれ育ったサウスサイドの界隈をさまようホームレスの外国人みたいに、街の縫い目にもぐり込めると思ったのだ。そういった人々を観察しながら僕は育った。浮浪者、ショッピングバッグレディ。浜辺で漂流物を漁るように夏の裏道を漁る物乞い。衛生運河で釣りをしている老いた黒人の放浪者。もっぱら「あのＤＰ（難民）」と呼ばれていた、二十一丁目

とワシュテノーの角の歩道の下にぽっかり空いた洞窟に住む髭の唖者をはじめとする、都市の隠者たち。あるいは、「鳩男」で通っていた、鳩たちと一緒に、ウェスタンアベニュー・ブリッジの橋桁のあいだに詰め込んだ段ボール箱の巣に住んでいたメキシコ人。(9)

ここには、機関銃のようにさまざまな人間の呼び名を祝祭的に連射していく『オーギー・マーチ』の威勢よさはない。すべてを早足で肯定していくトリックスターの気前よさはない。その代わりに、一人ひとりを慈しむような、控えめの共感と暖かさがここにはある。エキゾチックな他者として——あるいは風景として——これらの人々を「利用」しているではないか、という批判はあるかもしれない。が、少なくとも敬意のこもった「利用」だとは言えるだろう。

閉塞感の有無という点については、ファレルらとダイベックとの差異は、ある程度、時代の変化の結果と見ることができる。たとえば、ダイベックにおいてカトリック教会がある種エキゾチックな魅力をたたえたものとして描かれるのは、教会が宗教的にも政治的にも力を失ってきたという現実があってはじめて可能になったと言える。が、新しい作家たちがみな、ダイベックについていま見たように、周縁的人物に目を向けた小説を書いているとは限らない。むろん、周縁的人物に目を向ければ偉いというものではないが、現代においてエスニシティをある程度問題にする作品の場合、そうした点に作家の、あるいは登場人物の、外に向かって開かれた姿勢が端的に表われるように思う。(10)

シカゴを舞台にした最近の小説を考えてみても、たとえばサンドラ・シスネロスの『マンゴー通り、ときどきさよなら』(*The House on Mango Street*, 1984)では、意図的に軽量化された文体が独特の雰囲気を醸し出し、チカーノ街の空気を見事に伝えているが、「私たち」(特定のエスニシティに属す人々)と「彼ら」(社会のメインストリームに属す白人たち)との対比、というマイノリティ文学における世界の古典的見取り図は——「彼ら」が後方に退き「私たち」だけである程度自足している点に八〇〜九〇年代的元気よさが感じられるにせよ——意外に揺らいでいないように思える。さらに新しいところで、一九九二年にサラエヴォからシカゴに移ってきて、二〇〇〇年に第一作品集『ブルーノの問題』(*The Question of Bruno*)を刊行したアレクサンダル・ヘモンによる、シカゴを舞台にした中篇「盲目のヨゼフ・プロネクと死せる魂」でも、旧世界の辛辣な目がアメリカ文化の浅薄さをこき下ろすという姿勢は、ヘモンのほかの作品での斬新さとは裏腹に、拍子抜けするほど古典的である。こうした点を見ても、安物ラジオの混信のように、エスニシティの壁がいわばいい加減に消えたり薄くなったりするダイベック・ワールドの大まかさは、シカゴ小説の系譜のなかで、意外に貴重なものかもしれない(11)。

3

ダイベックの世界にあって、他者や異文化はしばしば、見えるより先に聞こえてくる。それもしばしば、他者が奏でる音楽が。第一短篇集に収められた「血のスープ」では、祖母の命を救えるかもしれない鴨の血を譲ってくれるはずの男ゴウォンプの元を少年たちが訪ねていくと、まず聞こえてくるのは「蛇使い」のようなクラリネットの音色である。「ジプシーっぽいメロディで、結婚式でこの曲が演奏されると、歳とった人たちは夢見るような表情を浮かべて踊るのだ。酔っていたりすると、しくしく泣き出す人もいた(12)」。ここでは音楽によってゴウォンプの旧世界性が強調され、アメリカ生まれの少年たちが、彼らにとってはほぼ異国文化の領域に入っていくことが暗示される(13)。

また「荒廃地域」では、ガード下のこちら側で少年たちがブルースシャウトの練習をしていると、向こう側に「黒人の子供たちの一団が現われて、バスからファルセットまで揃ったハーモニーを響かせた。コースターズそっくりの見事なハーモニーで、はじめ僕らは声の大きさでそいつらを圧倒してやろうと思ったのだが、あんまり綺麗なので、ペパーがリズムを刻みつづけた以外は、結局みんな黙って聴き惚れていた」(『シカゴ育ち』六六)。むろん少年たちは、前年に暴動があって、人種問題がいつにも増して緊張をはらんでいることを知っている。彼らも、そしてもちろん黒人の子供たちも、ガード下を越えて相手側に行こうとはしない。音楽によって緊張関係がつかのま乗り越えられると同時に、「ガード下」(viaduct) はいかにもシカゴ的=ダイベック的境界として、異文化同士が交流しうる限界を正確に印している。

このように、異文化に対して敬意ある距離を保っている限り、話はある意味で綺麗ごとで済む。これに対し、「冬のショパン」は、異文化との接触が綺麗ごとでは済まなくなる例として見ることができる。

語り手である少年と同じアパートの上の階に住むマーシーは、ニューヨークで音楽学校に通っているあいだに黒人の男と恋をして彼の子を身ごもり、結局、シカゴのさらに南の黒人街に移っていく。ボヘミア系の移民であるマーシーの母親にとって、それは娘が死んだに等しい。「ニューヨークから帰ってきたミセス・キューピアックは、まるで別人に見えた。もう疲れはてて、取り乱す元気もないみたいだった。(……) 毎朝、バブーシュカをかぶり喪服を着て死者のためのミサに現われ、教会の片隅に置かれたチェンストホヴァ黒処女の祭壇の前で、陰気な祈禱の文句をえんえんと唱えている、未亡人友愛会といった感じの女たち。そのなかに、ミセス・キューピアックもすっかり溶け込んでしまった」(四六)。生まれた子を名ジャズ・ピアニストにあやかって「テイタム」と名づけたことも、微笑ましいエピソードになりはしない。

このように、異文化交流が敬意では済まないという結末は、「冬のショパン」の別のエピソードですでに予告されている。アメリカに来て四十年、英語もろくに喋れず頭のバブーシュカを絶対に脱ごうとしないといういかにも旧世界的な老婆が入院し、そこへ孫が、アルバイトで貯めた金で買った黒人歌手風の衣装――「ブルー・スエードのローファー、エレクトリック・ブルーのソックス、レモン・イエローの一つボタン、ロール・ラペルのスーツ」――を着て見舞いにくる。

バブーシュは顔を上げ、ルーディを一目見て、灰色の舌をちっと鳴らした。
「ルーディシュや」とバブーシュは言った。「お前、黒んぼみたいな格好してるじゃないかね」。そのとたん、バブーシュの白目がむき出しになった。彼女はばったりうしろに倒れ、はっと息を呑んで、死んだ。
「それがママの最後の言葉だったんだよ、エヴ」とシャーリーは泣きながら言った。「あたしたちみんな、一生その言葉を抱えて生きていくんだ。特にルーディはね。可哀想に、あんまりだよ――お前、黒んぼみたいな格好してるじゃないかね、なんて」
(二一八)

ダイベック・ワールドの真ん中に立つアメリカ育ちの少年たちにとっては、黒人文化も東欧文化も等しく敬意とエキゾチシズムの対象である。が、このように〈東欧〉と〈黒人〉とが直接対峙したときにはそれでは済まない。ほかの作品では異文化をつなぐ橋になりうる音楽も、「冬のショパン」では誰をも救えない[14]。

もうひとつ、こうした異文化交流の困難をさらに一般化した変奏として、語り手の少年の父親が、戦場から送ってきた手紙が挙げられる。

こんな状態が休みなくつづくと、本当に人を憎むということがどういうものか、だんだんわかってくる。相手の国民全体が憎くなってきて、一人残らず懲らしめてやりたくなるんだ――一般市民も、女も、子供も、老人も、全部。誰だろうと関係ない、みんな同じなんだ、どいつもこいつもみんな悪党なんだ、そう思えてくる。しばらくのあいだは、憎しみと怒りが支えになってくれて、怖さで発狂したりもせずに済む。でも、そうやって自分が憎むのを許し、憎しみを信頼するようになると、もう駄目だ。ほかに何が起ころうと、人間もうおしまいだよ。ねえイーヴ、僕たちの生活を僕は愛している。君とマイケルのもとに帰りたいと思う、できるかぎり、去ったときの僕と変わらないままで。(二一六)

だがこうした憎しみに呑み込まれる前に――あるいは打ち克つ前に――父親は戦死してしまう。おそらくダイベックは、こうした極限的状況で人が憎しみ(=異文化の壁の延長)を超越できると信じるほど人間を過信してはいないし、しょせん憎しみに呑まれてしまうものと決めつけるほど冷笑的でもない。そのどちらに至るのでもなく、この父が戦死するという哀しい結末が唯一物語的に正しいことを、ダイベックのなかの物語作家は本能的に知っている。

しかし、こうした暗い展開にもかかわらず、「冬のショパン」は決して陰鬱な作品になっていない。これは少年の祖父ジャ=ジャの存在によるところが大きい。二着の上着を重ね着して、いつもバケツに湯を入れて足を浸しているその姿が醸し出すユーモアがきわめて効果的であることは間違いないが、それだけではない。放浪を重ねる生涯を送ってきた、家族からも疎まれる、いわば家庭内他者とも言うべきこの老人は、マーシーが弾くショパンを理解すると同時に、彼女の弾く黒人音楽も理解できるし、はたまた「フランキー・ヤンコヴィッチ・ポルカアワー」に耳を傾けもする。地理的にも文化的にも、複数の世界のあいだを自由に行き来する超境界的・媒介的な存在なのだ。このジャ=ジャがいわば導き手となって、少年はショパンに代表される旧世界的文化に触れると同時に、人と人とを隔てるものを直感的に学んでいく(15)。たとえばジャ=ジャは、ショパンが死んだときの情景を少年にこう語る——「プロイセン人たちは馬に乗ったまま階段を駆け上がって、サーベルを振りかざしながら部屋のなかに押し入った。馬たちは蹄を鳴らして、前肢を高く振り上げた。プロイセン人はショパンのピアノを打ち壊し、楽譜をずたずたに切り裂いた。そしてその楽譜をピアノのなかに詰め込んで、ランプの油をかけて、火をつけた」(三六)

こうして遂げられる少年の成長は、一見皮肉なことに、ジャ=ジャを見捨てることによって完成する。次第に耳が遠くなってきた、何とかして上階からのショパンを聞こうとしているジャ=ジャには知らせずに、いまや唯一それが聞こえる場所になった自分の寝室で、少年は一人ショパンに耳を澄ます。「僕の部屋は狭くて、ベッドと洋服ダンスでほとんどいっぱいだった。といっても、ジャ=ジャがもぐり込めないほど狭かったわけではない。もしかりに、マーシーはみんなが寝静まったあと毎晩のようにピアノを弾いているんだよ、と僕から知らされたら、たぶんジャ=ジャも台所を湯気で満たす儀式に戻りはしなかったろう。僕は後ろめたい気持ちだった。でももう手遅れだった。湯気が入り込んで、部屋の窓を霧で覆ってしまわないうちに、僕はそそくさとドアを閉めた」(四一)

ジャ゠ジャのみならず、「血のスープ」で少年たちをゴウォンプの元に導く怪しげな「郵便屋」や、「熱い氷」で少年たちを氷漬けの娘の元に導くアル中のビッグ・アンテク……と、ダイベックの小説には、社会的にはきわめてうさん臭い、だが少年たちを新しい世界へ先導する存在がよく出てくる。そして彼らは、かならず少年たちによって裏切られ、見捨てられる。ある意味で作者自身に一番近いと言える視点的人物たちの残酷さが、最後に書き込まれているのだ。だがまさにそのことによって、ダイベックは、異なる文化に属す人と人とをつなぐもののみならず、人と人とを隔てるものを直視しているように思える。だからこそ、シカゴの下町でさまざまな文化と人々がゆるやかに混じりあうその異文化接触は、一種の祈りのように感じられる。

(1) Stuart Dybek, "Vivaldi," *Brass Knuckles* (University of Pittsburgh Press, 1979), p. 3. 訳は引用者。以下、特記なき限り訳はすべて引用者。

(2) Nelson Algren, *Never Come Morning* (1942; Fourth Estate, 1988), p. 37.

(3) James T. Farrell, *The Young Manhood of Studs Lonigan* (1934) in *Studs Lonigan: A Trilogy* (1935; University of Illinois Press, 1993), p. 402.

(4) もちろん、暴力をふるう側とふるわれる側、差別する側とされる側とでは話がまるで違うという論点もあるだろうが(むしろその方が普通だろう)、ここではあくまで、人種・民族をめぐる若者たちの思考の画一性、選択肢の欠如を問題にしている。

(5) Nelson Algren, *Chicago: City on the Make* (1951; The University of Chicago Press, 1987), p. 23.

(6) Stuart Dybek, "Pet Milk," *The Coast of Chicago* (Knopf, 1990). 柴田元幸訳「ペット・ミルク」『シカゴ育ち』(白水Uブックス、二〇〇三年)二〇九―一〇頁。以下、引用はこの訳書により、本文中に頁数を記す。

（7）この一節の引用をはじめ、本論の内容は一部、ダイベック『シカゴ育ち』訳者あとがきと、拙著『アメリカ文学のレッスン』（講談社現代新書、二〇〇〇年）の一章「ラジオ」（一五二―六六頁）と重複することをお断りしておく。

（8）Saul Bellow, *Adventures of Auggie March* (1953; Penguin, 1966), p. 49.

（9）Stuart Dybek, "Lunch at the Loyola Arms," *I Sailed with Magellan* (FSG, 2003), p. 216.

（10）またたとえば「荒廃地域」では、語り手の少年が裕福なノースサイドの女の子とつき合うことを通して、自分を周縁的な存在として見る姿勢も同時に出てくる。

（11）ただし、「シカゴ作家」というレッテルをダイベックについてあまり強調するのは好ましくないかもしれない。『シカゴ育ち』を書評した須賀敦子が「読みすすむうちに、読者はシカゴも東京もわからなくなり、本のなかの都会にしっかり根をおろしてしまう。ダイベックの街は、世界中のすべての都会育ちの人々の、ほんとうの故郷だからだ」と指摘したように（毎日新聞、一九九二年五月十八日）、たとえば『ワインズバーグ、オハイオ』がスモール・タウンというものを描いているというのと同じ意味で、ダイベックの小説も都市というものを描いていると言える。ダイベック自身、インタビューで「時には、現実のシカゴがあることを忘れてしまう」と述べている（James Plath, "An Interview with Stuart Dybek," *The Cream City Review*, 15: 1 [1991], 1-13）。とはいえ、そうした一般性・普遍性が、あくまでシカゴの街を個別的・具体的に描いていくことを通して達成されているという点は強調してよいと思う。

（12）Stuart Dybek, "Blood Soup," *Childhood and Other Neighborhoods* (Viking, 1980). 柴田元幸訳「血のスープ」、柴田編訳『Don't Worry Boys 現代アメリカ少年小説集』（大和書房、一九九四年）一四六―四七頁。

（13）「血のスープ」ではまた、少年たちが公園で黒人の若者たちに恐喝される場面がある。これはまったく音のない異文化遭遇として、ダイベックの世界にあっては例外的な、ほとんど原則を逆方向から補強する遭遇と言ってよい。

（14）それは、ダイベックにおいて音楽と同じくらい異文化の表象として重要な「食べ物」が、やはりしばしば最終的には誰も救えないことを思い起こさせる。「血のスープ」でやっと手に入れた「血」は実はビーツの汁にすぎず死にかけた祖母を救えないし（もちろん本当に血だったとしても救えはしないが、旧世界の表象である鴨の血がもはや手に入らないというところがポイントである）、「ファーウェル」で老教師が壁に貼っている、「おいしいパン屋」に印をつけた地図は、大戦によって破壊されいまや消滅した故郷オデッサの地図なのだ。

（15）トマス・グラドスキーは、ショパンがポーランド生まれであることを重視し、少年がポーランド文化の遺産を学んでいくプロセスを詳しく検討している。ただし、ダイベックをあくまで「ポーランド系アメリカ人作家」の一変種として読もうとするグラドスキーは、「冬のショパン」における黒人文化との接触という重要テーマにはほとんど触れていない。この点については、ジョン・マーチャントの、より最近の論考でも同様である。Thomas S. Gladsky, "From Ethnicity to Multiculturalism: The Fiction of Stuart Dybek," *MELUS*, 20/2 (Summer 1995), 105–18. John Merchant, "Recent Polish-American Fiction," *Sarmatian Review*, XVIII (1998).

14 驚異とアイロニー
スティーヴン・ミルハウザーの世界

ほぼ一月近く僕は小遣いを貯めていた。僕たちはお金を出しあって新しいゲームを買うことにしたのだ。「あそこだ」とウィリアムはボードゲームの並んだ方角を顎で示しながら言って、デパートの通路を大股に進んでいった。「先に見ててくれよ」と僕は叫んだ。「このへんをちょっと見ていくからさ、すぐ行くよ……」かつて僕はどんなに焦がれたことか、二千ピースのパズルを、一万ピースのパズルを、百万ピースの、部屋全体を、地下のフロア全体を、裏庭全体を覆うパズルを……そして僕はパズルのなかのパズルを夢見たのだった、町全体と同じ大きさのパズルを、芝生を芝生のピースで覆う、歩道を歩道のピースで覆う、すべての家の部屋の床を絨毯のピースやリノリウムのピースで覆う、屋根を屋根のピースで、公園を公園のピースで、丘を丘のピースで覆う……海を海のピースで……(1)

現実など知ったことかとボードゲームに没頭しポオの小説に読みふける、とりあえず現代では「暗い」という言葉でくくられるであろう少年の長い長い独白から成るスティーヴン・ミルハウザーの長篇『ある浪漫主義者の肖像』(一九七七)の一節である。

「学問の厳密さについて」という小品でボルヘスが伝える地理学者たちは、より正確な地図を製作しようと改善を重ね、ついには縮尺一分の一、王国それ自体と寸分違わぬ地図を作るに至るが、人々はそれを「無用の長物と判断して、無慈悲にも、火輪と厳寒の手にゆだねてしまった」(2)。現実と同じ大きさの、現実を完全に覆ってしまう地図はもはや地図ではない。現実の不完全な模倣であるからこそ地図は地図として役に立つ。

だがミルハウザーの小説世界に住む少年たちは、現実の不完全さを覆ってしまうために、現実と同じ大きさのジグソーパズルを必要とする。現実のどこがどう不完全だというのではない。それが目の前にあるがゆえ、要するに現実であるがゆえに、不完全なのである。〈存在するものはすべて不完全である〉という命題はミルハウザー・ワールドにおいてはほとんどつねに真である。どこへ行きたいかもわからずに〈いま・ここ〉にいることに苛立ち、何が欲しいのかもわからずに〈いま・ここ〉にあるものを嫌悪する、というのはアメリカ小説のヒーロー・ヒロインたちの典型的な姿勢だが、ミルハウザーはそれを極端に推し進めてみせる。

むろん現実には、百万ピースはおろか、一万ピースのパズルもありはしない。あるのはせいぜい、「柳細工の籠のなかをのぞき込んでいる、耳のだらんと垂れたコッカースパニエルや、青い毛糸玉に前足を一本のせている白い小猫」(六一)といった人畜無害な、〈いま・ここ〉を従順に補強してしまうパズルにすぎない。迷いに迷って買ったゲームにも、「僕」はやがて失望を覚える。「……四回目のなかごろには、もはや僕は、実ははじめからずっと感じていたかすかな失望感を自分に対して隠せなくなってしまった。その夜、覚めたとたんに忘れてしまった夢から覚めたとき、僕は突然、子供のころ持っていた、ドーム付きの、金属のボールが三つあってピエロの赤と青の顔があったゲームを思い出した。僕はパニックに襲われながら、あれら消えたゲームたちはどうなってしまったんだろうと考えた」(六三)。短篇「イン・ザ・ペニー・アーケード」の少年も、「僕の幼年期を魔法で包んだ、真のペニー・アーケード」(3)を探して、現実の、うらぶれたペニー・アーケードのなかをさまよう。よいもの、完全なものはもはやそこにない。普通なら、少年時代というのは、失われた「よいもの」の役割を果したりもするわけだが、ミルハウザーの場合、少年時代のただなかにあっても、よいもの、完全なものはつねに、すでに失われている。だが、耳の垂れたコッカースパニエルや毛糸玉に手を置いた白い猫を嫌悪し、こんなはずではなかったのにとペニー・アーケードをさまよう、退屈と眠気に瞼の重くなった少年たちの目が、にわかに大きく見開かれる瞬間がときに訪れる。たとえばこんなふうに――

彼はわずかに脚を広げ、僕と向きあって立っていた。両肱はぴったり脇腹に押しつけられ、肱から先はまっすぐ前に伸びて、掌《てのひら》を上にして差し出されていた。小さな黒い目は白い顔に思いつめたような表情を与え、それが白い、まん中を凹ませた手が道化めいた服装と釣りあっていないように思えた。背中からは長さ一センチあまりの白いレバーが突き出ていた。エレナは身を乗り出して、彼の右手に赤いガラス玉を置いた。それから、彼の左手に黄色いガラス玉を置いた。そして彼の背中に手を伸ばし、レバーを押し下げた。ぶーんというかすかなうなりが聞こえた。彼の頭が左を向き、瞼を動かして彼は自分の左手を見据えた。そこから頭が右を向き、彼は瞼を動かして自分の右手を見据えた。一瞬、あたかも彼が思案に暮れているかのように、間があいた。突然彼は右手をがくんと上げ、赤いガラス玉を宙に投げ上げた。そしてすぐさま左手をがくんと右側へ持っていき、右の手のひらに黄色いガラス玉を移した。そして彼は黄色いガラス玉を宙に投げ上げ、と同時に落ちてくる赤いガラス玉を受けとめるために左手をがくんと元の位置に戻した。彼は落ちてくる赤いガラス玉を受けとめ、左手をがくんと右側に持っていって右の手のひらに赤いガラス玉を移し、それを宙に投げ上げると同時に落ちてくる黄色いガラス玉を受けとめるために左手をがくんと元に戻した。そして落ちてくる黄色いガラス玉を受けとめ左手をがくんと右側へ持っていき、右の手のひらに黄色いガラス玉を移し、それを宙に投げ上げると同時に落ちてくる赤いガラス玉を受けとめるために左手をがくんと元に戻し、このようにしてつねにどちらかの玉を宙に浮かせていた。けれど一番すごかったのは彼の頭と目の動きだった。それぞれの玉が左手に落ちた瞬間からがくんと上がる右手を離れる瞬間に至るまで、彼はその動きを一心不乱に追い、投げ上げられた玉をちらっと見てから今度はただちにその落ちてくる玉を受けとめようとしている手に目をやった――何もかもが驚くほど人間そっくりで、しかも瞼の動きや真っ黒な目の思いつめたような表情が、そうした効果をさらに高めていた。けれどその人間そっくりの様子は、機械的な要素を隠すどころか、逆にそれをいっそう強調していた。まるで、人工的であることを克服しようとする努力それ自体が、目がガラスであることや、両腕のぎくしゃくした動きや、頬が白い木でできていることに注意を喚起しているように思えた。だから、それを見る者の愉しみが、一連の動きが人間そっくりに見えるさまを味わうことにあるのか、それとも見る者をあざむこうとする仕掛けそのものを認知することにあるのか、何とも判断がつきかねた。(『ある浪漫主義者の肖像』176–77)

退屈しきった主人公の目を見開かせるのは、かつてなら自然の荘厳さでも、芸術の崇高さでもよかったかもしれない。だが二十世紀後半を生きるミルハウザーにとって、そのような古典的な突破口はもはや現実味をもちえない。というか、それらもすでに、あまりに「現実」の一部になってしまっているのだ。遅れてきたロマン主義者が選びとった手段は――むろんそれは「選びとった」というような意図的な選択ではなく、宿命のように彼にとり憑いたものにちがいないが――〈つくりもの〉〈ニセモノ〉に驚異の源泉を求めることだった。たとえば右の引用のように、人間の動きをほぼ完璧に模倣することによって驚異をもたらす人形。

もちろんその「驚異」には、アイロニカルな側面も見え隠れしている。「まるで、人工的であることを克服しようとする努力それ自体が、目がガラスであることや、両腕のぎくしゃくした動きや、頬が白い木でできていることに注意を喚起しているように思えた」。ほぼ完璧な模倣であるがゆえに、人形はかえって、みずからが模倣であるという事実をきわだたせている。それは、精緻きわまりない、しかしどこかつねにアイロニカルなミルハウザー自身の文章とも対応すると考えていいかもしれないし、あるいはこれを、想像力というものに対して作家が抱いている信頼と懐疑のメタファーと見てもよいかもしれない。

驚異と、アイロニー。いずれにせよこのふたつの要素の併存が、ミルハウザー文学の「定数」であると言いきってしまって間違いではあるまい。

驚異がアイロニーに彩られているということは、ニセモノのニセモノ性がはっきり自覚されているということであり、そのニセモノ性が作品の足を引っぱっているというよりはむしろ作品の本質の一部を成しているように思えるということである。たとえば、つぎの二つの引用を較べてみてほしい。

それは午後遅くでしかありえない。

窓から差す光は、壁を照らす青白い秋の薄煙だ。にもかかわらず、天秤を持つ女、真珠や金を計る女は、弱々しい光線を浴びて、柔らかに輝いて見える。まるでこの捉えられた一瞬に、何か神聖さが備わっているかのように。

冬はもうじきだ。女が着ている上着から我々はそれを知る。毛皮の縁どりが、彼女を暖かに保つ。だが外の世界をのぞき見ることは我々にはできない。石畳の街路で、荷馬車を進めていく男たち。玄関を掃く女たち。毛織物にくるまって、運河のほとりで輪回し遊びに興じる子供たち。我々にはそれが見えない。でもそこにあることはわかる。空の光が我々には見える。表がひっそりしていることを我々は感じる。たぶんもうじき雪になるのだろう。人々は暖炉の前に座って、どこまでも広がる灰色の空から雪の薄片が落ちてくるのを待っている。

どちらでもいいことだ。画家は明らかに、私たちが室内の出来事の静謐さとその成行きとに思いを注ぐよう意図している。女は右手の親指と人差し指とのあいだに空っぽの天秤を持ち、その精度を試している。そして突然、この時間になってようやく、日がな一日計りつづけた末に、完璧な均衡が達成される。(4)

「都市の怪人」と題した第一の作品は、自分でも納得のいかなかった「ダニー」シリーズから直接発展したものだった。フランクリンはこの作品で、住みはじめたニューヨークの街への細やかな愛情を表現するとともに、自分の想像力もいままで以上に遊ばせることができた。八コマのフォーマットは「十セント博物館のダニー」より融通がきいたが(「ダニー」は一か月もしないうちに姿を消した)、白黒の平日版でも、その後カラーで日曜版に載るようになっても、明確なパターンは一貫して守った。遠い街からやって来た、幽霊のような力を持つ怪人が、毎回違った場所に入り込む。真夜中のメトロポリタン美術館の、エジプトの遺跡が陳列されたホール。グランド・セントラル駅の地下道。青白い顔の女たちが何列にも並ぶミシンテーブルに向かっている(後景に退くにつれてミシンはだんだん小さくなっていく)ブラウス工場の屋根裏。自由の女神の頂上に通じる螺旋階段。バウアリーの飲み屋街の煙たい酒場。怪人は毎回誰か苦しんでいる人間に出会い、その人間が口にする願いをたちどころに叶えてやる。フランクリンにとって刺激的だったのは、そうした粗雑なおとぎ話的展開ではなく、毎回丹念に描く背景の方だった。スケッチブックを手に、彼はそれぞれの現場に出かけていき、感じたままに描き、変わった眺望をスケッチし、反射光の模様に染まった橋脚や、鉄製の葉で飾られた鋳鉄の街灯柱や、鐘塔に吊られた巨大な鐘、二番街の高架鉄道のガード下、豪華な映画館の天井、エレベーターの鋼索や地下鉄の吊り皮の構造、街の中央部に建つホテルの上方の階から見た次第に細まっていく大通りの眺めを、目に映るままに模写した。細部まで豊かに、念入りに描かれた一コマ一コマ。それは彼がこの街に寄せた賛歌だった。これに謎の怪人、かならず訪れるハッピーエンドといった要素も相まって、この賛歌は読者の心の琴線に触れた。人々は魅了され、『ワールド・シチズン』の販売部数はかなり増大した。(5)

一つ目の引用は、『光の発見』と題されたJ・P・スミスの長篇の書き出しであり、二つ目は、ミルハウザーの中篇「フランクリン・ペインの小さな王国」からの一節である。

『光の発見』からの引用は、いうまでもなく、フェルメールの絵画『真珠を計る女』を言葉に移し替えたものである。外の街の情景はたしかに『真珠を計る女』には描かれていないが、これもやはりフェルメールの、デルフトの街の風景を描いた作品を踏まえたものであることは明らかだ。要するにこの文章は、フェルメールの諸作品という、現実にあるものの模倣といってよい。これに対し、「フランクリン・ペイン」からの一節は、新聞漫画の黎明期にいかにも作られていそうな（ちなみにこの作品は、新聞漫画史最重要人物の一人ウィンザー・マッケイをモデルにしている）、しかし実はミルハウザーが緻密に捏造した漫画作品を、言葉に移し替えたものである。いいかえれば、模倣の模倣、ニセモノのニセモノ（同様に、T・S・エリオットの詩を漫画に「翻訳」し、それをさらにまた言葉に移し替えた「クラシック・コミックス　#1」なども、もっともミルハウザーらしい作品といえるだろう(6)）。スミスの文章が、フェルメールの絵画を土台にして安定感ある世界を築いているのに対し、一見過剰なまでにディテールを羅列したミルハウザーの文章には、「本当にこんなものがありうるのか」という非在感が感じられると同時に、（むろん緻密に制御されているにせよ）とめどなくふくらんでいく作者の想像力自体が前面に出ている。もちろんだからといって、ミルハウザーの方が自動的にスミスより「高級」だということにはならないが、ミルハウザーという作家を考える上で、この点が重要であることは間違いない。

こうした点を考えるために、ミルハウザー自身が一九九六年に発表したエッセイ「複製」はきわめて示唆的である。冒頭で、花壇に置かれたテラコッタ製の蛙から十九世紀末の世界見本市で展示されたサモアやジャワやアルプスの村に至るまで、さまざまな複製を二十行にわたって列挙したのち、ミルハウザーはこう書く。

これらはすべて、複製という、遊戯的で心乱される世界、その唯一の目的が他の事物に正確に似ることである事物たちから成る二次的な世界に属している。ある意味で、複製というものはまったく存在していない。なぜなら、その存在はもっぱら他の事物から派生しているからだ。だが別の意味では、それは高められた、二重の存在を有している。なぜならそれらは、それら自身だけでなく、それらが模倣しているものをも内包しているからだ。（……）何よりもまず、複製は憑かれた事物である。それはつねに、もうひとつの事物の想念に伴われている――それがたえず指し示しているところの、オリジナルという事物の想念に。(7)

実在する事物を模倣する「複製」という存在は、論理的には、ミルハウザーの描く非在の新聞漫画の描写よりも、スミスの描く、実在するフェルメールの絵の描写に対応すると考えるべきだろう。しかし、ここで語られている、複製というものが持つ、ある意味での「貧しさ」（「まったく存在していない」）と、ある意味での「豊かさ」（「二重の存在を有している」）は、スミスの一節よりもはるかに、ミルハウザーの一節から感じられる、どこか危うい非在感と、それと背中合わせの拡がりとに通じるものではないだろうか。

ミルハウザー文学自体への最良の注釈のようにも読めるこの「複製」というエッセイにおいて、ミルハウザーはさらに、「複製はそれが模倣する事物との関係においてのみ存在するから、それ自身をオリジナルな事物として提示することはできない。したがって複製は、何らかの形でおのれが複製であることを明らかにせねばならない」と述べたあとでこう書く。

もしも複製が我々をだましきって、それをオリジナルな事物であると思わせてしまうとすれば、我々はもはやそれを複製として見ているのではなく、オリジナルとして見ていることになる。この意味ではそれはもはや複製ではなく、むしろ偽りのオリジナルである。しかし、複製が成功するか否かが、ひとえにそれがオリジナルを模倣しおおすその度合いにかかっているのだとすれば、どうしてそれが、我々をだましそこなうわけにいくだろう？ 別の言い方をするなら、正確な模倣という課題をはたしそこなってしまえば、複製は複製であることをやめてしまうのではないだろうか？ 答えはこういうことだと思う。複製は正確な模倣に到達しないわけにはいかないが、それと同時に、それ自身においてか、もしくはその背景において、複製としての本性を知らせる何らかの鍵を有していなければならない。よくある方法は、素材の虚偽性である。我々は果物の入ったボウルに近づき、片手をのばす。だがリンゴを手にとる前に、わずかな不安の念を我々は意識する、どこか少し変だぞと感じる。次の瞬間、リンゴは我々の指に対して、それが蠟でできていることを明かす。二つ目の方法は地理的な不自然さであり……。(53, 強調原文)

ミルハウザーの作品もまた、「複製としての本性を知らせる何らかの鍵を有してい」る。ニセモノであること、いやむしろニセモノのニセモノであることを何らかのかたちで伝えている。まず論理的には、漫画、人形の動きといった視覚的なものが言葉で綴られるということ自体、「素材の虚偽性」によってみずからの複製性を明かしているといえなくもないだろう。だがミルハウザーの場合、むしろ、すでに挙げたガラス玉を投げる人形に見られるように、ぎりぎりまで精緻にニセモノを想像したあとにそれがニセモノであることを強調するようなコメントを意図的にはさんだり、あるいは、想像が極限まで膨らんだところで唐突に物語を断ち切ってみせたりすることによって、複製としての本性を明かしていると考える方が妥当である。後者の例を挙げてみよう。

雪人間たちはいっそう見事になっていた。雪でできた人々の集いがそこら中に出現していた。ある家の裏庭では、三人の雪人間がアイス・スケートをしていた。彼らのかかとは宙に浮き、雪のスカーフが後ろになびいている。またある家の庭には、各自がしかるべき楽器を抱え、一心不乱に演奏している最中の弦楽四重奏団がいた。単独の人間たちもより大胆になっていた。ある家の裏庭の物干しロープの上に、長い雪のバランス棒を抱えた雪の綱渡り芸人がいた。別の家の庭にも玉投げをしている大道芸人がいて、片手に二個の雪玉を抱え、じっと頭上に注がれたその凝視の先にも、空中にぽっかりと……だがこれこそが二日目の特徴だった。雪人間作りの技術がどうやら爛熟の域に達したこの日、これら狂おしい雪の夢の産物に、見るという行為そのものがどこまで感染してしまったのか、もはやよくわからなくなってしまったのだ。(8)

「……」の部分は、理屈からすれば想像力の敗北宣言と考えられなくもないだろう。だが我々は、この敗北宣言を正当なものと感じる。無邪気に「驚異」を謳い上げるのではなく、想像力のあまりの豊饒さに読み手が息苦しさを覚えるその瞬間、絶妙のタイミングで、アイロニカルな影をすっと割り込ませているからである。

とはいえ、アイロニカルな、自己懐疑的な側面をあまりに強調するのは、この作家の場合おそらく正当ではあるまい。そうした側面は、ミルハウザー文学を「批評」する上では大事な要素であるにちがいない。だがミルハウザー文学に「耽溺」する上では、まずはその文字通り驚異的な職人芸に埋没することの方が先行するはずである。「人工的であることを克服しようとする努力それ自体が、目がガラスであることや、両腕のぎくしゃくした動きや、頬が白い木でできていることに注意を喚起しているように思えた」という一節が効果的なのも、あるいはまた、「空中にぽっかりと……」と語りが突然断ち切られることが正当と感じられるのも、それまでの箇所において息苦しいほど緻密な描写がつづいていればこそである。その意味で、アイロニカルな側面をさして強調せず、「驚異」を前面に押し出し、耽美派ミルハウザー、浪漫主義者ミルハウザーをほぼ全面的に肯定する長竹裕子の次のようなミルハウザー紹介文は、結局のところ正しい。

浪漫派復興トハマタ大時代ナ、とミルハウザーを嘲笑う向きもあるかもしれない。確かに美の探求は現代では重すぎる言葉であろう。だが、彼の素材を選ぶ鑑識眼の確かさ、表現技術の工夫と自身に対する妥協を許さぬ厳しさ、豊饒で流麗でありながら端正な文体の三点に支えられた真摯な創作態度の前では、その言葉は嵩《かさ》ばりもせず、浮わつきもしない。彼は現代では異端の作家と評されるが、それは奇をてらってのことではなく、資質上、ごく自然なことであろう。そして彼が頑固に守り通している美の世界は、大きな流れの中では異端どころかむしろ正統に属するものではなかろうか。小説というジャンルには、こういう純粋な世界もあったのだ、と暫く忘れていた類の読書の歓びを、この孤独な作家は間違いなく甦らせてくれる。(9)

現代アメリカ文学の流れのなかでは、そうした「古風」な姿勢はたしかに奇異に見える。デイヴィッド・ロッジがいささか呆れた様子で指摘したとおり、一九九六年にイギリスの文芸誌『グランタ』が行なった若手アメリカ作家特集に掲載された二十本の作品のうち、現実に起こりえない出来事が書かれている作品はひとつもなかった。要するに二十本すべてが、普通の意味での「リアリズム」の枠内に収まる作品だったのである。(10)七〇年代後半以降顕著になっている、こうした(あたかも政治の保守化に対応するような、と言ってしまうのは安易にすぎようが)リアリズム回帰の流れのなかで、ミルハウザーという作家は、文学の趨勢とも社会の趨勢とも関連を欠いているように思えることだろう。

だが、長竹裕子のいうように「大きな流れの中」で考えるなら、冒頭で触れたように、〈いま・ここ〉を嫌悪し〈いま・ここ〉でないものを希求する姿勢こそ、アメリカ小説のヒーローとヒロインの採る姿勢の「基本形」だったはずである。むろんそうした「大きな流れ」に属していること自体は善でも悪でもないし、そのこと自体がミルハウザーをすぐれた作家にしているわけではない(そもそも、そうした「基本形」を支えてきたイデオロギーを暴くことこそが目下のアメリカ文学研究の一課題であることも言をまたない)。けれども、ミルハウザーがつぎのように、緻密に、かつ臆面もなく想像力をふくらませて「複製」について語り、それを通して自作について語るのみならずアメリカ文学全体を包む「超越の夢」ともいうべき思いを語っているようにさえ思えてしまうのを見るとき、趨勢に沿っていないことこそ「正しい」のではないか、という印象は避けがたい。

つねに他の事物を指し示し、みずからの彼方の、本物とみなされているもうひとつの世界にたえず言及することによって、複製はそれを見る者の胸に、焦燥と欲望とを引き起こす。おのれの本性を明かしてしまうまさにその行為によって、複製は我々の胸に物足りぬ思いを残す。とはいえ、みずからを堂々と複製として提示し、真面目な事物の遊戯的な、つくりもののバージョンとしてみずからを差し出すことによって、複製はまた、誘惑、蠱惑としてみずからを提示する。我々がそれらを真面目に考える必要がないゆえ、複製は、実際の事物の抑圧や重々しさからの解放を我々に提供してくれる。この意味で複製は、真面目さへの主張をすべて放棄しつつも、それら複製自身に注意を払うよう我々を誘っているのであり、その精巧さに感嘆しそれらを真面目にとるよう誘っているのである。そしてここにこそ、複製の隠された傲慢さがある。すなわち、世界に対してみずからを遊戯的に対比させること、実際の事物に対する非真面目なライバルとしてみずからを差し出すことによって、本来的な事物から成る世界の土台を複製はひそかに突き崩すのである。もはや複製は、単にオリジナルの事物と同等であろうとめざすことに甘んじはしない、いまやオリジナルの上を行こうとするのだ、その遊戯性を根拠におのれの優位を主張しようとするのだ。そしてもしかしたら、これら謎めいた事物にはさらに深い意味があるのではないだろうか――おのれの向こうを見るよう我々を誘うことによって我々の凝視から慎ましく身を離しながらも、人工物のみがもつ力をそれらは我々に及ぼしているように思えないだろうか？　なぜなら複製たちはささやいているように思えるのだ、自分たち複製がかくも熱心に凝視している現実世界など実は何ほどのものでもないかもしれない、自分たちのような輩に取って代わられかねないような代物なのだから、と。そして複製たちは、からかうような口調ながらも、我々にこう問いかけているように思えないだろうか、あなたがたどうしてそんなに確信できるんです、そのもう一つの世界、私たちの存在の源である現実の事物から成る確固たる世界とやらが、それ自体まやかしではないと？（「複製」59–60）

世界など何ほどのものか、という傲慢。メルヴィルがエイハブ船長に託して語ったその傲慢の栄光と悲惨を、ジグソーパズルや人形や複製といった一見子供じみた道具立てを通して、スティーヴン・ミルハウザーはひそかに継承している。

（1）Steven Millhauser, *Portrait of a Romantic*（1977; Washington Square Press, 1987）, p. 61. 以下引用はこの版により、本文中にページ数を記す。引用者訳。以下、訳は特記ない限りすべて引用者。

（2）ホルヘ・ルイス・ボルヘス、鼓直訳「学問の厳密さについて」『創造者』（一九六〇／国書刊行会、一九八五年）二二五頁。

（3）Steven Millhauser, "In the Penny Arcade," *In the Penny Arcade*（1986; Washington Square Press, 1987）. 柴田元幸訳「イン・ザ・ペニー・アーケード」『イン・ザ・ペニー・アーケード』（白水Uブックス、一九九八年）二一六頁。

（4）J. P. Smith, *The Discovery of Light*（1992; Penguin, 1993）, pp. 1-2.

（5）Steven Millhauser, "The Little Kingdom of J. Franklin Payne," *Little Kingdoms*（Poseidon, 1993）. 柴田元幸訳「フランクリン・ペインの小さな王国」『三つの小さな王国』（白水Uブックス、二〇〇一年）三七―三八頁。

（6）Steven Millhauser, "Klassik Komix #1," *The Barnum Museum*（Poseidon, 1990）. 柴田元幸訳『バーナム博物館』（白水Uブックス、二〇〇二年）所収。

（7）Steven Millhauser, "Replicans," *Yale Review*（Vol. 83, No. 3; July 1995）, pp. 50-51. 以下引用はこの版により、本文中にページ数を記す。

（8）Steven Millhauser, "Snowmen," *In the Penny Arcade*.「雪人間」『イン・ザ・ペニー・アーケード』二〇一―二頁。

（9）長竹裕子「スティーヴン・ミルハウザー」の項、『世界×現在×文学　作家ファイル』（越川・柴田・沼野・野崎・野谷編、国書刊行会、一九九六年）二二九頁。

（10）David Lodge, Review of "The Best Young American Novelists: *Granta* 54," *The New York Review of Books*, August 8, 1996, p. 19.

終章　ナルシスその後

一九八四年、イエール大学に留学中、『象徴主義とアメリカ文学』(一九五三)で知られるチャールズ・ファイデルスン教授の研究室を訪ねたことがある。メルヴィルについて話していて、教授が「メルヴィルという男は、自分が何者なのか最後までわからなかった人間だと思う」と言ったので、「それは、現代アメリカ小説によく見られる思いと同じなのでしょうか」と訊いてみた。そう訊ねたこっちの頭には、たとえばジョン・バースの『旅路の果て』(一九五八)の書き出しの、「ある意味で、僕はジェイコブ・ホーナーだ[1]」といった、いかにも「〈私〉の空虚」を語っているような一節が浮かんでいたのだと思う。

するとファイデルスン教授は、「いまの作家にとって、そういう思いは観念《アイディア》にすぎない。メルヴィルやホーソーンは、自分は誰なのか、本当に苦しんだんだ」と言った。活字ではまず見られない、明快な断言。いまから思うと、ドアのブザーに「故障中」という貼り紙が何年も前から貼ってあったにちがいない教授の研究室であの一言を聞いたことが、一年間の留学最大の成果だったかもしれない。

アメリカン・ルネッサンスの作家たちが、自分が何者なのかについて本当に苦しんだというのは、前々から進行していた、〈神の退席〉という事態がいよいよ明らかになり、〈私〉の根拠を私自身に求めるほかなくなる、という状況がもはや否定しようもないところまで進んできたということでもあるだろう。むろん、〈神の退席〉はアメリカのみならずキリスト教文化圏全体で起きていたにちがいないが、アメリカの場合、もともと〈私〉とは伝統や家柄から降りてくるものではなく自分で作るものだという意識が強かったために、〈神の退席〉がもたらす不安も――その高揚の烈しさにあわせて――いっそう大きかった。

ギリシア＝ローマの時代から語り継がれていた、自分に恋い焦がれて死んでいく美少年ナルシスの物語が、メルヴィルやホーソーンにおいて「私は誰なのか」という別の切実さを帯びてくるのも、こうした事情によるにちがいない。コミカルなタッチながら、己の鏡像を"Monsieur du Miroir"（加賀美氏）と名付けて、あたかも他人であるかのように（井戸のなかとか、何とも奇妙な場所に出没する他人ではあるが）ホーソーンが語ったことも、自分を自分として実感できない不安の表現として読める。その意味で、ユーモラスな小品「ムッシュ・デュ・ミロワール」（一八三七）は、「何もない地面に立って、晴れやかな空気に頭をさらし、無限の空間のなかへ持ち上げていると、いっさいの卑しい自尊は消滅する。私は透明な眼球になる。私は無だ。私にはすべてが見える(2)」と謳い上げたエマソンの『自然』（一八三六）のB面と見てよいだろう。アメリカとはいかなる場でありうるかをめぐって、そしてその来《きた》るべきアメリカで生きるはずの〈私〉をめぐって、エマソンはいわば希望の空手形を堂々切ってみせる。そうしたエマソンの身振りと、「私は本当に私なんでしょうか」と自虐してみせるホーソーンの身振りとは、一見正反対ながら、人が自分自身の根拠たることを本気で請け負った時代の空気を等しく反映しているように思える。実際、よく言われるように、「すべてが見える」エマソンに唯一見えないものがあるとすれば、それは彼自身であるにちがいない。眼球に眼球は見えない。「私は無」なのだ。

やがて、南北戦争を経てアメリカが流血の歴史を獲得し、アメリカとはいかなる場なのか、という問いをめぐっても希望の空手形を切るだけは済まなくなってくるのに並行するかのように、〈私〉の根拠の危うさに本気でおののくという身振りも次第に難しくなってくる。「私が見えない」ことの悲惨よりもむしろ、「私が見えなくて当たり前」であることの悲惨を作家たちは引き受けるようになる。マーク・トウェインやドライサーの登場人物たちが、結果的に自らに課したのは、他者を模倣することや、モノで自分を規定することを通して、そのつどその場限りの〈私〉を組み立てていくことだった。

第一次大戦を経てモダニズムの時代に至ると、「私が見えない」もしくは「私が見えなくて当たり前」という思いはさらに豊かに変奏されていく。フォークナーはジョー・クリスマスという、自分が白人なのか黒人なのかわからないことに苦悩する人物を通して、私は誰なのか、という問いをアメリカ固有の歴史と結びつけてみせたし（『八月の光』一九三二）、フィッツジェラルドはフランクリン流の自己創造をナイーブにも（むろん、そのナイーブさこそがアメリカの成功神話をいまだに支えているのだが）二十世紀において実践しようとした男の栄光と悲惨を描き（『グレート・ギャツビー』一九二五）、ヘミングウェイは『日はまた昇る』（一九二六）において「何をしていいかわからない若者の物語」という、以後無数に書かれることになる主題を始動させた。[3]

第二次大戦をはさんで、若者が独自の文化を持ちはじめるなかで、「何をしていいかわからない若者の物語」は、J・D・サリンジャー『キャッチャー・イン・ザ・ライ』（一九五一）、シルヴィア・プラス『ベル・ジャー』（一九六三）などにおいてくり返し変奏されることになる。特に『キャッチャー』は、饒舌に喋りまくることで必死に自分を維持している少年の姿を鮮明に浮かび上がらせている（この意味では、『天使よ、故郷を見よ』（一九二九）をはじめとする長大な〈私〉小説を書いたトマス・ウルフを、そのより壮大な、ある意味ではより幼児的な先駆者と見てよいかもしれない）。『キャッチャー』の語り手ホールデンは、しばしばハックルベリー・フィンと比較されるが、ハックが「おれは〜だ」というふうに自分の性格や傾向を描写することがめったにないのに対し（自分についてハックは、「おれはすごくさみしくなった」といったふうにその場その場の気分を伝えるのみである）、ホールデンは「僕はすごく嘘つきなんだ」といった具合に、自分がどういう人間かを再三規定しようとする。だがそれは、ホールデンの方が自分をより鮮明に捉えていることを意味しない。むしろ逆だ。言葉でそうやって自分を形容することによって、かろうじて自分を自分につなぎとめている危うさがそこには感じられる。

一九六〇年代に至り、アメリカという国のあり方に対して根本的な疑義がつきつけられるようになる世の流れに沿って、小説においても、〈私〉のありようをめぐる疑念が噴出するようになる。最初に触れた「ある意味で、僕はジェイコブ・ホーナーだ」ではじまるバースの『旅路の果て』はそのいち早い実例だし、社会に流布しているさまざまな言葉を継ぎ合わせ貼り合わせて作ったかのような、美術でいうコラージュを思わせるドナルド・バーセルミの一連の短篇に至っては、〈本当の私〉などはなから信じていない地点から書かれている。

私は新大統領に全面的に共感してはいない。たしかに、変わった人間であることは間違いない（肩のところで一二〇センチしかない）。だが、変わっているだけで十分だろうか？　私はシルヴィアに言った——「変わっているだけで十分だろうか？」。「愛してるわ」とシルヴィアは言った。私は温かな、優しい目で彼女を見つめた。「親指、どうしたの？」と私は言った。一方の親指が、小さな切り傷でびっしり覆われていたのだ。「プルトップのビール缶よ」と彼女は言った。「たしかに変わった人よね、それは事実よ。何かしら不思議なカリスマがあって、それが人々を——」彼女は言葉を切り、また言った。「楽団が彼のキャンペーン・ソング『ストラッティン・ウィズ・サム・バーベキュー』を奏でると、あたしもう……あたしもう……」（「大統領」）(4)

このように、十九世紀のナルシスたちの怒りや恐れから遠く離れたと思える空気のなかで、ナルシス神話に新しい息吹を吹き込んだのがトマス・ピンチョンである。

ある日曜日に彼女は、インパラのレンタカーでサン・ナルシソに乗り入れた。何も起きていなかった。ひとつの坂道を、日の光がまぶしいので目をすぼめながら見下ろすと、丹念に世話された農作物のように、くすんだ茶色の地面からいっせいに生えてきた家々がどこまでも広がっていた。と、電池を替えようとトランジスター・ラジオを開けて生まれて初めてプリント基板回路を見たときのことをエディパは思い出した。高い位置から見ている彼女めがけて、家並や街路の秩序立った渦が、プリント基板と同じ予想外の、驚くべき明晰さをもって飛んできた。ラジオについては南カリフォルニアの人間について以上に無知だったけれど、どちらの外観のパターンにも、隠された意味があるような、何かを伝達しようという意図があるような、象形文字に似た感触があった。こっちが知ろうという気になりさえすれば、プリント基板が伝えてくれることは無限であるように思えたし、同様に、サン・ナルシソに来て最初の一分間、あるひとつの啓示が、彼女の理解力のとば口のすぐ向こうで揺らいでいた。(『競売ナンバー49の叫び』一九六六)(5)

一九五〇年代に、それこそ一夜にして発生したかのように爆発的に増えた郊外住宅を見事に描写しているとともに、世界の新たな意味が啓示されるかされないかの瀬戸際、というピンチョン得意の発想が明快に表われた一節である。『競売ナンバー49の叫び』は、主人公エディパが、トリステロなる一種の裏郵便組織を「発見」する物語であり、その「発見」に関し、そうした組織が（1）本当に存在する、（2）その存在の幻覚を彼女が見ている、（3）すべては死者インヴェラリティの陰謀である、（4）そうした陰謀の幻覚を彼女が見ている……という四つの可能性が提示される。むろんどれが「正解」であるかは明かされずに終わるが、いずれにせよ、そうした曖昧さを孕んだ「向こう側の世界」の存在がこの一節においてすでに示されている。言うまでもなく、サン・ナルシソという地名はナルシスにつながり、すべては彼女の幻覚かもしれないという可能性と結びついている。以前に別稿でも書いたとおり、『白鯨』において見られたような、世界を自分の色で染めようとしたがために逆に自分の不可解さに行きあたってしまったアメリカのナルシスは、ここでは自らの正気を確かめようもない事態に追い込まれている。(6)

もちろん、狂気に対するそうした恐怖とともに、ある種の恍惚も同時に感じられるのが、いかにも六〇年代らしく、ピンチョンらしくあることもまた事実である。この見事な一節に、いくぶんのノスタルジアを今日我々が感じるとすれば、それは、いま見えている世界の向こう側に〈もうひとつの世界〉を幻視する我々の能力が著しく減退しているからにほかならない。どうあがいても、インターネットによって張りめぐらされた情報の網目しか我々には見えてこないのである。

したがって、一九八〇年代以降の現代文学においては、「私は誰なのか」という思いを語ろうとするとき、まっとうな書き手ほど、そこにはある程度の照れというか、「なんちゃって感」のようなものが伴わざるをえない。たとえば一九八〇年代に登場したもっともすぐれた女性作家ローリー・ムーアは、「彼らは自分が誰なのかわからなかった。ひょっとしたら別の宇宙では、黒ずみかけた特売のハンバーガーなんじゃないだろうか、という気はしたけれど」と『アナグラム』(一九八六、邦題『あなたがいた場所』)で書いている。(7) たしかに、同じく八〇年代に小説家として登場したポール・オースターなどは、〈ニューヨーク三部作〉をはじめとする一連の作品において、〈私〉の空虚さにいずれ直面する人物たちを——特に、初期においてはそれこそメルヴィル、ポオ、ホーソーンなどに作中で言及しつつ——描いている。だがオースターの場合も、そうした空虚と向きあうことはあくまで、意味ある関係を他者と構築していくための契機であって、〈私〉の空虚さ自体が問題なのではない。

〈私〉の空虚さというテーマを、気分・雰囲気として一番徹底的に描ききっているのは、ブレット・イーストン・エリスの『アメリカン・サイコ』(一九九一)だろう。ブランド品で身を固め、ワークアウトによって完璧な肉体を維持する主人公の姿は、『シスター・キャリー』あたりからはじまっている、モノ・商品によって〈私〉を組み立てる、という消費社会の原理を極限まで推し進めたもののように見える。世界があたかも金持ちヤッピーとホームレスからのみ成り立っているかのように書かれたこの小説は、まるで、一人の(もしかしたらかつてはヤッピーだった)ホームレスが死に際に見る長い長い夢のような雰囲気を持っていて、それがいわゆる勝ち組と負け組がどんどんはっきり分かれていく現代社会を正しく戯画化しているように思える。だが、それに加えて、この小説の独特の「寒さ」は、そうやって人がマニュアルどおりに〈私〉を組み立て、結果的にみんながたがいに似ていく世界のなかで、主人公はそれによって自分が「本当の自分」に近づいているのだという希望をまったく抱いてはいないし、逆に、「本当の自分」に近づくことなどできないのではないかといった絶望を抱きもしないという点から生まれている。いわば大いなる惰性によって、主人公はレストランを予約しビデオをレンタルし猟奇的殺人にふける。すべてはまったく等価だ。そしてそれを「異常」視する視点は、この小説には存在しない。ここで描かれているのは、それなりに実体ある〈私〉を持ち合わせた正常な人たちのなかに紛れ込んだ、ただ一人空虚な〈私〉を抱えた異常な人間ではない。実体ある〈私〉などエリスははじめから信じていない。

『アメリカン・サイコ』のこうした寒さを経由したあとでは、〈私〉について何かしら熱く語ろうにも、どこか冷水を浴びせられたような気分を覚えてしまう。それにまた、アメリカ文学において、（主として白人の）主人公が〈私〉を確立する上で有効な援助を与えてくれた〈他者〉（ジェームズ・フェニモア・クーパーにおけるネイティブアメリカン、メルヴィルやトウェインにおけるさまざまな異人種等々）がいまや独自の声を獲得し、他者として有効活用されることを拒否するようになった今日、〈私〉を組み立てることはますます容易でない。(8)

そのなかで、いま新しいアメリカ作家たちが目を向けはじめているのは、一言でいうなら〈幻想の効用〉ということであるように思える。〈もうひとつの世界〉や〈他者〉といった外に目を向けるのではなく、自らの意識の底に降り立っていく、と言ってもよい。作法的にいえば、一九八〇年代から九〇年代半ばくらいまではレイモンド・カーヴァーを一種の手本とするリアリズム小説が全盛だったのが、近年はむしろ、幻想性に富んでいたり、荒唐無稽な筋書きを採っていたりする作品が主流になってきた。(9)

たとえば、公園で大砲を撃って大勢の死者を出した町長が八つ裂きにされ、人々は公園に地雷を埋めあい庭先に落とし穴を作り、にもかかわらず語り手は、そして作品自体も、そうした猟奇的な事態の異常さに少しも気づいていないかのようにふるまっている怪作『よりよき世界のためにミスター・ロビンソンを』(*Elect Mr. Robinson for a Better World, 1993*)で登場したドナルド・アントリム。その後もアントリムは、百人兄弟が同窓会のように集まって、一方で殺し合いがはじまったと思えばそのかたわらではデンタルフロスの効用が語られていたり、とこれまた相当に奇妙な『百人兄弟』(*The Hundred Brothers, 1997*)などを発表している。病んだ世界を語るにあたって、それと対比されるべき健全な世界をアントリムはまったく想定していない。少なくとも想定していないかのようにふるまっている。共同体の病み方を嘆き、それを通して現代社会の病み方を嘆くわけでないし、また逆に、こうした病んだ場にこそ人間的真実があるのだと言いたげでもない。その書きぶりは、社会を活写しようとするというよりははるかに、作家が自分の妄想にとことん沈潜しているという印象を与える。

また、一九九〇年代最高のアメリカ小説のひとつと言ってよい、ジェフリー・ユージェニデスの『ヘビトンボの季節に自殺した五人姉妹』(*The Virgin Suicides, 1993*)からも同じような印象を受ける。文字どおり五人の姉妹が次々に自殺していくのを、町の少年たちがなすすべもなく見守っているこの小説では、少女たちがなぜ自殺したのか結局のところはよくわからないし、なぜ彼女たちの自殺を町の人々が阻止できなかったのかも判然としない。にもかかわらず、五人の死がなぜか必然であるような、独特に歪んだ空気を作品は醸し出している。ある意味ではおそろしく馬鹿げた設定でありながら、そこに流れている憧憬や哀惜の念が本物であるのは、アントリムと同じく、ユージェニデスが自分の妄想を信じ、どこまでも忠実につき合っていることから生まれているように思われる[10]。

アントリムは一九五九年生まれ、ユージェニデスは六〇年生まれだが、さらに若い世代の作家たちを見ても、現実を忠実に写しとることに関心のなさそうな作風が目立つ。「南北戦争ランド」なるテーマパークで本物の殺し合いが行なわれたり幽霊がうろついたり、といったドタバタを展開するジョージ・ソーンダーズ(一九六五年生まれ、日本では「ソウンダース」と表記)、遺伝子工学的に改変された動物が街を闊歩したり主人公の少女が全身毛皮に包まれていたり、といった奇妙な設定を駆使するジョナサン・リーセム(一九六四年生まれ、日本では「レセム」と表記)などの荒唐無稽さは、SF的というより漫画的と呼ぶにふさわしい[11]。

一方、女性作家の作品に目を向けるなら、八〇年代〜九〇年代半ばごろまでの女性文学は、白人女性の場合は自分の繊細さをそこはかとなく自己肯定しがちであり、マイノリティの場合は自らの共同体の内部における女性の困難を語ることを主眼に置きがちだという印象があったが、次のような書き出しを見てみると、それも変わってきたように思える――

私の恋人は逆進化を経ている最中だ。私はそのことを誰にも言わない。どうしてこんなことになったのかはわからない。わかっているのは、彼がある日には私の恋人だったのが、次の日には何か猿の一種になっていたということだけ。もうそれから一か月が経ち、いまや彼は海亀だ。

あるいは――

ディア・メアリ(これが君の名だとすればだけど)、

僕から便りが届いて、きっとびっくりしていると思う。ところでこれ、ほんとに僕なんだよ、といっても白状すると、いまは君の名前もちゃんと覚えておけないみたいだし――ローラ? スージー? オディール?――自分の名前も忘れちゃったみたいなんだ。いろいろ違った組み合わせを試してみるよ。ジョーはローラを愛してる、ウィリーはスーキを愛してる、ヘンリーは君を愛してるよ、ジョージア? ハニーパイ、ダーリン。どれかしっくり来るやつはあるかい?

先週ずっと、何かが起きる気がしていた。何となく、虫の知らせだね。何かが起ころうとしていた。僕は授業をやって、帰ってきて、ベッドに入り、一週間ずっと、起ころうとしていることを待っていた。それから金曜日に、僕は死んだんだ。

はじめの引用はエイミー・ベンダーの「思い出す人」[12]から、二番目の引用はケリー・リンクの「カーネーション、リリー、リリー、ローズ」[13]からで、いずれもそれぞれのデビュー短篇集の巻頭作品である。前者では恋人の逆進化が続いてとうとうサンショウウオになってしまい、後者では恋人の名も自分の名も思い出せない死者があの世から手紙を送りつづける。ジェーン・アン・フィリップスやローリー・ムーアなどが若手女性作家の花形だった、己の傷つきやすさをそれぞれの感傷やユーモアを添えて提示することを旨としていた八〇年代とはずいぶん違って、ベンダー、リンクをはじめ、ジュディ・バドニッツ、ジュリア・スラヴィンといった現代の女性作家たちは、このようにここ数年、あたかも荒唐無稽な発想を競いあうかのような作品を発表しているのである。

興味深いのは、それぞれの途方もない設定が、どこかテレビやマンガや映画などで出会ったような気がすることだ。あるいは、『ヘビトンボの季節に……』において一九七〇年代のポップスが重要アイテムになっているように、ポップカルチャーが作品の大きな構成要素になっている作品も多い。言うまでもなく、それは、登場人物の生きる生の貧しさや画一性を作家が揶揄しているのではない。むしろ印象としては、作家が作品を書くために自分の無意識に降りたっていくと、自然とそこには、少女・少年時代に親しんだマスメディアのアイテムが並んでいるという感じなのだ。それはたとえば、大江健三郎は聖書やブレイクの詩で作品世界を組み立てるけれど、村上春樹はカーネル・サンダースやジョニー・ウォーカーで独自の神話を練り上げる、といった変化と似ているかもしれない。要するに、日本にせよアメリカにせよ、テレビを見て育ち、スーパーマーケットを原風景とする我々の無意識は、いまやかなりの部分、ポップカルチャーで出来ているのではないだろうか。

たとえば次に挙げるのは、先に言及したジョナサン・リーセムの『孤独の砦』(二〇〇三)からの一節である。

と、ややこしい歯列矯正器《ブレース》を口いっぱいにはめた金髪の女の子が、たがいにそっくりの仲間の群れから歩み出て、ミンガスとディランを呼び寄せた。自分の大胆さに目をぎらぎら光らせながら、彼女は煙草を一本見せた。

「火、持ってる?」

その自意識過剰のコメディぶりに、彼女の友人たちはゲラゲラ笑ったが、ミンガスは意に介さぬ様子で、その引用に進んで取り込まれ、実演してみせる気らしかった。そして上着の裏地に手を突っ込み、渦巻きの火を吹くPEZキャンディ容器といった感じの、明るい青のライターを取り出した。ミンガスがそれを持っているだろうとどうして彼女にわかったのか、ディランには謎だった。ふたたび場面のトーンが変わり、女の子は身を乗り出し、いまやその目を野獣のようにすぼめて、スリルを感じつつ、用心深さも保ちつつ首を横に曲げ、炎から護ろうと髪を耳に巻きつけた。煙草の火が点くと同時に彼女は背を向け、出番の終わったディランとミンガスは先へ進んでいった。(14)

リーセムが描く一九七〇年代アメリカの少年少女たちは、自分の為す身振りがテレビや映画で見たものの「引用」でしかないこと、生きるということは引用を実演してみせること以上ではないことを——にもかかわらず、そこからは本物の痛みが生じうることを——肌で知っている。ここに、自分とスターバックは太古から演じられてきたシナリオを再演しているだけではないのかというエイハブの疑念のパラレルを見るのは、大げさにすぎるかもしれない。だが、私が私でありえないことに憤るのでもなく、かといってポストモダン的に「私はしょせん役割」とカラ元気に戯れてみせるのでもなく、自分の生きる生が演技と現実のあわいにかろうじて居場所を見出していることを自覚している彼らの姿に、独自の切実さを見ることは許されていいだろう。

そしてそれ以上に大事なのは、自らの想像力や記憶のなかへ沈潜していき、ポップカルチャーのアイテムを素材に物語を組み立てる新しい作家たちの世界が、多くの場合、夢の世界、異界、冥界へとすんなりつながっているように思えることだ。それは日本でいえば、小川洋子や川上弘美の小説世界がごく自然に異界へ通じているように思えるのにきわめて近い。

そうした傾向は、これら新進作家のなかでおそらくもっとも興味深い書き手であるケリー・リンクにおいて一番顕著に現われている。リンクの作品にあって、人はこの世とあの世とを、日常と異界とを自在に往き来する。「カーネーション、リリー、リリー、ローズ」はすでに見たように死んだ男があの世から恋人に手紙を書く話だし、「スペシャリストの帽子」は死人ごっこをして遊ぶ双子の女の子の話かと思いきやどうやら彼女たちを世話しているベビーシッターは本当に死者であるらしい。「飛行訓練」は「1　地獄への行き方、その説明と注意点」と題した章からはじまり何章かは地獄へのツアーガイドによって語られ、「少女探偵」では少女探偵が冥界へ降りていく。文字どおりの異界ではないにせよ、「生存者の舞踏会、あるいはドナー・パーティー」で主人公の男が旅先で出会った女の子とともに行きつくニュージーランドの山の中のホテルもほとんど異界の様相を呈しているし（そして同じアメリカ人ということで親しげに見えた女の子も、いつしか不気味な他者性を帯びている）、「黒犬の背に水」でも、単なる町はずれの農場がやはり同様に異界のような雰囲気をたたえ、ガールフレンドとその両親もほとんど幽霊のような不可解さを感じさせる。たとえば「少女探偵」には次のような一節がある。

冥界を、あなたの部屋のクローゼットの奥と考えてごらんなさい。もう着なくなった服が何列もラックに掛かった、そのうしろ。いろんな物たちがつぎつぎ押しやられ、忘れられていく場所。冥界はあなたが忘れてしまった物たちで満ちています。なかには、思い出せさえすれば持って帰りたいと思う物もあるでしょう。冥界への旅はいつだってノスタルジックなのです。そこはここより暗い。季節もここととはずれている。たいていの人は偶然に、あるいは結局ほかに行くところがないから、そこへ行きつくだけのこと。きちんと目的を持ってそこへ行くのは、英雄と、少女探偵だけです。(15)

アメリカの少女に長年読まれてきた「少女探偵ナンシー・ドルー」シリーズに依拠しつつ、クローゼットの奥という、子供のころ誰もが一度は冥界の匂いを嗅ぎ取ったにちがいない空間に巧みに言及し、ポップカルチャー的な語彙によって一種幻想的な冥界譚を組み立てた、いかにもケリー・リンクらしい、そしていかにも現代アメリカ小説らしい一節である。今日、おそらく死さえも、我々はまず、映画のスクリーンやテレビ画面の向こう側にあるものとして学ぶ。むろん、そうやって加工された死など薄っぺらなものにすぎない、といった批判はさんざん耳にする。まさに「観念」でしかないというわけだ。おそらくその通りだろう。だがそれは、観る側の想像力を勘定に入れていない物言いだとも言える。子供の想像力は（そしてむろん、大人の想像力さえも）時として、ストーリーも演技もおざなりな低予算番組から、死をめぐる本物の思いを紡ぎ出す力を持っている。少なくともケリー・リンクらの作品には、そう思わせる力がある。

テレビや映画の画面のなかに、冥界の影を見てとるこうした新しい作家たちを、水のなかに「捉え得ぬ生の幻の似姿」を見てとった十九世紀のナルシスに比して、「二十一世紀のナルシス」と呼んでいいのかどうか、いまはまだわからない。だが、彼らが今後も己の妄想を信頼し、それを徹底して膨らませていくなら、その呼び名も身分詐称にはならないだろう。

（1） John Barth, *The End of the Road* (1958; Bantam, 1969), p. 1. 訳は引用者。以下、訳はすべて引用者。なお、この章で取り上げる作品の邦訳については、末尾に一覧を記す。
（2） Ralph Waldo Emerson, *Nature* (1836; The Library of America: *Essays and Lectures*, 1983), p. 10.
（3） むろん、アメリカ文学をもっと幅広い文脈で捉えようとするなら、こうした、何とかして自分を意味づけようとする焦燥、意味づけられないのではないかという不安の対極に、「他人に意味づけられてしまうことへの憤り」を据える必要がある。あらためて確認するまでもなく、まさにそうした憤りが、ギルマン、ショパンといった先駆的な女性作家や、「見えない人間」として社会からあらゆる意味を押しつけられる主人公を創造したラルフ・エリスンらアフリカ系作家たちの出発点となっているし、現代のマイノリティ文学においてもそうした要素は色濃く残っている。
（4） Donald Barthelme, "The President," *Unspeakable Practices, Unnatural Acts* (1968; Quokka Books, 1978), p. 150. 蛇

足ながらつけ加えると、「ストラッティン・ウィズ・サム・バーベキュー」（バーベキュー片手に練り歩く）というほとんどシュールなタイトルは、バーセルミの創作に思えるかもしれないが、実はルイ・アームストロングの名演で知られるジャズ・クラシックの題名である。日本でバーセルミが「前衛」視されがちな一因は、こうした文化的トリヴィアに関する知識のギャップにありそうである。

(5) Thomas Pynchon, *The Crying of Lot 49* (1966; Bantam, 1967), p. 13.

(6) 『アメリカ文学のレッスン』（講談社現代新書、二〇〇〇）一〇一頁。

(7) Lorrie Moore, *Anagrams* (1986; Penguin, 1987), p. 12.

(8) これについては『アメリカ文学のレッスン』のエピローグで論じた（一六八―八六頁）。

(9) これについては『大航海』47号（二〇〇三）に掲載された「リアリズムからの脱皮　今日のアメリカ文学」で論じた。以下の文章もこれに基づいている。

(10) 次作『ミドルセックス』（二〇〇二）でのユージェニデスは、思春期に自分が両性具有であることを発見する主人公の数奇な運命をたどりつつ、アメリカにおけるギリシャ系移民一家の生き方も活写し、一個人の妄想というにとどまらない、より大きな全体を志向する大作を書いている。

(11) このような「文学の漫画化」ともいうべき流れがある一方で、「グラフィック・ノベル」という名が広まっていることからもうかがえるように、「漫画の文学化」という現象も進行している。アート・スピーゲルマン、ベン・カッチャー、キム・デイチなどの作品は立派に純文学と呼ぶに値するし、クリス・ウェアの傑作『ジミー・コリガン』がイギリス『ガーディアン』紙の新人文学賞を受賞したこともそうした流れを象徴している。もっとも、『ジミー・コリガン』に端的に見られるように、これら文学的漫画のストーリーは、漫画的どころか、（アメリカにおける漫画というジャンルの周縁性を反映するかのように）世の隅に追いやられた無器用な少年・中年の孤独をめぐるものであったり、意外に古風であることも多い。

(12) Aimee Bender, "The Rememberer," *The Girl in the Flammable Skirt* (1998; Anchor, 1999), p. 3.

(13) Kelly Link, "Carnation, Lily, Lily, Rose," *Stranger Things Happen* (2001; Small Beer Press), p. 9. ［邦題『スペシャリストの帽子』］

(14) Jonathan Lethem, *The Fortress of Solitude* (2003; Faber and Faber, 2004), p. 104.

(15) Kelly Link, "The Girl Detective," *Stranger Things Happen*, p. 241.

邦訳一覧

ジョン・バース『旅路の果て』志村正雄訳、白水Uブックス、一九八四年。

ナサニエル・ホーソーン「ムッシュ・デュ・ミロワール」國重純二訳、『ナサニエル・ホーソーン短編全集 II』南雲堂、一九九九年。

ラルフ・ウォルドー・エマソン『自然について』斎藤光訳、日本教文社、一九九六年。

ウィリアム・フォークナー『八月の光』加島祥造訳、新潮文庫、一九六七年。

F・スコット・フィッツジェラルド『グレート・ギャツビー』野崎孝訳、新潮文庫、一九八九年。

アーネスト・ヘミングウェイ『日はまた昇る』佐伯彰一訳、集英社文庫、一九七八年。

J・D・サリンジャー『ライ麦畑でつかまえて』野崎孝訳、白水Uブックス、一九八四年／『キャッチャー・イン・ザ・ライ』村上春樹訳、白水社、二〇〇三年。

シルヴィア・プラス『ベル・ジャー』青柳祐美子訳、河出書房新社、二〇〇四年。

トマス・ウルフ『天使よ、故郷を見よ』大沢衛訳、新潮文庫、一九七三—七四年（絶版）。

ドナルド・バーセルミ『口に出せない習慣、不自然な行為』山崎勉・邦高忠二訳、彩流社、一九七四年。

トマス・ピンチョン『競売ナンバー49の叫び』志村正雄訳、筑摩書房、一九九二年。

ローリー・ムーア『あなたといた場所』古屋美登里訳、新潮社、一九九五年（絶版）。

ブレット・イーストン・エリス『アメリカン・サイコ』上下巻、小川高義訳、角川文庫、一九九五年。

ジェフリー・ユージェニデス『ヘビトンボの季節に自殺した五人姉妹』佐々田雅子訳、ハヤカワepi文庫、二〇〇一年。

——『ミドルセックス』佐々田雅子訳、早川書房、二〇〇四年。

エイミー・ベンダー『燃えるスカートの少女』管啓次郎訳、角川書店、二〇〇三年。

ケリー・リンク『スペシャリストの帽子』金子ゆき子・佐田千織訳、ハヤカワ文庫、二〇〇四年。

あとがき

この本は、大学教師になってから書いた論文を集めて一冊にまとめたものである。第Ⅰ部は十九世紀アメリカ文学を論じた文章を収めている。第Ⅱ部はアメリカ論的な文章が中心である。第Ⅲ部は現代アメリカの作家を論じた文章を並べた。どの章も若干手を入れたが、基本的な内容は初出時と変わらない。

新しく書いた終章を別にして、それぞれの文章は、もともと本にまとめることを意図して書いたわけではないが、人間として考えられることの幅は僕の場合たかが知れているようで、むろんこれは編集担当の後藤健介さんの巧みなアレンジのおかげも大きいのだが、結果としてそれなりに一貫性のある本になったようである。もちろん、エマソンも言ったように、「愚かな一貫性なぞ、しけた精神が恐れ入り、ちゃちな政治家や思想家や聖職者がありがたがる妖怪にすぎない」。一貫性のあるなし以前に、各章、各ページの内容に関してこの本も是非を問われねばならないだろう。この本が、結果的により高度な論を生むきっかけになればと思う。

書いているときは、自分なりに新しいことを言おうとして書いたつもりであるが、学生時代に教わった先生方のご著書をいま読み返してみると、もうすでに同じことが、この本よりもはるかに雄弁な形で述べられている気がしてくる。大橋健三郎、渡辺利雄、佐伯彰一、亀井俊介、島田太郎各先生に教わったことの大きさを改めて痛感する。また、本文中でも何度か言及している三浦雅士氏の著作から受けた恩恵も測りしれない。恩師の先生方と三浦さんにこの場を借りてお礼を申し上げたい。なかでも、学生時代のみならず、教師になってからも大橋健三郎先生からいただいた温かい励ましにはいくら感謝しても十分ではありえない。先生にはご迷惑かもしれないが、『生半可版　英米小説演習』に続いて、この本も大橋先生に捧げる。

また、すでにお名前を挙げたが、この本が東京大学大学院総合文化研究科附属アメリカ太平洋地域研究センターの「アメリカ太平洋研究叢書」の一冊として構想された時点から、本作りのすべての段階において完璧なサポートをしてくださった、東京大学出版会編集部の後藤健介さんにもあつくお礼を申し上げる。


いうまでもなく、二〇〇一年九月を境に、世界がアメリカという国を見る目は、そしてそれ以上にアメリカが自分自身を見る目は大きく変わった。それが文学に反映されるにはまだ少し時間がかかるだろう。ここではひとまず、今日のアメリカに関する個人的感慨を書いた文章（二〇〇四年十月二十七日『朝日新聞』掲載）を引いて、アメリカの自己像を主たる関心事とするこの本の結びとしたい。この文章があっというまに古びてしまうことを祈る。


一九八四年から八五年にかけてイエール大学に留学していたとき、大学の保全要員組合のストがあった。ストを支持する教師は、ピケラインを尊重して学外で授業をやっていた。古典アメリカ文学の大家が恥ずかしそうに背を丸めてピケの隅っこに立っている姿なども微笑ましかったが、一番印象深かったのは、ストを支持する大学院生の集まりである。

スト支援というから、「断固スト貫徹」とかいったスローガンを確認するのかと思ったら、院生たちはむしろ、どうやったらストを早く、両者が納得できる形で終結できるかを、（むろん組合側の利益を重視しつつ）熱心に話しあっていたのだ。一年アメリカにいて、あまり敬意を持てる国ではないなと思うことも多かったが、このときは大いに感銘を受けた。

アメリカという国の魅力も、こうした姿勢にある。硬直したお題目としての理想ではなく、何が理想かをその都度実際的に見きわめつつ、それに向かって進もうとする姿勢。

極端に言うなら、アメリカにおいて、現実とはアメリカの半分でしかない。あとの半分は、いまだ達成されていない理想である。半分は夢でできた国なのだ。「ここは自由の国だ」とアメリカの人々が言うとき、僕にはそれは事実の表明には聞こえない。むしろ「自由の国であるはずだ」という理想の表明に聞こえる。むろんこの言葉の理念が歪められ、独善的に使われたりすることもある。だがその本来の理念が、アメリカという国を作り、変えていく上で大きな力になってきたことは確かだ。そこが他国とは違う。日本について人が「ここは……の国だ」と言うとき、その「……」はあくまで慣習や前例のことである。いまだ実現されざる理念のことではない。

問題は、そのような、理想へ向かっての永久運動のなかに身を置くのではなく、アメリカが自分たちをすでに達成された理想もしくは「正義」として固定し、他国をその正義へと向かわせようとするときである。立ち止まると、この国は駄目なのだ。どう駄目かは、9・11以降のブッシュ政権を考えていただくのが一番手っ取り早い。

理想へ向かって自ら運動を続ける姿勢と、自分を理想と規定して他者に運動を強いる姿勢。もしかしたらその両者は同じひとつの心性の表裏であって、一方のみを残し一方を捨てるのは難しいのかもしれない。とはいえ今日のように、悪しき一方のみが目立ってしまっているというのは、かなり無念な事態と言うほかない。

二〇〇五年四月

柴田元幸

二〇一七年版へのあとがき

柴田元幸

一九六一年、二十八歳の新進作家だったアメリカ人作家フィリップ・ロスは、「アメリカの小説を書く」（"Writing American Fiction"）と題した長文のエッセイを発表した。当時シカゴで話題になっていた二人の少女の殺人事件が、少女の母親、友人、教師、容疑者、容疑者の母親等々を巻き込んで見るみるショー化していく流れを辛辣に語ることからはじめて、冒頭の議論をロスはこうまとめる。

ではこの話の教訓は何だろうか。それはひとえに、二十世紀なかばを生きるアメリカの作家は、アメリカの現実の大半を理解し、描写し、それを信じてもらえるものにするだけで精一杯だということだ。現実は作家を呆然とさせ、嘔吐させ、激昂させる。現実はつまるところ、作家自身の乏しい想像力にとって一種気まずい事実である。実際の出来事はつねに作家たちの才能の上を行っている。ほぼ毎日、あらゆる小説家の羨望の的となるような人物を社会は次々吐き出している。いかなる作家が、たとえばチャールズ・ヴァン・ドーレンを創造しえただろう？　ロイ・コーンとデイヴィッド・シャインを、シャーマン・アダムズとバーナード・ゴールドファインを？　ドワイト・デイヴィッド・アイゼンハワーを？〔※いずれもスキャンダルなどで当時のメディアを賑わせた知識人や政治家〕（訳引用者。以下同）

さらにロスは、大統領選に話を広げる。

数か月前、合衆国大統領候補者の一人がおよそ次のようなことを言うのを国民の大半が聞いた。「さて、もしあなたが、ケネディ上院議員が正しいと感じるなら、ケネディ上院議員に投票なさるべきだと私は本気で思いますし、もし私が正しいと感じるなら、私に投票していただけるよう、謹んでお願いいたします。それでですね、私が思うに、これはあくまで個人的意見ですが、私としては私が正しいかと……」云々かんぬん。三四〇〇万人余りの有権者にはこういうふうには聞こえなかったかもしれないが、とにかく私にとって、ニクソン氏を笑いものにするのはあまりに安易だと思えるし、笑いものにするためにいまここで氏の言葉をわざわざパラフレーズしたのではない。はじめ我々はニクソンを面白がっていた。だが最後は、彼に驚愕させられたのだ。

「ニクソン」を「トランプ」に置き換え、ロスによってパラフレーズされたニクソン発言を一連のトランプ発言で置き換えれば、二〇一七年の現実に適合するよう完璧にアップデートされた文章が出来上がる。しかも二〇一七年の人びとが、トランプをはじめは「面白がっていた」度合、最後に「驚愕」させられた度合は、半世紀前のニクソンの比ではないだろう（ちなみにニクソンは六一年の大統領選でケネディに僅差で敗れた）。

二〇〇一年九月十一日の同時多発テロによって、アメリカ社会の空気は大きく変わった。その変化を文学も反映しはじめたかのように、近年新しく書かれる小説の多くが、9・11に言及するにせよしないにせよ、世界があらかじめ損なわれている感覚に浸されているように思えてきた――ケリー・リンク、レアード・ハント、ブライアン・エヴンソンといった現在もっとも先鋭的な書き手たちの作品からそれははっきり感じられる――その矢先に、アメリカ史のこの新しい展開が生じたのである。

9・11の際は、あの（中核となる出来事自体は）きわめて映像的な、まさに映画のなかから抜け出してきたような事件を作家は物語にできるのか、という問いが頻繁に問われた（そしてその暗黙の答えは「ノー」の方が支配的だった）。一方、今回の事態に対しては、過去の作品に予見性を見出す、という形の反応が多いように思える。ジャック・ロンドンの『鉄の踵』(Jack London, *The Iron Heel*, 1908)、シンクレア・ルイスの『そんなことがこの国で起きるはずがない』(Sinclair Lewis, *It Can't Happen Here*, 1935；未訳）、そしてフィリップ・ロスの『プロット・アゲンスト・アメリカ』(Philip Roth, *The Plot Against America*, 2004)。過去に書かれた、理不尽な独裁社会がアメリカに突如出現する話が、現在の状況を理解するために参照されたのである。

こうした事態に、今日のアメリカ作家たちがどう対応するのか、個人的にはまったくわからない。もしかしたら問題はそのことより、これは作家の海猫沢めろん氏から指摘されてなるほどと思ったのだが、ドナルド・トランプに投票したような、特権を剝奪されその権利が(移民によって、という認識が正しいかどうかは別として)脅かされていると感じている人びとを作家たちがあまり書いてこなかったことかもしれない。――というのが言いすぎであれば、そうした人びとの中の、トランプに投票しようと考えるような側面を描いてこなかった、と言ってもいい。たとえばレイモンド・カーヴァーの描いた、アメリカン・ドリームから何光年も隔てられた(カーヴァーが他の作家の登場人物たちについて使った、カーヴァー自身の登場人物にも等しく当てはまる形容句)人びとは、階層的にはまさにトランプ支持層ではないかと思えるが、カーヴァーの小説からはそういう心性は見えてこない。もちろん、作家が何を書くかはまったくの自由であり、これこれの社会現象を捉えていないから駄目であるというような批判はまったく成り立たない。が、もしかしたら大事かも知れない現象なり主題なりを、誰もが避けて通ってきたとすれば、そのことはその文学、その社会について何ごとかを伝えているかもしれない。

僕自身もそうなのでこれは全然批判として言っているのではないのだが、トランプを支持しない人びとは、支持する人びとのことを、誤った考え方に囚われた「他者」として捉えている傾向が強いように思える(もちろん、「トランプ側」も同じことだが)。今後そうした傾向が「是正」されるのか、それともそうした問題設定自体がさして意味がなかったことが判明するのか。当面は、新しいアメリカ小説を読む上で、そのことがひとつの「懸案事項」となりそうである。

ふたたびフィリップ・ロス。一九四〇年、ある理由でヒトラーと結託せざるをえなかったリンドバーグが大統領に選ばれてアメリカのユダヤ人迫害が一気に強まり、昨日まで自分はアメリカ人だと思っていた多くの人びとにとって悪夢的状況が生じる、という展開の『プロット・アゲンスト・アメリカ』を二〇〇四年に発表したロスは、自分としては予言の書を書いたつもりはなく、一九四〇年にもしアメリカで反ユダヤ主義が広まったら自分のような家族はどうなっていたかを想像しただけだとくり返し述べている（ただ、そのような想像を促した引き金は、9・11以後にブッシュ政権が広めた非寛容の空気だと思うが）。そして今日のアメリカをめぐってロスは、『ニューヨーカー』の問いに答えてeメールで簡潔に答えている。「トランプの脅威については、『プロット……』に出てくる不安と恐怖に苛まれた一連の家族と同じく、私にとって一番恐ろしいのは、彼がすべてを可能にしてしまうことだ——むろん、核による大惨事も含めて」（Judith Thurman, "Philip Roth E-mails on Trump," January 30, 2017, *The New Yorker*）。彼がすべてを可能にしてしまう（he makes everything possible）。すべてが可能だという言い方は、アメリカの理想の表明だった。それがこんなふうに反転してしまうなどと、誰が予想しただろう。

　選挙戦中、ドナルド・トランプにしばしば冠された言葉は「ナルシシスト」だった。現在アメリカで、「アメリカン・ナルシス」というフレーズを聞いたなら、ほとんど全員が現大統領を思い浮かべるのではないか。新しい、二〇一七年のアメリカン・ナルシス。もちろんトランプの場合、私が私であることに根源的不安を抱く人物、鏡に映る自分が本当に自分なのか確信が持てない人物どころか、まったく逆に、ただただ世界が自分を中心に回ってしかるべきだと信じて疑わない人物であるように思える。だからといって、本書で論じた「アメリカン・ナルシス」の理念を拡張すべきだとは思わないが、メルヴィルやポーたちが思い描いたナルシスと、今日最大のアメリカン・ナルシスとのあいだに、何らかの通底関係があるという可能性は考えてみた方がよいだろう。結局のところ、どちらのナルシスも、私は私が創るものである、という前提があるからこそ現象しているのだから。

索　引

ア　行

カ　行

ナ　行

ハ　行

マ　行

ヤ　行

ラ　行

ワ　行

著者紹介　**柴田元幸**（しばた・もとゆき）
編著書に『生半可な學者』（1992，白水社），『生半可版　英米小説演習』（1998，研究社），『死んでいるかしら』（1997，新書館），『アメリカ文学のレッスン』（2000，講談社現代新書），『翻訳夜話』（村上春樹と共著，2000，文春新書），『The Parallel Universe of English』（佐藤良明と共編，1996，東京大学出版会），『翻訳教室』（2006，新書館），『つまみぐい文学食堂』（2006，角川書店），『ケンブリッジ・サーカス』（2010，スイッチ・パブリッシング）ほか．文芸誌『MONKEY』，英語文芸誌 *Monkey Business* 責任編集．翻訳書多数．

アメリカン・ナルシス　新装版
メルヴィルからミルハウザーまで

2005年5月20日　初　版第1刷
2017年5月18日　新装版第1刷

［検印廃止］

著　者　柴田元幸

発行所　一般財団法人　東京大学出版会
代 表 者　吉見俊哉
153-0041 東京都目黒区駒場 4-5-29
電話 03-6407-1069　Fax 03-6407-1991
振替 00160-6-59964

印刷所　株式会社平文社
製本所　誠製本株式会社

ISBN 978-4-13-080107-2　Printed in Japan